거신 巨神

巨神

5

김강현 판타지 장편소설

FANTASYSTORY & ADVENTURE

dream
books
드림북스

거신 5 에어스트 백작령

초판 1쇄 인쇄 / 2012년 7월 2일
초판 1쇄 발행 / 2012년 7월 12일

지은이 / 김강현

발행인 / 오영배
편집팀장 / 권용범
책임편집 / 편집부
펴낸 곳 / (주)삼양출판사 · 드림북스

주소 / 서울특별시 강북구 송천동 322-10호
대표 전화 / 02-980-2112 팩스 / 02-983-0660
편집부 전화 / 02-980-2116 팩스 / 02-983-8201
블로그 / blog.naver.com/dreambookss

등록번호 / 제9-00046호
등록일자 / 1999년 3월 11일

ⓒ 김강현, 2012

값 8,000원

ISBN 978-89-542-4781-8 (04810) / 978-89-542-4776-4 (세트)

* 지은이와 협의하에 인지는 생략합니다.
* 잘못된 책은 구입한 곳에서 바꾸어 드립니다.

김강현 판타지 장편소설

FANTASYSTORY & ADVENTURE

에어스트 백작령

5

거신

dream
books
드림북스

목차

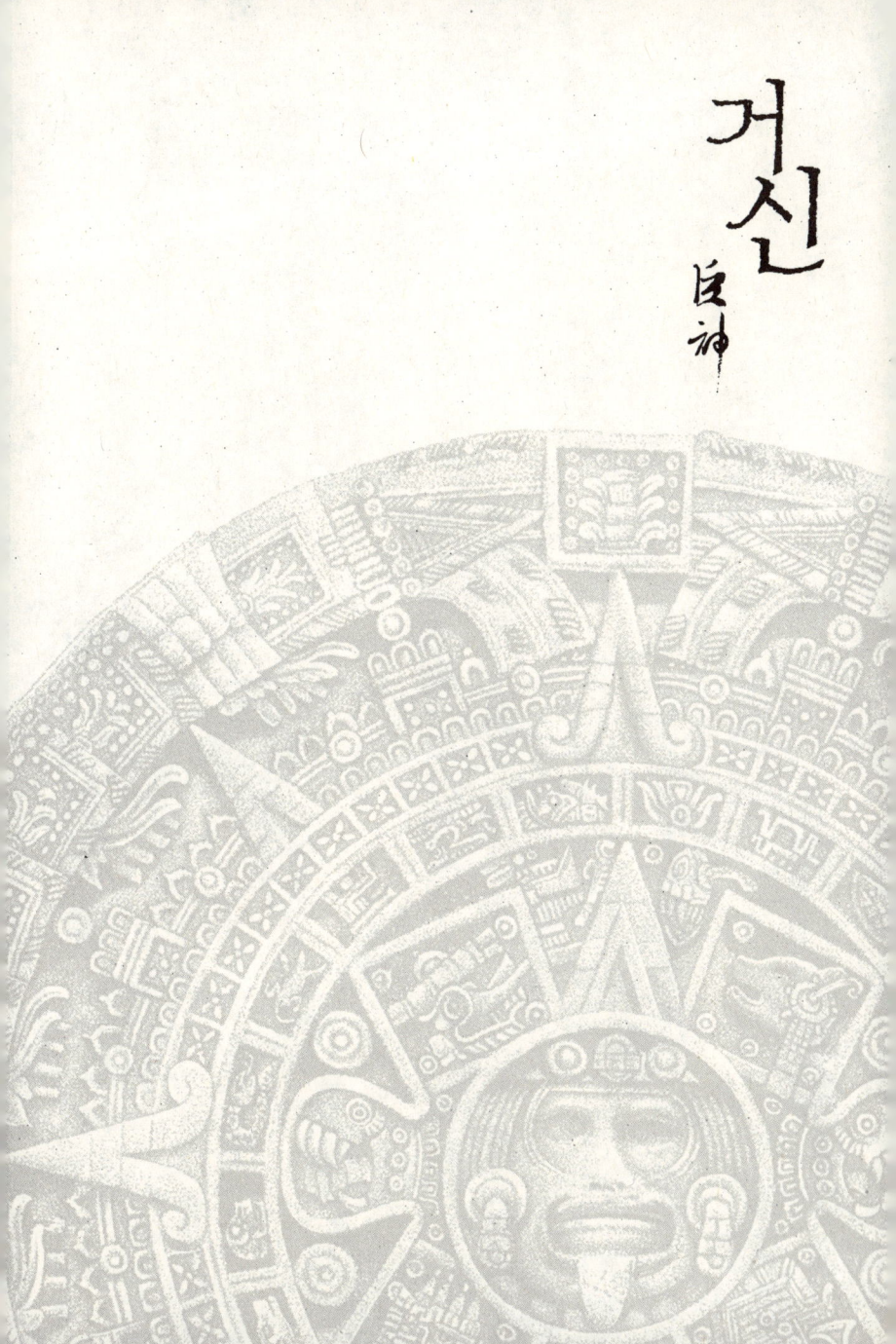

거신

巨神

Chapter 1
세 영지(2)

뤼그너 남작은 두근거리는 가슴을 진정시킬 수가 없었다. 너무나 혼란스러웠다. 설마 이런 제안이 또 들어올 줄은 몰랐다.

예전에 욕심 때문에 덜컥 제안을 받아들였다가 어찌나 호되게 대가를 치렀는지 아직도 치가 떨렸다. 한데 같은 제안이 또 들어왔다.

"나도 어쩔 수 없는 놈이야."

뤼그너 남작은 고개를 절레절레 저으며 쓴웃음을 지었다. 그렇게 당해 놓고 또 그 제안을 받아들였다. 거부할 수가 없었다.

에어스트 백작령과의 일 때문에 지금 뤼그너 남작령을 비롯한 세 영지는 상당히 어려운 상황이 계속되고 있었다.

일단 당시 죽은 기사와 **빼앗긴** 병사 때문에 치안에 공백이 왔다. 또한 상납금을 준비하다 보니 허리가 휠 지경이었다.

그러던 차에 달콤한 제안이 왔으니 그걸 덜컥 받아들인 건 꼭 자신이 멍청해서만은 아니리라.

"그래도 이번에는 기간트가 무려 오십 기야. 게다가 정당하게 영지전을 선포할 수가 있어."

지난번처럼 전쟁이 아닌 다른 방법으로 우회하려면 또 같은 일을 겪을 확률이 높았다. 하지만 이번에는 당당하게 전쟁을 걸 수 있으니 성공 가능성이 훨씬 높았다.

뤼그너 남작은 당장이라도 쳐들어가고 싶었다. 하지만 아직은 참아야 했다. 진짜 이기려면 철저하게 준비를 해야만 한다. 에어스트 백작령에서 뭐가 또 튀어나올지 알 수 없었다.

지난번에도 난데없이 기간트가 튀어나와 얼마나 놀랐던가. 그때만 생각하면 아직도 가슴이 떨어져 나갈 것처럼 거세게 쿵쿵 뛰었다.

"그래도 이번엔 괜찮아. 이번에는……."

무려 오십 기의 기간트가 일제히 진군하는 상상만으로도 희열이 밀려왔다. 가슴 떨리는 광경 아니겠는가.

뤼그너 남작은 두근거리는 가슴을 진정시켰다. 아직 준

비가 완전히 끝난 게 아니었다. 조금의 빈틈도 남기지 않기 위해 이번에 거금을 들여서 준비한 게 있었다.

세 영지의 영주가 돈을 모아서 준비한 것이었다. 가진 돈만으로는 모자라서 영지를 담보로 돈을 빌려 자금을 마련했다.

"지면 끝이야."

조력자의 힘만으로 이기기 어렵다는 걸 알기에 준비한 패였다. 아마 그것이 도착하면 나중에 웃을 수 있으리라. 그래서 꾹 참고 기다렸다. 조력자의 재촉이 이제는 거의 협박 수준에 이르렀는데도 말이다.

"조금만 더 기다리면 돼. 조금만 더……."

뤼그너 남작의 눈에 독기가 차올랐다.

마틴 준남작은 뤼그너 남작령과 에어스트 백작령의 경계 근방에서 눈에 띄지 않는 장소를 택해 높은 망루 하나를 만들었다. 그리고 자신을 호위할 기사 두 명과 그곳에서 두 영지의 상황을 지켜봤다.

"왜 이렇게 뜸을 들이나 했더니 저런 걸 준비했을 줄이야."

마틴 준남작은 사실 뤼그너 남작을 무시했다. 하지만 얼마 전 도착한 그것을 보고 나니 무시하던 마음이 대부분 사라졌다.

어쨌든 뤼그너 남작은 영지전을 신청했다. 명분은 있었다. 에어스트 백작령의 흉계로 뤼그너 남작령을 비롯한 세영지가 파탄에 이르렀다고 주장했다.

그리고 그 주장은 받아들여졌다. 영지전 허가가 떨어진 것이다. 당연히 그 이면에 슈린 공작가의 압력이 있었다.

멀리서 뤼그너 남작령의 병사가 이동하는 모습이 보였다. 당연히 세 영지의 합동 병력이었다. 같은 날 영지전을 신청했는데, 다 받아들여진 것이다.

무려 오천의 병사가 오와 열을 맞춰서 진군하는 모습은 장관이었다. 그리고 가장 앞에는 오십 명의 기사가 역시 줄을 맞춰 움직이고 있었다. 그들이 바로 기간트 라이더였다.

반면 반대쪽에서 나오는 에어스트 백작령의 병력은 그에 비해 보잘것없었다.

기사 복장을 한 자들은 고작 스물일곱 명에 불과했다. 그리고 병사는 백 명뿐이었다. 누가 봐도 뤼그너 남작령의 압승을 예상할 것이다.

그것은 마틴 준남작 역시 마찬가지였다. 이대로는 무조건 뤼그너 남작령의 승리로 끝날 것이다.

하지만 마틴 준남작은 그렇게 단정하지 않았다. 에어스트 백작령에는 숨겨진 기간트가 있었다. 그것도 전혀 알려지지 않은 엄청난 발굴형 기간트가 말이다.

"무려 철사자 기사단을 혼자서 압도할 정도의 기간트란

말이지."

이번 전쟁에서 그 기간트를 제압하겠다거나 박살 내겠다는 생각은 전혀 없었다. 그저 한 번 확인만 하면 그걸로 족했다. 어차피 그 기간트는 다른 방식으로 얻을 것이다. 에어스트 백작령을 압박해 알아서 기간트를 토해 내도록 만들 작정이었다.

그에 대한 준비는 파인트가 착실히 진행 중이었다. 마틴 준남작은 파인트가 일을 진행시키는 동안 이렇게 에어스트 백작령을 흔들고 힘을 줄이면 된다.

그는 자신의 안전에 대해서는 추호도 걱정하지 않았다. 그를 호위하는 두 기사는 기간틱 나이트였다. 익스퍼트의 실력에 엄청난 기간트 센스를 가졌다.

게다가 마틴 준남작도 기간트 장비를 가지고 있었다. 무려 베르였다.

어떤 상황이 오건 도망칠 수 있다고 자신했다.

"자아, 어쨌든 나야 오랜만에 싸움 구경이나 즐겁게 해볼까?"

마틴 준남작은 느긋한 표정으로 전장을 바라봤다. 누가 이기든 상관없었기에 마음은 더할 나위 없이 편안했다.

"오! 이제 기간트를 소환하려는 모양이군!"

뤼그너 남작령 측 기사들이 약간씩 흩어지며 공간을 확보했다. 그러자 에어스트 백작령 측 기사들 역시 마찬가지로 움직였다.

기사의 움직임은 같았지만 병사는 완전히 달랐다.

일단 뤼그너 남작령 측 병사들은 둘로 나뉘어 기사를 중심으로 최대한 멀리 떨어졌다. 전투가 시작되면 기간트의 싸움에 말려들지 않고 진군하기 위함이었다.

반면 에어스트 백작령 측 병사들은 뒤로 쭉쭉 물러났다. 아무리 잘 봐줘도 도망치려는 걸로밖에 보이지 않았다.

"쯧쯧, 병사 싸움은 완전히 포기한 건가? 이러다가 성이라도 점령당하면 아주 곤란할 텐데?"

성을 점령하는 와중에 중간에 보이는 영지민은 혹독한 취급을 받는다. 더구나 병사가 오천 명이나 된다. 그것도 이쪽 영지 사람이 아니라, 외부에서 들여온 병사였다.

그 병사들이 피와 광기에 취하면 어떤 짓을 할지는 너무나 자명했다. 무수한 영지민이 죽어 나갈 것이다. 또한 여자들은 더 험한 꼴을 당할 것이다.

마틴 준남작은 그것을 보며 의미심장하게 웃었다.

"예상했던 그대로야. 영지민이 당하는 건 지켜봐도 성이 무너지는 꼴은 못 보겠지?"

마틴 준남작은 오천의 병력이 에어스트 백작성에 도착하면 비밀 기간트가 등장할 거라고 예상했다. 병사들에게는 미리 은밀히 지령을 내려 두었다.

기간트가 나타나면 사방으로 흩어져 도망치라고 말이

다. 굳이 이런 곳에서 목숨을 잃을 필요는 없었다.

키이이이이잉!

일제히 기간트가 나타났다. 뤼그너 남작령 측의 기간트는 대부분 카타락타였다. 그리고 몇 기의 크라테르가 있었다. 그렇게 오십 기의 기간트가 일제히 나타나는 광경은 장엄하기까지 했다.

하지만 마틴 준남작의 시선은 그쪽에는 아예 가지도 않았다. 그는 부릅뜬 눈으로 에어스트 백작령 측 기간트를 바라보고 있었다.

"뭐, 뭐야! 어떻게 저런 게 가능해!"

마틴 준남작이 자신도 모르게 소리쳤다. 그도 그럴 것이 에어스트 백작령의 기간트 중 무려 여섯 기나 되는 발굴형 기간트가 있었다.

그중 하나는 무려 아우틈이었다. 그리고 베르가 다섯 기나 있었다.

나머지도 보통이 아니었다. 어디서 어떻게 구했는지 열 기나 되는 임베르가 있었다. 크란 제국의 기간트인 임베르는 돈이 있다고 살 수 있는 것이 아니었다. 한데 대체 어디서 저걸 구했단 말인가.

그 외 나머지 열한 기의 기간트는 전부 크라테르였다. 실로 어마어마한 전력이었다. 이건 단순히 수의 우위로 승부를 점칠 수 있는 상황이 아니었다.

"이런 말도 안 되는 일이……!"

마틴 준남작은 불안한 눈으로 뤼그너 남작령 쪽을 바라봤다. 그쪽에 서 있는 카타락타와 크라테르가 참으로 초라해 보였다.

"이래서야 준비한 게 전혀 쓸모가 없지 않은가!"

뤼그너 남작령의 기간트 가장 뒤에 서 있는 베르가 참으로 외로워 보였다. 만일 에어스트 백작령 측 기간트가 전부 크라테르로 이루어져 있다면 베르가 정말로 큰 위력을 발휘했을 것이다.

하지만 이제는 아니다. 압도하는 상황에서 날카로운 칼한 자루가 가지는 의미는 크지만, 그렇지 못한 상황에서는 상대적으로 의미가 줄어들 수밖에 없었다.

사실 기간트라는 것이 사고 싶다고 마음대로 살 수 있는 물건은 아니었다. 기간트를 사려면 왕국의 허가를 받아야 한다.

하지만 그건 오래전 이야기였다. 요즘은 많이 느슨해졌다. 그럴 수밖에 없는 것이 왕국에 보고하지 않고 기간트를 보유하는 영지가 너무 많았다.

그걸 일일이 찾아내 처벌하다 보면 대부분 영지의 공분을 사게 될 것이다. 그건 왕국 분열의 지름길로 이어진다.

더구나 지금처럼 전쟁이 끝난 직후에는 각 영지가 보유한 기간트의 수가 급격히 변하기 마련이었다. 그걸 일일이 통제하는 건 불가능했다.

기간트의 수가 엄청나게 많다면 모를까 고작 삼십 기 정도라면 공론화시켜 봐야 먹히지도 않는다.

지나칠 정도로 좋은 기간트가 많다는 걸 걸고넘어질 수도 있지만, 그것 역시 안 하는 편이 나았다.

기간트에 관한 한 어느 정도 돈이 있는 영지라면 아무도 자유롭지 않았다. 괜히 들쑤셔 봐야 오히려 뭇매만 맞을 공산이 컸다.

"종잡을 수가 없군."

마틴 준남작은 눈살을 찌푸리며 간신히 마음을 가라앉혔다. 어쨌든 전쟁의 승패는 상관없었다. 하지만 성과가 줄어들지도 모른다는 생각에 마음이 편치는 않았다.

양측의 기간트가 일제히 달려갔다. 그리고 그 순간 마틴 준남작은 이마에 손을 짚으며 앓는 소리를 흘렸다.

"끄응!"

달려가는 모양새가 완전히 달랐다. 에어스트 백작령의 기간트는 일정한 진형을 이루면서 정확히 발을 맞춰서 이동했다. 달리는 속도가 느리지 않은데도 진형이 조금도 흐트러지지 않았다.

반면 뤼그너 남작령 측은 질서가 별로 없었다. 처음에는 그나마 진형을 유지했지만 달려가는 동안 완전히 흐트러져 버렸다. 집단전을 벌인 경험의 차이였다. 또한 훈련의 차이이기도 했다.

꽈앙!

굉음이 울렸다. 양측의 기간트가 부딪친 것이다. 당연히 진형을 제대로 이루지도 못한 뤼그너 남작령 측의 기간트가 월등히 불리하게 전투를 시작했다.

마틴 준남작은 고개를 절레절레 저었다. 기간트 전투는 아예 승산이 없었다. 이제 믿을 건 병사들뿐이었다. 그의 시선이 자연스럽게 병사 쪽으로 옮겨졌다.

오천 명의 병사가 일제히 진군을 시작했다. 병사는 그래도 기간트에 비해 진형을 잘 유지하고 있었다.

아무래도 기간트는 사람처럼 정교하게 움직이는 것이 어렵기 때문에 진형을 맞추려 애써도 흐트러지기 일쑤였다. 정말로 많은 훈련이 필요했다.

뤼그너 남작령의 오천 병사 중 상당수는 슈린 공작가가 지원했다. 그들은 원체 훈련 상태가 좋았기에 진군 도중 진형이 흐트러지는 일은 없었다.

오천 명의 병사가 둘로 나뉘어 진군했다. 그들은 기간트 전투가 벌어지는 곳을 크게 우회하며 나아갔다. 자칫 말려들면 병력이 아무리 많아 봐야 소용없었다.

에어스트 백작령의 병력은 고작 백 명이었다. 그걸로 오천 병사에게 돌진하면 계란을 바위에 던진 것과 똑같은 꼴이 된다.

백 명의 익스퍼트라도 쉽지 않은 일이었다. 하물며 그저 병사일 뿐이니 결과는 명약관화했다.

당연히 그들은 계속 후퇴했다. 질서 정연하게 뒤로 물러났는데, 양측의 거리가 워낙 멀리 떨어져 있어서 상당히 먼 거리를 이동할 수 있었다.

병사 간의 전투도 쉽게 벌어질 것 같지 않자, 마틴 준남작은 다시 시선을 기간트로 돌렸다. 그의 표정이 처참하게 구겨졌다.

기간트 전투는 수의 우위가 가장 강력한 힘이 된다는 것이 정설이었다. 하지만 다른 조건 역시 상당히 중요했다.

뤼그너 남작령은 기간트의 숫자만 앞섰지 나머지 조건은 완전히 압도당했다.

일단 기간트의 성능이 월등히 모자랐다. 다음으로 집단전에 관한 경험과 훈련이 부족했다. 마지막으로 개개인의 기량도 너무 큰 차이가 났다.

그로 인해 수적 우위를 전혀 살리지 못하고 천천히 무너지고 있었다. 그나마 다행인 점은 병사가 진군할 시간을 벌어 준다는 것이었다.

무너지고 있긴 하지만 그 속도가 빠르지는 않았다. 수의 차이가 워낙 심했기 때문이었다. 또한 하나이긴 하지만 베르의 존재가 상당한 힘을 실어 주었다.

"후우. 이래서야 제대로 타격을 줄 수나 있을지 모르겠군."

마틴 준남작은 그렇게 중얼거리며 다시 병사들을 바라봤다. 아직도 시간이 필요해 보였다. 슬슬 긴장감이 떨어지고 있었다.

*　　*　　*

제론은 마티를 통해 마틴 준남작이 뤼그너 남작령에 도착한 순간부터 감시했다. 그리고 어떻게 된 일인지 알아보기 위해 벨루스 백작가로 은밀히 연락을 넣었다.

벨루스 백작가도 마틴 준남작 때문에 발칵 뒤집힌 상태였다. 배신하고 도망친 마틴 준남작 때문에 영지의 행정이 반쯤 마비되어 버린 것이다.

마틴 준남작은 혹시 모를 추적을 방지하기 위해 그런 일을 벌였다.

또한 행정을 정상화하는 도중 마틴 준남작이 그동안 저지른 비리가 하나둘 발견되기 시작했다. 실로 막대한 금액을 꿀꺽 삼킨 정황이 계속해서 발견되었다.

그 일로 벨루스 백작가는 난리가 났다. 그리고 마틴 준남작이 슈린 공작령으로 도주했다는 사실을 알아냈다.

그래서 현재 벨루스 백작가는 슈린 공작가에 정식으로 항의를 한 상태였다. 양 가문 사이에 긴장감이 돌고 있었다.

물론 전쟁으로 번지지는 않을 것이다. 두 영지는 너무 멀리 떨어져 있기 때문이었다.

하지만 긴장 상태가 제법 오랫동안 유지될 거라는 점은 확실했다.

그 모든 상황을 전해 들은 제론은 일이 어떻게 돌아가고 있는지 대번에 파악했다. 마틴 준남작이 슈린 공작가에 붙어서 에어스트 백작령을 노리는 것이다.

당연히 목적은 테오스였다. 물론 제론은 그것을 내줄 생각이 전혀 없었다. 그들이 어떤 식으로 압박을 하든 능히 헤쳐 나갈 자신이 있었다.

지금도 제론은 마틴 준남작이 만든 망루를 그보다 훨씬 멀리 떨어진 곳에서 지켜보고 있었다. 소환한 테오스에 탑승한 채로 말이다.

"좀 아슬아슬하게 만들어 볼까?"

제론은 일단 전투에 깊이 개입할 생각이 없었다. 수적 우위를 앞세운 적을 상대하는 것도 라이트닝 기사단에게는 훌륭한 경험이 될 것이다.

하지만 너무 시간을 오래 끌도록 내버려 둘 생각은 없었다. 오천 명이나 되는 병사도 손을 봐야 하기 때문이었다.

물론 병사를 상대할 방법을 준비하긴 했다. 하지만 그걸로 완벽히 병사를 막아 낼 수 있다고 확신하지 못하기에 기간트 전투가 늘어지지 않도록 할 필요가 있었다.

"자아, 어디 이 정도면 되려나?"

테오스가 주변에 널린 둥그런 바위 하나를 들었다. 한 손으로 쥘 수 있을 정도의 크기였다. 지름이 약 50센티미터쯤 되는 바위였다. 이 바위는 제론이 미리 준비한 것이었다. 이렇게 쓰려고 말이다.

후우웅!

테오스가 팔을 크게 휘두르며 바위를 던졌다.

콰우우우!

공기를 찢으며 바위가 일직선으로 날아갔다. 실로 어마어마한 속도였다. 테오스의 힘과 제론의 기간트 센스가 만들어 낸 광경이었다.

텅!

돌은 정확히 뤼그너 남작령의 기간트에 명중했다. 물론 거리가 워낙 멀어 파괴력이 크지는 않았다. 하지만 돌에 맞은 기간트는 순간적으로 균형이 흔들렸다. 그리고 라이트닝 기사단은 그런 큰 빈틈을 결코 놓치지 않았다.

콰직!

카타락타의 조종석을 검이 뚫고 지나갔다.

쿠웅!

기간트가 쓰러지며 진형이 잠깐 흐트러졌다. 그리고 라이트닝 기사단의 베테랑들은 그 빈틈조차 놓치지 않고 파고들었다.

꽈과광!

기간트와 기간트가 부딪치며 굉음이 울렸다. 자욱하게 피어나는 흙먼지 사이로 검광이 번득였다.

꽝! 꽝! 꽝!

다시 치열한 접전이 펼쳐졌다. 그리고 그렇게 균형을 되찾으려는 순간 또 돌 하나가 날아왔다.

꽈우우우!

팅!

꽈직!

마치 약속 대련이라도 하는 듯했다. 미리 짜 맞춘 것처럼 돌에 맞고, 흔들리고 조종석이 꿰뚫리는 일련의 과정이 물 흐르듯 연결되었다.

사실 라이트닝 기사단은 이에 대한 훈련도 충분히 했다. 제론이 생각해 낸 훈련이었고, 영지전이 시작되기 사흘 전부터 상당한 시간을 할애해 훈련을 했다.

그렇기에 훨씬 큰 효과를 내는 게 가능했다. 그 뒤로도 몇 번이나 돌이 날아왔고, 그때마다 균형이 무너지며 뤼그너 남작령 측 기간트가 우수수 쓰러졌다.

이내 기간트 수가 같아졌다. 그리고 그때부터는 완전히 일방적으로 라이트닝 기사단이 적을 몰아붙였다.

기간트 전투는 그렇게 끝을 향해 치달았다.

오천 명의 병사는 뤼그너 남작의 아들이 직접 이끌었다. 그는 이번에 큰 공을 세울 작정이었다. 이들을 효과적으로 지휘해 에어스트 백작령의 성을 점령하면 그 누구보다 큰 공을 세우게 되는 것이다.

둘로 나뉘어 진군하던 병사가 하나로 모였다. 그리고 뤼그너 남작의 아들은 병사의 가장 뒤에서 큰 목소리로 명령을 내렸다.

"진격! 걸리는 건 다 쓸어버려라!"

그는 오천 명의 병사라면 성 하나 점령하는 건 지극히 간단한 일이라고 생각했다. 정말로 자신 있었다.

에어스트 백작령의 병사는 계속 후퇴하다가 멈춘 상태였다. 그 뒤로는 더 이상 후퇴하지 않고 전의를 불태웠다.

다들 창을 겨누고 있었는데, 당장이라도 달려 나올 것만 같았다.

뤼그너 남작의 아들은 그것을 보고는 비웃었다. 고작 백 명이 달려들어 봐야 뭘 어쩌겠는가. 오천 명의 병사가 그냥 달려가기만 해도 깔려서 죽을 것이다.

에어스트 백작령의 병사 백 명은 눈에서 독기를 뿜어냈다. 정말로 독한 마음을 먹었다. 포로는 필요 없었다. 다 죽여야만 했다.

불과 얼마 전에 잡은 포로도 아직 처리를 하지 못했다. 여기서 더 포로를 잡아 봐야 가둘 공간도 없었다.

또, 이들은 언제든 다시 위협이 될 존재였다. 이 병사는 뤼그너 남작령 소속이 아니었다. 더 큰 적이었다. 그렇기에 기회가 되면 싹 죽여 버리는 게 나중을 위해 좋았다.

그걸 다들 인식하고 있기에 마음을 독하게 먹었다. 아무리 철저하게 훈련이 되었고, 사람을 죽여 본 경험을 가지고 있다 하더라도 수천 명의 적을 몰살시키겠다는 마음을 먹는 건 쉽지 않았다.

양측의 거리가 점점 가까워졌다. 뤼그너 남작령 측 병사들은 처음에는 진형도 갖추고 무리하지 않을 정도의 속도로 이동했지만, 점점 빨라지면서 나중에는 진형이 많이 흐트러졌다.

하지만 누구도 신경 쓰지 않았다. 50 대 1의 싸움이었다. 오십 명이 무슨 헛짓을 해도 한 명에게 질 리가 없지 않은가. 설사 실력이 아무리 차이가 난다 해도 말이다.

양측의 거리가 100미터도 남지 않았을 때, 눈이 멀 것 같은 섬광이 일었다.

번쩍!

"으악!"

"안 보여!"

빛이 어찌나 강했는지, 다들 순간적으로 눈이 멀어 버렸다. 그리고 그 순간 에어스트 백작령의 백인장이 외쳤다.

"공격!"

백 명의 병사가 일제히 앞으로 내달렸다. 그렇게 달리면서 몸을 뒤로 크게 젖혔다. 뒤로 쭉 뻗은 손에는 창이 들려 있었다.

그리고 그 모든 힘을 하나로 응축시켜 창에 모아 던졌다.

슈슈슈슉!

바람을 가르며 날아간 창이 오천 명이나 되는 병사를 향해 비스듬하게 떨어졌다.

퍼버버버벅!

"크악!"

"으아악!"

"막아!"

"죽여!"

눈이 멀어 아무것도 안 보이는 오천 명의 병사는 적이 돌격한 걸로 착각을 했다. 그들은 반 공황 상태에 빠져 검을 휘두르고 창을 내질렀다.

퍽! 퍽! 퍽! 퍽!

갑자기 시력이 상실된 공포는 엄청나다. 그런데 죽고 죽이는 전장에서 그 일을 겪었으니 상상을 초월하는 두려움에 휩싸일 수밖에 없었다.

그들은 정신없이 검과 창을 휘둘렀다. 좀처럼 시력이 돌아오지 않았지만 어느 정도 시간이 지나자 희미하게 주변을 확인할 수 있었다. 그리고 다들 망연자실한 표정을 지었다. 적은 그 자리에 그대로 있었다. 아군끼리 창검을 휘두르며 죽고 죽였던 것이다.

사실 이럴 때는 지휘관의 역량이 중요했다. 지휘관이 냉철하게 상황을 판단해 적절한 명령을 내려야만 한다. 하지만 지휘관인 뤼그너 백작의 아들은 한마디도 명령을 내리지 못했다.

병사들과 함께 눈이 보이지 않는다는 공포에 사로잡혀 마구잡이로 검을 휘둘렀다. 근처에 아무도 다가오지 못하도록 하기 위함이었다.

그의 검에 죽은 병사가 무려 삼십 명에 이를 정도였다.

"크윽! 다들 정신 차려! 일단 저놈들부터 죽여라!"

뤼그너 남작의 아들이 외쳤다. 자신의 실책을 감추기 위해서는 다른 생각을 할 틈을 주지 않고 몰아붙여야 한다.

병사들은 반사적으로 달렸다. 그들도 동료를 죽인 죄책감을 덜기 위해 적에게 모든 원망과 분노를 돌렸다.

"으아아아!"

거대한 함성과 함께 남은 병사들이 달려갔다. 오천 명이었던 병사는 이제 고작 사천 명 정도가 남았을 뿐이었다. 그 짧은 순간에 무려 천 명이 죽은 것이다.

그들의 돌격은 길지 않았다. 고작 20미터를 달려갔는데, 고막을 뒤흔드는 굉음이 울린 것이다.

꽈아아아아아앙!

병사들이 밟은 대지가 폭발했다. 수많은 병사가 온몸에 돌조각을 박고 죽어 갔다.

땅 아래에 있던 수백 개의 바위가 일제히 폭발한 것이다. 그 피해는 한 번에 그치지 않았다.

요행히 폭발의 범위에서 벗어난 사람도 하늘 높이 솟구쳤다가 떨어지는 바위 조각에 맞아 피를 흘리며 쓰러졌다.

퍼버버버버벅!

아비규환의 지옥도가 펼쳐졌다. 폭발의 범위는 어마어마했고, 뤼그너 남작령의 병사들은 대부분 그 영역 안에 들어 있었다. 그리고 그 폭발로 인해 그들의 지휘자인 뤼그너 남작의 아들은 즉사했다.

에어스트 백작령의 백인장이 외쳤다.

"투창!"

아직 창은 많이 남아 있었다. 백 개의 창이 하늘을 날았다.

슈슈슈슈슉!

퍼버버버버벅!

"아악!"

"크아악!"

아직도 많은 병사가 남아 있었다. 그리고 그 위로 연달아 창이 쏟아졌다.

슈슈슈슈슉!

퍼버버버벅!

병사 한 명당 열 개가 넘는 창을 준비했다. 에어스트 백작령의 병사들은 창을 하나만 남기고 몽땅 던져 버렸다.

그렇게 처참하게 당했는데도 뤼그너 남작령의 병사는 아직도 천 명 가까이 남아 있었다. 물론 절반 이상이 상당한 상처를 입긴 했지만 백 명이 상대하기에는 버거웠다.

하지만 백 명의 병사는 망설임 없이 창을 꼬나 쥐고 달려갔다. 그들의 눈빛에는 조금도 두려움이 없었다. 자신감만 가득했다.

오히려 그들을 맞이하는 뤼그너 남작령의 병사들이 더 두려움에 떨었다. 그들은 억지로 검을 들고 에어스트 백작령의 병사에 맞섰다.

억지로 용기를 짜냈다.

"수는 우리가 더 많다! 아직 이길 수 있어!"

누군가가 처절하게 소리쳤다. 그 말에 몇몇이 호응했다.

"이길 수 있어!"

"죽여라!"

뤼그너 남작령의 병사들이 이를 악물고 달려들었다. 그대로 양측이 충돌했다.

채채채챙!

퍼버벅!

"크아악!"

믿을 수 없는 결과가 나왔다. 에어스트 백작령의 병사는 마치 익스퍼트라도 되는 것처럼 힘차고 빠르게 움직였다. 그들은 뤼그너 남작령의 병사를 압도했다.

아무리 부상자가 많이 섞였다지만 거의 혼자서 열 명을 상대해야 하는데, 에어스트 백작령의 병사는 그것을 해냈다.

고작 백 명의 병사가 천 명의 병사를 말 그대로 쓸어버렸다. 에어스트 백작령의 병사는 한 명도 죽지 않았다. 물론 부상은 입었다. 하지만 회복이 불가능할 정도로 심각하지는 않았다.

전투가 끝나자, 병사들은 다시 뒤로 물러났다. 그리고 멀리 떨어져서 기간트 전투가 어찌 되었는지 확인했다. 그곳도 이미 전투가 끝나 있었다.

압승이었다.

*   *   *

마틴 준남작은 몸을 부들부들 떨었다. 이렇게 압도적으로 영지전이 끝날 줄은 몰랐다. 기간트고 병사고 에어스트 백작령이 뤼그너 남작령을 박살 낸 것이다.

"어, 어떻게 저럴 수가 있는 거지?"

마틴 준남작은 이해할 수가 없었다. 에어스트 백작령에 저렇게 대단한 기간트가 잔뜩 있는 것도 이해 불가였고, 병사의 실력이 저렇게 대단한 것도 믿을 수 없었다.

"대체 그 섬광과 폭발은 뭐야?"

상황을 보아하니 에어스트 백작령에서 함정을 준비한 것이 분명했다. 한데 대체 어떤 식으로 만든 함정인지 알 수가 없었다.

그저 마법을 이용하지 않았을까 하고 짐작할 뿐이었다.

마틴 준남작은 심각한 표정으로 주위를 둘러봤다. 전쟁이 끝났으니 이걸 슈린 공작가에 알려야 했다. 에어스트 백작령의 저력에 대해 확실히 알고 있어야 향후 대처가 편해진다.

"그나저나 그 비밀 기간트는 아예 등장도 안 했군. 그건 좀 아쉬운데?"

마틴 준남작은 그렇게 중얼거리며 망루에서 내려가려 했다. 그 순간, 나직한 목소리가 들려왔다.

"아쉬울 필요 없다. 이렇게 왔으니까."

마틴 준남작은 깜짝 놀라 목소리가 들린 쪽으로 고개를 돌렸다. 그리고 그대로 얼어붙었다.

새까만 기간트 한 대가 망루 바로 옆에 서 있었다.

"어, 어, 어, 어떻게!"

어떻게 이렇게 소리조차 나지 않고 여기까지 올 수 있단 말인가. 마틴 준남작은 너무 놀라 자신의 기간트를 소환할 생각도 하지 못했다.

하지만 그를 호위하는 두 기사는 달랐다. 그들은 재빨리 기간트를 소환했다. 아니, 소환하려고 했다.

퍼벅!

두 기사의 머리가 그대로 날아가 버렸다. 테오스가 손가락을 한 번 튀긴 결과였다.

주르륵.

마틴 준남작은 그대로 오줌을 지렸다. 이 상황이 꿈이었으면 싶었다. 하지만 그럴 리 없지 않은가.

퍽!

마틴 준남작의 머리가 날아가 버렸다.

콰직!

테오스가 단숨에 망루를 부쉈다.

제론은 테오스를 아공간으로 돌려보낸 뒤, 시체가 입고 있는 기간트 장비를 벗겼다.

아주 간단하게 세 기의 기간트가 생겼다.

"전리품까지 하면 제법 짭짤하겠군."

짭짤한 정도가 아니었다. 사실 기간트의 수가 너무 많았다. 앞으로 라이더를 더 양성해야만 했다. 그것도 최대한 빨리. 그래도 남는 기간트가 있으면 내다 팔면 된다.

제론의 뇌리에 암시장이 떠올랐다. 그리고 아주 자연스럽게 용병 펠젠의 모습이 함께 생각났다.

Chapter 2
빈민굴의 바인

영지전이 끝난 뒤, 제론은 최대한 서둘러 영지를 병합했다. 전쟁이 마무리되었다고 위험이 사라진 건 아니었기에 서두르지 않을 수 없었다.

일단 마틴 준남작과 호위 기사를 죽였기에 시간을 조금 더 벌 수 있었다.

세 영지의 영주는 마음 같아서는 다 죽여 버리고 싶었지만 그렇게 할 수는 없었다. 그들은 가족, 그리고 그들에게 충성을 맹세한 기사들과 함께 영지에서 추방했다.

제론이 가장 먼저 한 것은 행정의 통합이었다. 각 영지에서 일하던 인재를 파악해 적재적소에 밀어 넣었다. 물론 그

와중에 세작을 철저히 가려냈다.

영지전에서 상당히 많은 병사가 죽었기에 치안에 공백이 생겼다. 영지전에 나선 병사의 대부분은 슈린 공작가에서 지원한 자들이었지만, 세 영지의 병사도 제법 많았다.

세 영지에 남은 병사는 다 합해서 오백 명도 채 되지 않았다. 제론은 병사를 더 뽑고 치안대를 조직하여 치안의 공백을 메웠다.

나머지는 차츰 해결해 나가면 된다. 일단 돈을 많이 들이면 웬만한 문제는 다 해결이 가능했다.

행정과 치안을 해결하자 다음 문제가 닥쳐왔다. 전임 영주들이 영지를 담보로 빌린 돈에 관한 것이었다.

제론이 가장 먼저 한 것은 영지에 대한 담보 가치를 어느 정도로 책정했느냐 하는 점이었다. 만일 담보 가치 이상의 돈을 빌렸다면 그 부분에 대해서는 갚을 의무가 없었다.

예전에는 영지를 담보로 돈을 빌리고 영지전을 통해 덤터기를 씌우는 식으로 악용하는 사례가 제법 많았다. 그래서 결국 그 부분에 관한 법이 만들어졌다.

제론이 파악한 바로 가치를 제대로 책정했고, 빌린 돈도 크지 않았기에 그냥 갚기로 했다. 사실 고작 베르를 사려고 빌린 돈이었기 때문에 제론에게는 거의 신경 쓰이지도 않는 금액이었다.

영지의 일은 그런 식으로 천천히 마무리되어 갔다.

에어스트 백작령의 영토는 기존에 비해 두 배나 늘어났다. 아니, 암석 지대까지 합하면 세 배는 더 늘어났다. 기존 에어스트 백작령의 영토가 워낙 넓었기에 세 개의 영지를 병합했는데도 늘어난 비율은 그 정도였다.

"일이 또 생겼군."

영지전에서 승리하면서 영지를 병합했지만, 늘어난 부분에 대해 수도 행정청에 신고를 해야만 한다. 관리를 보내도 상관없지만, 이런 경우 영주가 직접 하는 것이 관례였다.

그리고 제론이 가는 것이 가장 빨랐다. 유적을 통해 수도로 단번에 갈 수 있으니 말이다.

제론은 당분간 내치에 힘쓸 생각이었다. 돈을 잔뜩 쏟아부어서 영지민의 생활수준을 향상시키고, 무력을 키울 계획이었다.

이제 더 이상 뒤를 걱정할 필요가 없으니, 본격적인 행보를 시작할 때가 되었다.

제론은 집무실에서 마지막 남은 서류를 처리한 다음 기지개를 켰다. 거의 열흘 동안이나 서류 처리를 했다. 확실히 영지가 늘어나니 처리해야 할 일이 몇 배로 늘었다.

잠시 쉬고 있으니 바이스와 세나, 그리고 카이트가 집무실로 들어왔다.

"왔나?"

"부르셨습니까?"

세 사람의 안색도 과히 좋지 않았다. 지난 열흘 동안 제론만 힘들었던 것이 아니었다. 이들은 더 힘들었다.

일단 바이스는 총관 역할을 병행하고 있기에 영지를 전체적으로 조율하는 막중한 임무를 수행했다.

무려 네 개의 영지가 하나로 변하는 상황이었다. 그게 쉬울 리가 없었다. 바이스는 그 일을 하며 벌어지는 모든 일을 조율했다.

거기에 이번 영지전에서 썼던 마법을 완벽히 자신의 것으로 만들기 위한 연구와 공부도 소홀히 할 수 없었다.

그 모든 일을 하려니 잠잘 시간도 없었다. 몸을 두 개로 만드는 마법이 있으면 좋겠다는 생각을 틈날 때마다 할 정도였다.

그리고 세나는 새로 생긴 기간트를 수리했다. 무려 쉰세 기의 기간트가 새로 생겼고, 그것도 모자라 아군 기간트도 수리할 일이 잔뜩 쌓였다.

그 모든 일을 처리하는데 열흘은 너무 짧은 시간이었다. 아직 절반도 못한 상황이었다. 세나의 눈 밑에 다크서클이 짙게 드리워져 있었다.

카이트 역시 마찬가지였다. 카이트는 기사단장임과 동시에 모든 병력을 관리하는 총병관의 역할도 병행하고 있었기에 그야말로 눈코 뜰 새 없이 바빴다.

치안까지 카이트의 관할에 있었다. 병사를 재편하고 훈련시키며 치안까지 책임져야 하니 몸이 열 개라도 부족한 상황이었다.

그렇게 바쁜 와중에 제론이 회의를 소집했다. 힘들었지만 올 수밖에 없었다. 회의가 반드시 필요했다. 이 힘든 상황을 타개하려면 말이다.

"힘들어 보이는군. 거기들 앉지."

세 사람이 각자 의자에 앉았다. 그리고 조용히 제론의 말을 기다렸다. 사실 지금은 머리가 멍할 지경이라 할 말이 전혀 생각나지 않았다.

"수도에 다녀와야 돼."

제론의 말에 다들 폭탄이라도 맞은 것처럼 놀랐다. 이 와중에 영주가 자리를 비운다면 얼마나 일이 많이 늘어날지 상상만 해도 끔찍했다.

아연한 표정으로 자신을 바라보는 세 사람을 향해 빙긋 웃어 준 제론은 말을 이었다.

"이번에 수도에 가서 제대로 된 인재도 함께 데려올 테니까 조금만 더 참아."

그제야 세 사람의 표정이 조금 풀렸다. 하지만 그래도 여전히 어두웠다.

"한데 무슨 일로 가시는 겁니까? 인재 포섭만으로 가시는 건 아닌 것 같은데……."

"영지가 늘어났으니 신고를 해야지. 병합한 영지와 그 뒤의 암석 지대까지 한꺼번에 다 신고할 생각이다."

제론의 말에 바이스가 깜짝 놀라며 말했다.

"그렇게 되면 세금이 엄청나게 늘어날 겁니다."

애초에 제론은 10년간 세금을 면제받았다. 하지만 그건 처음 받은 영지에 한한다. 나머지 영지에 대해서는 반드시 세금을 내야만 했다.

늘어난 세 영지는 그렇다 치고, 그 뒤의 암석 지대까지 몽땅 영지로 받아들인다면 그 넓이가 어마어마했다.

암석 지대의 넓이는 에어스트 평원, 즉, 예전에 황무지였고 중앙 유적이 있는 평원 정도의 넓이였다. 그러니 세금도 엄청날 것이다.

왕국에서 영지에 매기는 세금은 영토의 넓이에 따라서 달라진다. 또한 그 안에 얼마나 많은 사람이 사느냐에 따라서도 달라진다.

영토가 넓으면 식량이 많이 난다. 그걸 기반으로 세금을 책정했기에, 쓸모없는 땅이 많을수록 세금 부담이 점점 늘어나게 되어 있었다.

제론은 바이스의 걱정이 뭔지 다 안다는 듯 웃으며 고개를 끄덕였다.

"어차피 그곳도 싹 개간해야 돼. 그럼 세금 정도야 우습잖아."

"정말로 거길 개간하실 생각이십니까?"

바이스가 눈을 크게 뜨며 물었다. 예전에 그 계획을 들은 적이 있긴 하지만 그때는 깊게 생각하지 않았다. 또한 아직 경험이 부족했다.

이제 총관 일을 하고, 영지의 경영에 점점 깊이 들어가니 그 일이 얼마나 무모한 건지 알 수 있었다. 그렇기에 걱정이 됐다.

"당연하지. 그게 아니라면 굳이 거길 영토로 삼을 이유가 없잖아?"

"하지만 거길 개간하는 건 거의 불가능합니다."

제론이 빙긋 웃었다.

"에어스트 평원에 수로와 저수지를 만드는 것도 쉬운 일은 아니었지."

바이스는 입을 다물었다. 영주성이 위치한 에어스트 평원은 황무지에서 그 어느 곳보다 뛰어난 옥토로 변하였다.

그곳의 땅은 훌륭했지만 물을 구하기 어려웠다. 하지만 제론은 그걸 아주 짧은 시간에 해결해 버렸다. 무슨 수를 썼는지 모르지만 말이다.

'아마 숨겨 두신 기간트를 썼겠지.'

그것만으로는 이해할 수 없지만 어쨌든 그렇게 받아들이고 넘어가는 수밖에 없었다. 지금은 더 깊이 파고들기에는 정신적 여유가 너무 모자랐다.

"내일부터 병사를 더 모집해. 최소한 이천 명은 더 필요해."

"이천 명이나 말입니까?"

카이트의 눈이 휘둥그레졌다. 그리고 이내 암담함으로 물들었다.

이천 명이나 되는 병사를 모집하려면 또 얼마나 힘들겠는가. 게다가 모집한다고 바로 병사가 되는 게 아니었다. 훈련도 시켜야 한다.

다행히 카이트를 비롯한 라이트닝 기사단은 대부분 군부 출신이었다. 비록 기간트 라이더이긴 했지만 그래도 오랫동안 군 생활을 하면서 얻은 경험이 상당했다.

그 경험을 살리면 충분히 병사를 훈련시킬 수 있었다. 카이트는 일단 그들을 이용하겠다고 마음을 먹었다. 아마 기간트 훈련을 못 한다고 난리를 피우겠지만 어쩔 수 없었다.

'나도 살고 봐야지.'

바이스와 카이트는 또 무슨 말이 나올까 불안했다. 두 사람은 조심스러운 눈으로 제론을 바라봤다.

"수도에 다녀온 다음에 기간트를 좀 팔아야겠어."

"예? 팔아요?"

세나의 눈이 화등잔만 해졌다. 지금 그녀가 수리한 기간트를 그냥 팔면 절대 안 된다. 그 기간트에는 세나만의 특별한 기술이 잔뜩 들어가 있었다.

만일 그냥 팔면 자칫 그 기술이 유출될 수도 있었다.

"뭘 걱정하는지 알아. 하지만 걱정할 거 없어. 팔 기간트는 따로 줄 테니까."

세나는 그 말이 무슨 뜻인지 생각하다가 이내 창백하게 질렸다.

"서, 설마……."

"수리가 필요한 기간트를 공방에 가져다 놓을게. 아마 양이 좀 많긴 하겠지만 세나라면 충분히 할 수 있을 거야."

제론의 말에 세나는 기절하기 일보 직전이었다.

"말 안 해도 잘 알겠지만, 그 기간트는 세나의 기술이 들어가면 안 돼. 다른 기간트와 똑같아야 팔기 좋다는 거 알고 있지?"

세나는 대답도 못하고 멍하니 제론을 바라봤다.

제론은 그런 세 사람을 보며 씨익 웃었다. 그리고 자리에서 일어났다.

"그럼 괜히 시간 끌 것 없이 지금 다녀올 테니, 그동안 영지 잘 부탁해."

제론은 그 말을 남기고 휑하니 나가 버렸다.

"여, 영주님!"

세 사람이 당황하며 제론을 불렀지만 이미 그곳에는 아무도 없었다. 어찌나 빨리 움직였는지 문이 아직 열린 채였고, 한 줄기 바람이 세 사람을 한차례 훑고 지나갔다.

바이스와 세나, 그리고 카이트는 한동안 그 자리에 못 박힌 듯 앉아서 열린 문만 바라봤다. 하염없이.

*　　*　　*

깁스 남작은 심각한 표정으로 5장의 보고서를 찬찬히 훑었다.

얼마 전 그림자 1호가 죽었다. 깁스 남작에게는 제법 많은 그림자가 있었고, 그들의 심장에 특별한 방법으로 마법을 걸어 삶과 죽음을 마음대로 휘두르는 게 가능했다.

또한 그들이 죽으면 그 사실을 바로 알 수도 있었다.

그림자 1호의 죽음은 너무나 의외였다. 깁스 남작이 내린 지령을 제대로 시작도 하지 못하고 죽었기 때문이었다.

게다가 보고서를 보면 에어스트 백작령에 있던 그림자 1호의 모든 정보원이 싹 잡혔다. 아마 고문을 받다가 죽었을 것이다.

"이해할 수가 없군."

이건 내부 배신자가 있을 경우의 결과였다. 그게 아니라면 설명이 안 된다. 그래서 이해할 수가 없었다. 내부 배신자가 있을 리 없지 않은가.

모든 상황을 알고 있었던 건 오로지 그림자 1호뿐이었

다. 즉, 그림자 1호가 내부 배신자라는 뜻이었다. 그러니 말이 안 된다는 것이다.

"대체 뭐가 어떻게 된 거지?"

깁스 남작의 등을 소름 한 줄기가 쫙 훑고 지나갔다. 방금 정말로 말도 안 되는 상상 하나가 떠올랐다. 만일 그 상상이 진짜라면 이 모든 상황을 설명할 수 있다. 하지만 그건 불가능했다.

깁스 남작은 보고서를 치우고 맹렬히 머리를 굴렀다.

"어떤 방법인지는 모르지만 그림자 1호에게 내가 내린 지령을 알아낸 거야."

일단 그걸 진실로 가정하면 내부 배신자 없이 그런 상황이 벌어진 걸 설명할 수 있었다.

"그렇다면 두 가지 가정을 할 수 있지. 하나는 명령 체계의 중간에 구멍이 뚫린 거. 다른 하나는 그림자 1호가 지령을 정보원에게 전달하는 순간 들킨 것."

깁스 남작은 후자에 더 무게를 두었다. 즉, 그림자 1호가 감시당했다고 판단했다.

문제는 대체 어떻게 감시했느냐 하는 것이었다. 또한 그림자 1호의 존재를 어떤 식으로 파악했는가도 중요했다.

그림자 1호는 깁스 남작이 직접 키웠다. 그렇기에 그 실력이 얼마나 대단한지 정확히 알고 있었다.

그림자 1호를 미행하는 건 거의 불가능했다. 그림자 1호는 수도 내의 모든 지리와 하수구를 빠삭하게 꿰고 있었다. 또한 상당히 민첩하기에 그를 그냥 뒤쫓는 것도 쉽지 않았다.

한데 어떻게 그림자 1호를 쫓아가서 그의 일거수일투족을 감시할 수 있단 말인가.

"게다가 직접 한 것도 아니고 누군가를 부려서 했다는 게 더 문제야."

수도 내의 정보 조직은 깁스 남작이 모두 꿰고 있었다. 각 귀족가 소속의 정보 조직이 아니라면 대부분 깁스 남작의 입김이 닿았다.

그렇기에 만일 정말로 그랬다면 제론이 비밀스러운 정보 조직을 만들었다는 뜻이다. 하지만 그건 정말로 말이 안 된다.

"내 눈을 피해서 수도에 비밀 조직을 만들었다고? 말도 안 되지."

깁스 남작은 불안해졌다. 어쩌면 제론의 비밀 정보 조직의 감시망에 자신도 들어 있을지 모른다.

"그래도 주로 수도에 집중되어 있는 것 같으니 다행인가?"

상식적으로 그 짧은 시간 동안 왕국 전역을 커버하는 정보 조직을 만들 수 있을 리 없었다. 기껏해야 수도와 에어스트 백작령 정도가 전부일 것이다.

그렇다면 안심이었다. 깁스 남작의 저택은 수도에서 상당히 멀리 떨어진 곳에 있었다. 자그마치 텔레포트 게이트를 타고 이동해야 하니 말이다.

깁스 남작은 심각한 표정을 지었다. 어쨌든 이번 일은 실패했다. 제론에 대해 좀 더 경각심을 가질 필요가 있었다.

"결국 보고를 해야겠군. 짜증 나지만 말이야."

깁스 남작은 자리에서 일어났다. 사실 보고가 너무 늦었다. 슈린 공작도 이미 에어스트 백작령이 어떻게 되었는지 알고 있을 공산이 컸다.

"질책을 피할 수 없겠군."

깁스 남작은 못마땅한 표정으로 고개를 절레절레 저으며 방에서 나갔다.

*   *   *

수도에 도착한 제론은 천천히 빈민굴을 거닐었다. 이번 일정은 최대한 짧게 잡았다. 에어스트 백작령의 크기가 갑자기 커지는 바람에 할 일이 산더미였다.

하지만 행정적인 절차부터 완벽하게 처리하는 것이 나중을 위해서도 좋았다.

수도 행정청의 일이 다 그러하듯 간단히 신청한다고 끝

나지 않는다. 몇 번은 반복해서 방문하고 서류를 작성해야
만 한다.

특히 이렇게 영지에 관한 부분은 나중에 왕국에 내는 세
금으로 이어지기 때문에 훨씬 더 빡빡하게 처리한다.

제론은 수도에 도착함과 동시에 행정청에 서류를 넣었
고, 내일 다시 방문하라는 통보를 받았다. 사실 백작쯤 되
면 행정청에서 상당한 편의를 봐주는 것이 관례였다.

하지만 제론은 그런 편의를 전혀 받지 못했다. 행정청의
요직 몇 개를 슈린 공작가에 줄을 댄 귀족이 차지하고 있
기 때문이었다.

만일 슈린 공작가가 행정청 전체를 장악하고 있다면 제
론에게 엄청난 행정적 불이익을 안겼을 것이다. 하지만 행
정청은 슈린 공작이 영향력을 미치는 데 상당한 제약이 따
랐다.

지금은 그저 최대한 일 처리를 늦추고, 제론이 밟는 행정
절차에 관한 정보를 넘기는 정도가 고작이었다. 물론 그것
만으로도 제법 제론을 귀찮게 만들 수 있었다.

그저 귀찮음을 좀 감수하고 늘어지는 시간이 아깝긴 했
지만 그래도 일은 제대로 처리되었다. 그조차 하지 않으면
행정청에 간신히 만든 끈이 사라질 수도 있기에 어쩔 수 없
었다.

어쨌든 하루를 기다려야 하기에 제론은 이곳으로 왔다.

그동안 마티를 통해 꾸준히 인재를 찾고 있었는데, 그중 몇 명이 이곳에 있었다.

사실 제론이 찾는 대부분의 인재는 최소한의 교육을 받은 자들이었다. 행정 일을 할 사람이 턱없이 부족하기 때문에 행정 쪽으로 공부를 한 인재가 필요했다.

그게 아니라면 라이더로 쓸 기사를 들여야 하는데, 어느 쪽이건 빈민굴에서 구할 수 있는 사람은 아니었다.

제론이 이곳, 빈민굴에 온 이유는 꼭 필요한 다른 방향의 인재를 영입하기 위함이었다.

빈민굴은 좁은 골목이 거미줄처럼 복잡하게 얽혀 있었다. 그렇기에 처음 가는 사람은 아예 길을 찾을 엄두도 내지 못한다. 하지만 제론은 마치 이곳에 사는 사람처럼 능숙하게 길을 찾아갔다.

미리 마티를 통해 충분히 길을 파악해 뒀다. 예전 수도 유적을 얻으러 갈 때도 감시를 피하기 위해 이곳 빈민굴을 이용한 적이 있었다.

그만큼 제론은 이곳 지리에 익숙했다.

제론이 찾아간 곳은 빈민굴에서도 가장 깊은 곳이었다. 빈민굴 내의 공터였는데, 그곳에는 삼십 명 정도의 사내가 여기저기 뒹굴고 있었다.

그들은 하나같이 눈에 독기가 가득했다. 건드리면 다 죽여 버리겠다는 눈빛으로 제론을 힐끗힐끗 훔쳐봤다.

제론은 그들을 하나하나 살펴봤다. 이미 마티를 통해 여러 번 확인한 자들이었다. 어떤 성격이고, 무슨 짓을 하고 다니는지 세세히 파악했다.

공터에 누워 있던 사내 중 하나가 일어나 건들거리며 제론에게 다가갔다.

"보아하니 귀족 나리 같은데, 이런 더러운 시궁창에는 왜 오셨나?"

명백히 도발하는 말투였다. 보통 귀족은 이런 곳에 오지 않는다. 혹여 온다 하더라도 호위 기사를 대동하고 온다.

하지만 여기 있는 빈민들은 그들을 전혀 두려워하지 않았다. 아무리 기사라도 칼에 맞으면 죽는 건 똑같다.

빈민은 항상 죽음을 마주하고 살기 때문에 오히려 죽음을 아무렇지도 않게 여겼다. 작은 빈틈 하나 만들기 위해 목숨을 버리는 것쯤 이들에게는 아무것도 아니었다.

물론 빈민 중에서도 가진 자가 있고 그렇지 않은 자가 있다. 이렇게 시궁창에서 뒹구는 자들 중에도 남을 부리는 사람이 있고, 또 부림을 당하는 사람이 있다.

이곳에 있는 사내들은 몽땅 후자였다. 그렇기에 죽음에 대한 아무런 거리낌이 없었다.

이곳은 빈민굴에서도 가장 깊숙한 곳, 설사 귀족이 여기서 죽어도 그 사실이 밖으로 빠져나가지 않는다.

다만 왕국에서 군대를 보내면 일이 커지고 복잡해지기

때문에 조금 조심할 뿐이었다.

아무리 복잡한 골목을 가지고 있어도 기간트가 나서면 끝이었다. 한 대만 나서도 이런 빈민굴은 완전히 끝이었다.

하지만 빈민들을 다스리는 몇몇은 그런 일이 벌어질 리 없다는 걸 잘 알고 있었다.

빈민은 거지가 아니었다. 그저 지독히 가난한 사람들일 뿐이었다. 이들이 없으면 수도가 제대로 돌아가지 않는다. 수도에서 가장 비천한 일을 하는 사람이 모인 곳이 바로 빈민굴이었다.

물론 거지도 있었다. 하지만 그 수는 극소수였다. 오히려 거지는 빈민굴에서 살아남기가 어려웠다.

그렇기에 이렇게 혼자서 여기까지 온 귀족은 이들의 먹잇감이었다. 입고 있는 옷만 팔아도 한동안은 배불리 먹을 수 있었다.

제론은 다가온 사내를 물끄러미 쳐다봤다. 아무런 감정도 담기지 않은 눈이었다.

사내는 순간 움찔 놀랐다. 눈빛에 주눅이 든 것이다. 하지만 자신이 무서워한다는 걸 들키기 싫어 오히려 더 강하게 나갔다.

"귀족 모독이니 하는 어설픈 얘기를 할 생각이라면 관두쇼."

제론은 여전히 아무 말도 없이 사내를 쳐다보기만 했다.

그냥 보기만 하는 건데도 그 위압감이 엄청났다.

사내는 이를 악물고 주머니에서 칼을 슬그머니 꺼냈다. 어차피 여기까지 온 이상, 그냥 돌려보내면 오히려 더 일이 복잡해진다.

귀족이 돌아가 병사와 기사를 잔뜩 끌고 오면 결국 죽는 건 자기뿐이었다. 다른 빈민들이 의리를 지킬 리 없으니까. 일을 저지른 사람만 죽으면 깔끔하게 끝나지 않겠는가.

"그걸 꺼내면 넌 죽는다."

제론의 무심한 목소리에 사내는 몸이 굳었다. 그리고 주머니 속에서 쥐고 있던 칼을 놓았다. 본능이 어서 도망치라고 소리치고 있었다.

"가서 바인을 데려와라."

제론의 말에 사내가 인상을 팍 썼다. 하지만 말을 거역할 용기가 나지 않았다. 믿을 수 없지만 상대는 자신을 눈빛 한 방에 제압해 버렸다.

제론이 손가락을 튀겨 동전 하나를 던졌다.

허공에서 빙글빙글 돌던 동전을 사내가 휙 낚아챘다.

동전을 확인한 사내의 눈이 휘둥그레졌다. 자그마치 금화였다.

"자, 잠시만 기다리십시오!"

사내의 말투가 바뀌었다. 사실 예전 같으면 이런 돈을

봤으면 당장 달려들어 칼부터 휘두르고 봤을 것이다. 금화를 아무렇지도 않게 던져 줄 정도면 얼마나 많은 돈을 가지고 있을 것인가.

하지만 사내는 그런 생각을 아예 떠올리지도 못했다.

사내가 골목으로 사라지자, 제론은 나머지 사내들을 둘러봤다. 여전히 눈빛은 무심했다.

바닥에 늘어져 있던 사내들이 하나둘 일어나기 시작했다. 그들도 조금 전의 광경을 다 지켜봤다. 뒷일 따위는 원래 생각지도 않는다. 그저 눈앞의 돈을 취할 뿐이었다.

사내들 중 둘이 조금 전 금화를 들고 골목으로 달려간 자의 뒤를 따라갔다. 그리고 나머지 사내들이 제론에게 천천히 다가갔다. 그들의 눈에서는 하나같이 살기가 넘실거렸다.

제론이 피식 웃으며 손을 들어 올렸다. 심장에서 맴도는 일곱 개의 마나링이 주변 마나를 장악했다. 제론은 다가오는 사내들은 그냥 내버려 뒀다. 대신 골목으로 막 들어가려던 두 명의 사내를 향해 손을 뻗었다.

덜컥!

뭔가가 걸리는 소리가 들렸다. 그리고 막 골목으로 접어들려던 두 사내가 그대로 걸음을 멈췄다. 그들은 당황한 눈으로 뒤를 돌아보려 했다. 하지만 그조차 할 수 없었다. 몸이 완전히 굳어 버린 것이다.

그러고 있는 사이 나머지 사내들이 제론에게 가까이 붙었다. 그들은 하나같이 손에 칼을 쥐고 있었다.

슉슉슉슉!

일제히 칼을 내질렀다. 그대로 죽여 버리겠다는 듯 살기 넘치는 공격이었다.

물론 제론의 몸은 고사하고 옷자락 하나 찌르지 못했다. 허망하게 허공을 가른 칼이 잠깐 멈춘 사이 강렬한 타격음이 연달아 울렸다.

퍼버버버버벅!

"크억!"

"카악!"

달려들어 칼을 찌른 사내 전부가 뒤로 나가떨어졌다. 놀랍게도 그렇게 쓰러진 자들은 다시 일어나지 못했다. 죽은 건 아니었지만 앞으로 생활하기가 어려울 정도의 타격을 입었다.

제론은 나가떨어진 사내들은 쳐다보지도 않고 움직이지 못하는 두 사람을 향해 천천히 걸어갔다.

"꿀꺽!"

두 사람은 침을 꿀꺽 삼켰다. 발소리로 누군가가 자신에게 다가오고 있다는 건 알 수 있었다. 그리고 그게 누구인지는 너무나 뻔했다.

조금 전까지 동료의 비명이 처절하게 울렸다. 당연히 동료를 그렇게 만들고 자신을 움직이지 못하게 만든 자가 다가오는 것 아니겠는가.

제론은 두 사람의 목덜미를 콱 움켜쥐었다.

"으악!"

"크악!"

상상을 초월한 격통에 두 사람이 비명을 질렀다. 하지만 여전히 몸은 움직이지 않았다. 그들은 제론의 손에 목을 붙잡힌 채로 대롱대롱 매달려서 공터 한가운데로 올 수밖에 없었다.

쿠당탕!

바닥을 꼴사납게 나뒹군 두 사람은 갑자기 몸이 움직이는 걸 깨닫고 비틀비틀 일어났다. 잘못 굴렀는지 온몸이 쑤셨다. 하지만 그에 대한 항의도 불만도 표할 수 없었다.

"거기 앉아서 기다려라. 도망가고 싶으면 가도 좋다."

하지만 도망치면 어떻게 될지 뻔히 아는데 도망갈 수 있을 리가 없었다. 두 사람은 얌전히 앉아 불안하게 눈동자를 굴렸다.

잠시 후, 제론의 심부름을 떠났던 사내가 헐레벌떡 돌아왔다. 그의 뒤에는 만신창이가 된 청년 하나가 비틀거리며 따라오고 있었다.

"데, 데려왔습니다!"

사내가 환하게 웃으며 소리쳤다. 마치 잘했으니 상을 달

라는 듯한 표정이었다. 하지만 그는 이내 주변을 확인하고
는 그대로 얼어붙었다.

"이, 이게……!"

제론이 무심하게 발을 들어 올렸다.

뻐억!

"크악!"

사내가 뒤로 쭉 날아가 벽에 처박혔다.

쿵!

"쿨럭!"

사내가 피를 토했다. 그리고 그대로 정신을 잃어버렸다.
아직 멀쩡한 두 사람은 그 광경을 보고는 벌벌 떨었다. 정
말로 무서웠다.

제론은 가만히 눈을 돌려 만신창이가 되어 따라온 청년,
바인을 쳐다봤다.

바인의 눈에는 두려움이 깔려 있었다. 하지만 그 아래 깊
은 곳에서 넘실대는 독기가 금방이라도 뛰쳐나올 것처럼
일렁였다.

제론은 바인을 보고는 다짜고짜 말했다.

"원하는 게 있다면 말해 봐라."

바인의 눈에 순간 의문이 담겼다. 하지만 이내 눈빛이 다
시 원래대로 변했다. 스스로를 감추는 데 능한 자였다.

"저, 저같이 비천한 놈에게 그런 건 없습니다."

제론이 피식 웃었다.

"정말 없나? 이 지긋지긋한 빈민굴에서 벗어나고 싶은 욕망도, 막대한 돈을 벌고 싶은 욕심도 없나? 귀족이 되고 싶다거나 하는 바람도 없다고?"

바인이 어색하게 웃었다. 일단 감추겠다고 마음을 굳게 먹은 이상 다시 드러나지 않았다. 물론 제론은 그의 진면목을 속속들이 알고 있었다.

"헤헤헤. 언감생심 그런 마음을 품어 본 적이 한 번도 없습니다요. 헤헤헤헤."

바인이 비굴한 표정과 자세로 멍청하게 웃었다.

제론은 그 웃음을 보며 빙긋 미소를 지었다. 어딘가 섬뜩해 보여 바인은 하마터면 얼굴에 떠오른 웃음기를 지워 버릴 뻔했다.

"빈민굴의 왕이 되고 싶었잖아. 아닌가?"

바인의 표정이 그대로 굳었다. 마치 얼굴에 균열이라도 가는 듯했다. 그는 입을 꾹 다문 채 아무런 말도 하지 못했다.

"할 수는 있나?"

바인이 굳은 표정을 풀지 못하고 더듬더듬 대답했다. 너무 정곡을 찔러서 순간적으로 정신이 아득해졌다. 하지만 앞으로 더 이상 이런 실수를 해선 안 된다.

"제, 제게 그, 그런 능력이 있을 리 어, 없지 않습니까. 헤헤헤."

제론이 고개를 갸웃거렸다.

"익스퍼트 열 명만 수하로 부릴 수 있으면 할 수 있다고 하지 않았나?"

바인의 눈이 화등잔만 해졌다. 다시는 놀라지 않으려 했는데 어쩔 수가 없었다. 대체 그런 걸 어떻게 알고 있단 말인가.

제론이 피식 웃었다.

"고작 그 정도 꿈이 전부인가? 좀 더 큰 꿈은 없나?"

"크, 큰 꿈 말입니까?"

바인은 어느새 제론의 분위기와 대화에 말려들었다. 얼떨떨했다. 대체 뭐가 어떻게 돌아가고 있는 건지 알 수가 없었다.

"예를 들어 대륙의 밤을 지배하겠다거나, 아니면 대륙의 정보를 한 손에 쥐고 흔들겠다거나 하는 것 말이야."

"대, 대륙?"

바인의 눈이 휘둥그레졌다. 대륙이라니, 지금까지 단 한 번도 떠올려보지 못했다. 아니, 꿈도 꿀 수 없는 단어였다. 빈민굴도 아니고, 수도도 아니고, 왕국도 아닌 대륙이라니 말이다.

"어때? 생각이 좀 있나?"

바인이 두근거리는 마음을 억지로 가라앉혔다. 지금 들

떴다가는 그대로 먹혀서 죽는다. 방심하는 순간 그렇게 된다는 걸 지금까지 너무나 많이 봐 왔다.

"제, 제가 그런 걸 어떻게 하겠습니까?"

"벌써 같이 일할 사람을 열 명이나 모았잖아? 아닌가?"

"저까지 고작 열한 명입니다. 대체 무슨 수로 대륙의 밤을 지배한단 말입니까."

제론이 씨익 웃었다.

"할 마음은 있다는 뜻이로군?"

"하, 할 수만 있다면야 누가 그걸 거부하겠습니까."

"빈민굴에 대한 모든 정보를 속속들이 알고 있다면 장악하는 데 얼마나 걸릴 것 같아?"

바인은 순간 이것이 바로 시험이라는 것을 알아차렸다. 이걸 넘지 못하면 자신은 끝까지 빈민굴의 쥐새끼로 살아야 한다. 하지만 넘으면 정말로 왕이 될 수 있을지도 모른다. 밤을 지배하는 어둠의 왕이.

지금까지 한 번도 그렇게 맹렬히 머리를 굴려 본 적이 없을 것이다. 바인은 머리를 굴리고 또 굴렸다. 수많은 작전이 떠올랐다가 사라져 갔다. 그리고 그와 동시에 그 작전에 걸리는 시간을 계산했다.

"보름이면 끝낼 수 있습니다."

"보름?"

의외였다. 제론은 새삼스러운 눈으로 바인을 쳐다봤다.

제론이 마티를 통해 바인을 발견한 건 제법 오래되었다. 사실 수도의 유적을 장악한 지 얼마 되지 않아 발견했다.

그동안 바인의 능력을 차근차근 확인해 왔다. 그리고 결론을 내렸다. 앞으로 제론이 만들 정보 조직에 바인보다 적합한 사람은 없다고 말이다.

"빈민굴의 모든 정보를 속속들이 파악할 수 있다는 가정하에 나온 결론입니다."

"그러니까 예상보다 더 깊고 정확한 정보를 알 수 있다면 시간을 단축할 수도 있다는 뜻인가?"

바인의 눈이 커다래졌다. 설마 이런 말을 들을 줄은 몰랐다. 자신이 예상한 정보가 어느 정도 수준인지도 아직 듣지 않고서 어떻게 저런 말을 할 수 있단 말인가.

"속속들이 알아야 한다고 말씀을 드렸습니다만……."

제론이 피식 웃으며 돌아섰다.

"따라와라. 재미난 걸 보여 주지."

바인은 반신반의하는 표정으로 제론의 뒤를 따랐다.

그리고 지금까지 이 광경을 모두 듣고 본 두 사내는 침을 꿀꺽 삼키며 제자리에 못 박힌 듯 서 있었다. 이건 정말로 일대 사건이었다. 빈민굴은 물론이고 수도 전체가 발칵 뒤집힐 수도 있을 만한 사건 말이다.

"이, 이걸 어떻게 하지?"

두 사람은 안절부절못했다. 대체 뭘 어떻게 한단 말인

가. 이 사실을 누구에게 말해야 하는지조차 알 수 없었다.

그저 빈민굴에서 어깨에 힘주고 사람들 괴롭히는 것만 할 줄 알았지, 실제로 뭔가를 꾸미거나 생각하는 일은 한 번도 해 본 적이 없었다.

"이, 일단 자리를 뜨자."

두 사람은 황급히 자리를 뜨려다가 주위에 널브러진 동료들을 쳐다봤다. 두 사람이 서로를 바라보며 고개를 한 번 끄덕였다. 눈빛에 지독한 살기가 흘렀다.

잠시 후, 두 사내는 도망치듯 사라졌다. 그들이 사라진 공터에는 피비린내만이 가득했다. 그곳에는 단 한 점의 생기도 남아 있지 않았다.

바인은 할 말이 없었다. 대체 이 장소는 어떻게 알아냈단 말인가. 온몸에 전율이 흘렀다. 이곳은 바인이 비밀리에 만든 공간이었다.

아무도 모르게 땅을 파내서 만들었기 때문에 누구도 알지 못할 거라 자신했다. 한데 제론이 너무나 당연하게 그곳으로 들어가는 바람에 얼마나 놀랐는지 모른다.

"혼자서 만든 것치고는 제법 잘 만들었군."

제론은 바인이 이미 이곳을 만든 다음 수도 유적을 연결시켰다. 그렇기에 어떤 식으로 만들었는지는 몰랐다. 그래서 더 놀랐다.

이곳은 바인이 자신의 집 바닥을 파내서 만든 공간이었다. 상당히 교묘하게 만들었기에 미리 알고 있지 않는 한, 찾아내기가 어려웠다.

"대체 어떻게 안 겁니까?"

바인이 기가 막혀 물었다. 물론 제론은 대답해 주지 않았다. 대신 커다란 석판을 꺼냈다.

갑자기 아무것도 없는 공간에서 한쪽 벽을 꽉 채울 정도로 커다란 석판이 나타나자, 바인은 깜짝 놀랐다. 그리고 두려운 눈으로 제론을 바라봤다.

감히 딴 마음을 품어선 안 된다는 경각심이 뇌리를 계속 때렸다. 또한 일단 이렇게 엮였으니 다시 모르는 사이로 돌아가는 건 불가능하다는 사실을 받아들였다.

'이왕 이렇게 된 거, 확실하게 한다.'

바인은 무조건 이번 시험을 멋지게 통과하고 말 거라고 다짐했다. 자신의 모든 역량을 총동원하면 가능할 것이다. 벌써 빈민굴을 장악할 계획은 네 가지나 세워 놨다.

그중 무엇을 쓸지는 자신에게 주어지는 정보의 정도에 따라 달라질 것이다.

"거기서 멍하니 서 있지 말고 이리 와라."

제론의 말에 바인이 서둘러 제론에게 다가갔다. 그리고 한쪽 벽에 세워진 석판을 볼 수 있었다. 대리석으로 만들어진 석판이었다.

"이게 뭡니까?"

"네게 정보를 줄 물건이지."

"예?"

바인이 어이없는 눈으로 제론과 석판을 번갈아 바라봤다. 이 돌덩이에서 어떻게 정보를 뽑아낸단 말인가.

혹시 뭔가 자신이 모르는 마법이라도 걸렸을지도 모른다는 생각이 들었다. 바인은 석판에 다가가 조심스럽게 만져 봤다. 하지만 별다른 점을 발견할 수 없었다.

"이제부터 사용법을 알려 줄 테니 똑똑히 기억하도록."

제론이 석판을 향해 손바닥을 펼쳤다. 심장의 마나링이 맹렬히 가속했다.

위이잉!

제론은 석판에 손을 갖다 댔다.

번쩍!

바인은 너무 놀라 입을 쩍 벌렸다. 침이 떨어지는 것도 모르고 빛나는 석판을 바라봤다. 맹세코 이렇게 놀란 적은 평생 처음이었다.

석판에 수십 개의 작은 화면이 떠올랐다. 각각의 화면은 빈민굴 곳곳을 비추고 있었다.

"이, 이, 이게 뭡니까? 대체 뭘 어떻게 한 겁니까?"

제론이 바인을 쳐다보며 씨익 웃었다.

"말했잖아? 빈민굴을 속속들이 확인할 수 있는 정보를

주겠다고."

　바인은 홀린 듯이 석판을 바라봤다. 만일 이 화면이 비추는 장소를 자기 마음대로 바꿀 수 있다면, 혹은 사람을 임의로 지정해서 계속 따라다닐 수 있다면 보름이 아니라 열흘 안에 빈민굴을 장악할 자신이 있었다.

　바인의 심장이 거세게 뛰었다. 그리고 눈앞에 선 제론이 신으로 보였다. 그에게 있어서 제론은 신보다 더 대단한 사람이었다.

　또한 꿈을 이뤄 줄 사람이기도 했다.

Chapter 3

테오스의 능력

　제론은 느긋하게 호텔로 향했다. 이번에도 지난번과 마찬가지로 베니뉴스 호텔에 묵었다.

　사실 제론은 이곳을 의심하고 있었다. 이 호텔에서 일하는 자들은 일반적인 종업원과는 많이 달랐다. 태도도 달랐고, 실력도 달랐다.

　일반적으로 호텔에서 무력을 갖춘 종업원을 쓰지는 않는다. 호텔에서 무력이 필요할 때는 자체적으로 키운 경비병을 쓴다. 아니면 용병과 계약을 해서 쓰거나 말이다.

　베니뉴스 호텔에도 그런 경비병이 존재했다. 그러니 호텔 종업원의 무력은 전혀 다른 의도와 목적을 가지고 있음이 분명했다.

그래서 더 이곳에 방을 잡았다. 이들이 어떤 의도를 가지고 있으며, 또 어떤 식으로 일을 처리하는지 알아보기 위함이었다.

물론 다른 곳에서도 얼마든지 살펴볼 수 있지만, 그래도 직접 몸으로 확인할 필요가 있었다. 마티로는 어떤 마법을 썼는지 알아보는 것이 불가능했다. 직접적으로 마법진이 그려져 있지 않다면 말이다.

제론은 베니뉴스 호텔을 세세히 살피고 싶었다. 그랬기에 최상층 객실에 머물지 않았다. 최상층에는 정보 수집에 관한 마법진은 전혀 사용되지 않았다는 사실을 지난번에 확인했기 때문이었다.

이제 나머지 부분을 확인해야 하는데, 아무래도 마법이 사용되지 않았다는 쪽으로 느낌이 흘러갔다.

베니뉴스 호텔에 사용된 마법은 지극히 일반적인 것들뿐이었다. 호텔을 보호하기 위한 몇 가지 장치와 편의를 위한 마법뿐이었다.

'그렇다는 건 마법을 사용하지 않고 정보를 수집한다는 뜻인데, 그게 가능한가?'

정보 수집을 위해 곳곳에 사람이 숨어 있는 건 아니었다. 상식적으로 마법을 쓰지 않고 정보를 모으려면 각 객실에 은밀히 사람이 숨어 있을 수밖에 없었다.

하지만 베니뉴스 호텔에는 전혀 그런 사람이 없었다. 그저 종업원이 언제나 귀를 열고 다닌다는 점이 유일하게 제론이 알아낸 것이었다.

　그래서 제론은 더 알고 싶었다. 대체 마법적 장치 없이 어떻게 정보를 모으는지 말이다. 아니, 어쩌면 그게 아닐 수도 있었다. 잘못 짚었을 확률도 있었다.

　어쨌든 확인해 보고 싶었다.

　마법이 아니라면 마티를 이용해 충분히 찾을 수 있다는 뜻이었다. 그런데 중요한 건 아직도 그걸 못 찾았다는 점이었다.

　누가 만들었는지 모르지만 만일 정말로 베니뉴스 호텔에 마법을 완전히 배제한 정보 수집 장치가 있다면 그걸 만든 자는 천재의 범주에 드는 사람일 것이다.

　제론은 방 한가운데 앉아서 심장의 마나링을 가속시켰다. 맹렬히 회전하는 마나링이 주변 마나를 장악했다.

　일단 호텔에 걸린 마법부터 확인할 생각이었다.

　샤아아아아!

　제론의 몸에서 부드럽게 마나가 흘러나왔다. 마치 안개처럼 사방으로 퍼져 나가는 마나가 인위적 마나의 흐름을 차근차근 장악했다.

　호텔에 새겨진 모든 마법이 제론의 뇌리에서 철저하게 해체되었다. 제론은 단 하나도 놓치지 않았다. 혹시라도 건물의 구조를 통해 만든 마법진이 있을지도 몰라 더욱 세심히 살폈다.

물론 그런 고도의 마법진을 구현할 능력을 가진 사람은 거의 없었다. 있다 하더라도 기초적인 수준에 불과했다. 그렇기에 제론의 감각을 피해 갈 마법진은 존재할 수가 없었다.

"역시 없군."

몇 번이나 확인했다. 하지만 정보 수집에 관한 마법진은 전혀 설치되어 있지 않았다. 즉, 다른 방식으로 정보를 모았다는 뜻이다.

이제부터 그걸 확인해야만 한다. 물론 마티를 최대한 잘 이용할 생각이었다.

제론은 함부로 태블릿을 꺼내지 않았다. 이 방은 감시당하고 있을 확률이 높았다. 그렇기에 겉으로 알 수 있는 일은 피해야만 했다.

'일단 나가야겠군.'

이 방에서는 아무것도 할 수 없었다. 어쨌든 마법진을 확인한다는 목적은 달성했으니, 이젠 감시당할 필요가 없는 장소에서 마티를 이용해 차근차근 살필 생각이었다.

방에서 나간 제론은 곧장 호텔을 나섰다. 그리고 인적이 없는 곳으로 향했다. 모든 감각을 끌어 올려 혹시라도 미행하거나 감시하는 자가 있는지 확인하는 것도 잊지 않았다.

제론의 발걸음이 너무나 자연스럽게 빈민굴로 향했다.

빈민굴에 들어선 제론은 바인이 떠올라 피식 웃었다. 바인에게 준 석판은 제론이 직접 만든 아티팩트였다.

제론은 마티와 태블릿의 기능을 적절히 이용해 석판을 만들었다. 그것에는 초고대의 마법 지식이 아낌없이 들어갔다.

가장 신경 쓴 부분은 바로 제한이었다.

석판을 제대로 다루면 마티를 마음껏 조종해 원하는 정보를 얻을 수 있었다. 하지만 몇 가지는 철저히 차단시켰다.

당연히 제론에 관한 정보는 완벽하게 차단되었다. 마티는 제론 근처에도 올 수 없었다. 당연히 마티를 통해 제론을 살피는 것도 불가능했다.

그렇기에 제론은 마음 놓고 빈민굴에 들어왔다. 그리고 가장 인적이 없는 곳에 들어서자마자 곧장 중앙 유적으로 이동했다.

태블릿을 가장 마음 편히 볼 수 있는 곳은 역시 유적뿐이었다.

제론은 태블릿을 조작해 수천 개의 마티를 베니뉴스 호텔로 이동시켰다.

"화면 하나로는 힘든데?"

제론의 말이 떨어지기 무섭게 유적 로비 곳곳에 수많은 화면이 나타났다. 허공에 떠 있는 화면도 있었고, 벽에 붙은 화면도 있었다. 하나같이 커다랬다.

화면의 수는 백 개가 훨씬 넘었다. 제론은 태블릿을 조작해 로비에 가득한 화면에 각각 하나씩 영상을 보냈다.

하나의 화면이 육십사 개로 분할되었다. 그리고 그렇게 분할된 각각의 화면 하나에 마티 하나가 할당되었다.

한꺼번에 수많은 화면을 동시에 확인하는 건 사실 인간으로서는 불가능했다. 당연히 제론도 그렇게까지는 할 수 없었다.

하지만 각각의 마티를 일정한 공간을 할당해 규칙적으로 이동하게 하면 모든 화면을 돌아가면서 확인하는 게 가능했다.

물론 그러면서도 몇 개의 마티는 제론이 직접 조종했다. 혹시라도 있을지 모르는 비밀 공간을 찾아내기 위함이었다.

마티가 호텔 곳곳을 날아다녔다. 그리고 그 모든 광경을 화면으로 보냈다.

제론은 로비 한가운데에서 사방을 둘러보며 이상한 점을 찾았다. 그러면서도 동시에 태블릿을 조작해 몇 개의 마티를 직접 움직였다. 당연히 그 화면은 태블릿에 떴다.

"음?"

한참 조사를 하던 제론은 이상한 점을 발견했다. 호텔 유리창 옆에 작은 실 하나가 보인 것이다.

물론 모든 유리창에 실이 달린 건 아니었다. 딱 하나뿐이었다. 그것도 살짝 삐져나온 것에 불과했다.

제론은 마티를 움직여 실 근처를 세심히 살폈다. 화면을 크게 확대해서 하나라도 놓치는 것이 없도록 했다.

"실이 유리창에 붙어 있어?"

실이 삐져나온 곳은 정작 유리창에서 살짝 떨어진 곳이었다. 만일 그것만 보고 넘어갔다면 절대 몰랐을 것이다.

유리창에 실 한 가닥이 붙어 있었다. 그것도 아주 은밀히. 만일 제론도 신경을 써서 살피지 않았다면 결코 몰랐을 것이다. 그 정도로 티가 나지 않았다.

제론은 내친김에 나머지 모든 유리창도 조사했다. 마티가 있고, 확신이 있으니 찾는 건 어렵지 않았다. 모든 유리창에 실이 붙어 있었다.

그러고 보니 창에 쓰인 유리의 재질이 심상치 않아 보였다. 유리창에 마법을 걸어 놓은 건 아니었지만, 유리 자체를 마법적 처리를 통해 만들었다. 아주 특별한 효능을 가지고 말이다.

제론은 그것이 어떤 효능인지 확실히 알 수 있었다. 베니뉴스 호텔의 유리창은 소리를 모은다. 그리고 실을 통해 소리를 어딘가로 보낸다.

"일단 호텔 안에 있는 건 절대 아니야."

누군지 정말로 치밀하게 만들어 놨다. 호텔에 의심스러운 공간을 만들지 않아 혹시라도 있을지 모를 감사나 조사에 대비했다.

제론은 마티를 사방으로 퍼트렸다. 분명히 소리가 모이는 곳은 호텔에서 멀리 떨어져 있지 않을 것이다. 당연히 그 추측은 사실로 드러났다.

베니뉴스 호텔 바로 옆에 있는 건물이 바로 그곳이었다. 호텔에 거의 붙어 있는 3층 건물이었는데, 1층은 고급 액세서리나 보석을 파는 상점이었고, 2층과 3층은 생활공간이 있는 전형적인 상점주택이었다.

제론이 찾는 장소는 그 건물 지하에 있었다. 잘 감춰진 방이 지하에 있었고, 호텔의 유리창에서 나온 모든 실은 그 방과 이어져 있었다.

그리고 방에서는 열 명이나 되는 사람이 실 끝에 달려 있는 원통에 귀를 기울이며 정신없이 거기에서 흘러나오는 내용을 적고 있었다.

그걸 발견한 제론은 손가락을 튀겼다.

딱!

로비에 쫙 펼쳐져 있던 모든 화면이 싹 사라졌다. 제론은 태블릿을 조작해 열 개의 마티를 그곳에 남겼다. 앞으로 그들이 적는 모든 내용은 고스란히 마티를 통해 태블릿에 저장될 것이다.

"그나저나 저 유리와 실에 대해서 확실히 알아볼 필요가 있겠어."

제론은 일단 태블릿을 통해 검색부터 했다. 웬만한 질문의 답은 태블릿이 가지고 있었다. 가끔 세상의 모든 지식이 다 들어 있는 건 아닐까 하는 생각이 들곤 했다.

검색이 생각보다 쉽지 않았다. 제대로 된 키워드로 찾아야 하는데, 유리나 실로는 찾을 수가 없었다.

한동안 태블릿을 들여다보며 조작하던 제론의 눈이 반짝 빛났다. 드디어 찾은 것이다.

"이름부터가 완전히 다르니 찾을 수가 없지."

제론은 수많은 검색을 시도한 끝에 네라와 레브마라는 이름을 찾아낼 수 있었다.

찾기가 어려웠던 이유는 거의 쓰이지 않기 때문이었다. 마법으로 모든 걸 해결할 수 있는데, 굳이 새로운 물질을 만들어 쓸 일은 없지 않은가.

하지만 상황에 따라 유용한 물건이었다. 지금처럼 은밀히 정보를 수집하거나 할 때 너무나 효과적이지 않은가.

초고대에는 소리를 통해 정보를 모으는 일 자체가 어려웠다. 소리가 밖으로 새 나가지 않게 만드는 능력을 대부분 가지고 있었기 때문이다.

제론은 네라와 레브마에 대해 더 자세히 살폈다. 그것을 만드는 방법과 쓰임새에 관한 수많은 설명이 있었다. 역시 태블릿은 대단했다.

제론은 문득 베니뉴스 호텔의 주인은 어떻게 네라와 레브마의 존재를 알고 만들어 냈는지 궁금해졌다.

'어쩌면 그게 아닐 수도 있지.'

전혀 다른 물질로 비슷한 효과를 내는 것일 수도 있었다. 사실 그럴 확률이 높았다. 네라나 레브마를 만들기 위해서는 초고대 문명을 모르면 절대 알 수 없는 물질이 필요했다.

포로스와 마찬가지로 테페룸을 가공해 만드는 물질이었기에 호텔 전체를 그런 물질로 뒤덮으려면 상상을 초월할 정도의 돈이 필요했을 것이다.

그러니 뭔가 새로운 물질을 개발한 것이 분명했다. 그렇게 생각하니 호텔의 주인이 더 대단하게 느껴졌다.

'좀 알아봐야겠어.'

호텔의 주인이 누군지 알아내는 방법은 아주 간단했다. 모은 정보가 어디로 가는지만 확인하면 된다. 그리고 그것은 마티를 이용하면 아주 간단히 알아낼 수 있다.

"좋아. 여기는 이 정도로 마무리하자."

제론은 왠지 뿌듯했다. 새로운 걸 알아냈다는 즐거움이 말도 못할 충족감을 주었다.

태블릿을 아공간에 넣은 제론은 주위를 둘러봤다. 이왕

이렇게 중앙 유적에 온 김에 수련을 할 생각이었다.

12층의 수련은 아직도 지지부진했다. 마티를 이용해 사방에서 쏟아지는 검은 구슬을 잡아내는 건 어찌어찌할 수 있었는데, 그걸 막거나 피할 방법이 없었다.

검술을 극한까지 끌어 올리거나 아니면 뭔가 다른 방법을 찾아내야만 했다. 하지만 아무리 검술을 극한까지 끌어 올려서 소드 마스터가 된다 하더라도 과연 그걸 모두 막을 수 있을지 확신이 서지 않았다.

"어쨌든 가자."

제론은 곧장 12층으로 내려갔다. 그리고 테오스를 소환했다.

수련은 바로 시작되었다. 수백 개의 검은 구슬이 테오스로 쏟아졌다.

제론은 사방에 뜬 화면을 통해 그것들을 잡아냈다. 화면 하나에 수백 개의 구슬이 보였다. 심지어는 낮은 궤도로 날아 다리를 노리는 구슬도 있었는데, 그조차 몽땅 보였다.

후웅! 후웅! 후웅!

테오스가 검을 휘둘렀다. 하지만 당연하게도 모든 구슬을 막아낼 수 없었다.

터더더더더더덩!

"크윽!"

바늘에 찔리는 듯한 통증이 온몸에 느껴졌다. 대체 어떻게 통증을 느끼게 만드는지 신기할 지경이었다. 테오스가 아무리 뛰어나도 통각까지 연결할 리가 없는데 말이다.

'이래서는 답이 없어.'

제론은 내심 하루라도 빨리 소드 마스터가 되어야겠다고 생각했다. 그랬다면 이 정도로 당하지는 않았을 것 아닌가.

상념에 젖은 사이 또 한 차례 구슬이 쏟아졌다. 이번에는 더 막기 어려웠다. 딴생각을 한 대가는 아주 컸다.

터더더더더덩!

"크으윽!"

제론은 인상을 찡그렸다. 그러다가 문득 마법에 생각이 미쳤다.

만일 마법을 쓸 수 있다면 이따위 구슬쯤 얼마든지 막아낼 수 있을 것이다. 단순한 바람 마법만 펼쳐도 구슬을 싹 날려 버릴 수 있을 테니까.

구슬이 또 쏟아졌다.

반사적으로 검을 휘두르려던 제론은 무슨 생각을 했는지 심장의 마나링을 가속시켰다.

당연히 아무 일도 벌어지지 않았다. 심지어 마법을 쓰지도 못했다. 테오스의 조종석에서 마법을 쓴다는 건 불가능했다. 조종석에 마법이 떨어지면 라이더의 안전을 보장할 수 없기에 막아 놓은 것이다.

터더더더덩!

"크윽!"

완전히 무방비 상태로 구슬을 맞았다. 하지만 오히려 그렇게 맞으니 통증이 좀 덜했다. 무리하게 검을 휘두르다 맞으면 자세가 안정적이지 않아 더 아픈 모양이었다.

제론은 그렇게 대충 자기 편한 대로 생각하고는 다시 마나링을 돌렸다.

안 된다는 걸 알면서도 오기가 생겼다. 이번에는 그냥 마법을 쓰지 않고 테오스가 쓴다는 생각으로 동화율에 신경을 썼다.

위이잉!

순간 기묘한 감각이 제론의 온몸을 덮쳤다.

"헉!"

마치 온몸을 마나가 훑고 지나가는 듯했다. 제론은 깜짝 놀라 집중이 흐트러졌다. 그러자 마나도 사라졌다.

터더더더덩!

"크윽!"

통증이 훨씬 덜했다. 제론의 눈이 번득였다. 답은 검이 아니었다. 통증이 줄어든 이유도 알 수 있었다. 안정감이 아니었다. 답에 가까웠기 때문이었다.

제론은 다시 마나링을 가속시켰다. 이번에는 조금 전 감각을 확실히 느끼려 애썼다.

위이잉!

심장의 마나링이 가속되었다. 그와 동시에 거대한 마나
가 온몸을 훑고 지나갔다. 아니, 계속해서 마나가 쏟아졌
다. 제론은 그것이 마나링이라는 것을 알 수 있었다.

놀랍게도 테오스의 조종석을 중심으로, 즉, 제론을 중심
으로 거대한 마나링이 회전했다.

제론은 쏟아지는 검은 구슬을 화면으로 확인하며 손을
뻗었다.

제론과 동화된 테오스도 손을 뻗었다.

화아악!

빛나는 마법진이 테오스의 손바닥 앞에 떠올랐다. 그리
고 산산이 부서지며 마법이 발현되었다.

콰우우!

거대한 불꽃이 쏟아져 나갔다. 불꽃에 닿은 구슬은 여지
없이 녹아 버렸다.

터더더덩!

앞의 구슬은 싹 녹였지만 등은 방어하지 못했다. 하지
만 제론은 거의 통증을 느끼지 못했다. 아니, 통증을 느낄
정신도 겨를도 없었다.

"마법을 쓸 수 있다니!"

제론은 멍하니 손을 들여다봤다. 기간트로 마법을 쓰다

니. 대체 이게 어떻게 가능하단 말인가.

솔직히 가능성을 느끼고 시도하면서도 될 거라고는 생각지 않았다. 한데 이렇게 어마어마할 줄은 몰랐다.

제론은 마나링을 온몸으로 느꼈다. 그건 테오스가 가진 마나링이었다. 물론 몇 개인지는 모른다. 하지만 이렇게 마법을 펼쳐 낸 걸 보면 다섯 개 이상인 건 분명했다.

그러는 사이 다시 구슬이 쏟아졌다. 유적의 수련 시스템은 현재 제론의 마음이 얼마나 복잡하든 신경을 써 주지 않는다.

제론은 자연스럽게 테오스의 손을 들어 올렸다. 테오스의 마나링이 회전했다. 이번에는 집중해서 분명히 느꼈다. 제론과 마찬가지로 일곱 개의 마나링을 가졌다.

위이잉!

테오스는 양손을 옆으로 뻗었다. 두 개의 마법진이 각각의 손바닥 앞에 떠올랐다.

샤아아!

마법진이 부서지며 마법이 발현되었다.

콰우우!

두 개의 불꽃이 구슬을 휩쓸며 타올랐다. 하지만 모든 구슬을 완벽하게 막아 낼 수는 없었다.

터더덩!

제론은 실망하지 않았다. 이건 그저 연습일 뿐이었다. 제론이 펼칠 수 있는 마법은 그 종류가 엄청나게 많았다. 사방에서 쏟아지는 구슬쯤이야 얼마든지 막아 낼 수 있었다.

다시 구슬이 쏟아졌다. 제론은 이번에는 조금 전과 방법을 달리했다.

테오스의 발밑에 마법진이 나타났다. 그리고 그것이 부서지며 투명한 막이 테오스를 완벽하게 가뒀다. 실드였다.

터더더더더더덩!

제론의 예상대로 검은 구슬은 테오스의 실드를 전혀 뚫지 못했다. 모든 구슬을 완벽하게 막아 낸 것이다.

"끝인가?"

12층 수련의 목표가 끝났다고 여긴 순간, 다시 구슬이 쏟아졌다. 제론은 반사적으로 실드를 펼쳐 그것을 막아 냈다. 그리고 의아한 표정을 지었다.

"뭐지? 아직 끝난 게 아니라고?"

이번에는 다른 층과 달리 빠르게 끝낼 수 있다고 여겼는데, 그게 아니니 실망스러웠다. 하지만 실망은 실망일 뿐, 투지가 사라지지는 않았다.

제론은 사방에 떠 있는 화면을 통해 다시 쏟아지는 구슬을 보며 눈을 빛냈다.

그 뒤로 수많은 마법이 펼쳐졌다. 제론은 질리지도 않고 마법을 쏟아 냈고, 그때마다 모든 구슬을 없앨 수 있었다. 하지만 아무리 구슬을 부숴도 12층의 수련은 끝나지 않았다.

"대체 뭘 어쩌라는 거지?"

구슬이 지금보다 훨씬 많이 쏟아져도 몽땅 막아 낼 자신이 있었다. 한데 그러면 뭐 하는가. 수련이 끝날 생각을 않는데.

제론이 생각에 잠긴 사이 다시 구슬이 쏟아졌다. 테오스의 조종석에 앉아 사방에 펼쳐진 화면을 둘러보던 제론은 문득 의문이 들었다.

'왜 이렇게 화면이 많을까?'

마치 모든 사각을 없애기 위한 화면 같았다. 정확히 조종석에 앉은 라이더가 한눈에 모든 걸 확인할 수 있도록 화면이 떠 있었다.

제론은 반사적으로 마법을 펼쳤다.

마법진이 떠오르며 수많은 푸른 색 구슬이 생겨났다. 테오스의 마나를 통해 만들어진 마력탄이었다.

슈슈슈슈슉!

마력탄이 사방으로 쏘아져 나갔다. 마력탄을 제어하는 것은 엄연히 제론이었다. 제론은 테오스의 마나를 이용해 마력탄을 조종했다.

마력탄이 각각 방향을 잡아 날아갔다. 그리고 절반 정도가 까만 구슬에 명중했다.

퍼버버버버벅!

마력탄과 충돌한 구슬은 그대로 소멸되었다.

"이거였군."

무려 12층 공략이 그렇게 쉬울 리 없었다. 고작 테오스로 마법을 쓸 수 있게 되었다고 수련이 끝났다고 생각했다니.

12층의 진짜 수련 목표는 테오스를 이용해 마법의 컨트롤 능력을 향상시키는 것이었다.

일단 목표를 알아냈으니 그 뒤로는 별거 없다. 될 때까지 끊임없이 앞으로 나가가기만 하면 된다. 그건 누구보다 자신 있었다.

사방에서 구슬이 쏟아졌고, 제론의 눈이 매섭게 빛났다. 테오스가 만들어 낸 마법진이 수백 개의 마력탄을 날렸다.

검은 구슬과의 싸움은 그렇게 계속되었다.

제론은 행정청에서 모든 처리가 끝난 것을 확인한 뒤, 빈민굴로 향했다. 생각했던 것보다 행정청의 일 처리가 더뎠다. 열흘이나 걸린 것이다.

그 열흘의 시간 동안 에어스트 백작령에 대한 정보가 레뉴 왕국 유력 가문으로 흘러들어 갔다. 제론은 그것을 분명히 확인할 수 있었다.

레뉴 왕국의 유력 가문은 대부분 수도에 저택을 구입해 지내고 있었다. 정계 활동을 하려면 수도에 있는 편이 훨씬 편했다.

덕분에 제론도 편하게 정보를 얻을 수 있었다.

문제는 그 모든 정보가 그저 태블릿 안에 잠들어 있다는 점이었다. 정보를 써먹으려면 그것을 확인해 필요한 부분을 추려 내야 하는데, 제론에게는 그것을 할 시간이 모자랐다.

그래서 찾아낸 것이 바로 바인이었다. 제론은 상당히 오랫동안 바인을 관찰했다. 바인에게 관심을 가진 이후로 항상 마티를 붙여 뒀다.

그렇게 해서 결론을 내렸다. 능력도 능력이지만 믿고 일을 맡길 수 있느냐가 더 중요했다. 제론은 일단 바인을 믿을 수 있다고 판단했다.

빈민굴에 들어선 제론은 뭔가 위화감이 들었다. 예전에 왔을 때와는 분명히 달랐다. 하지만 아무렇지도 않은 표정으로 계속 걸었다.

제론은 바인에게로 향하는 내내 위화감의 정체를 파악하려 애썼다. 그리고 결국 그것을 알아냈다.

곳곳에 서 있는 사람이 문제였다. 그들은 뭔가 자연스럽지 않았다. 그것을 알아챈 제론이 속으로 상당히 감탄했다.

'날 감시하는 건가?'

그냥 감시만 하는 게 아니었다. 어딘가로 계속 신호를

보내고 있었다. 제론은 당장 이들이 뭘 하는지 마티를 통해 확인해 보고 싶은 걸 꾹 눌러 참았다.

감시하고 정보를 전달하는 방식이 상당히 뛰어났다. 아마 제론의 감각이 특별히 예민하지 않았다면 절대 그 부자연스러움을 알아채지 못했을 것이다.

제론은 소드 마스터가 되기 직전이었다. 물론 그 앞에 놓인 벽이 워낙 높고 두꺼워 깨뜨릴 엄두도 못 내고 있긴 하지만 말이다.

초고대 문명에서야 아직 익스퍼트지만 현실에서는 이미 소드 마스터였다. 아직 다른 소드 마스터를 본 적은 없지만 그들보다 월등히 강하면 강했지, 결코 떨어지지 않을 거라 자신했다.

그러니 실제로 바인이 구축해 놓은 빈민굴의 정보망은 거의 들킬 염려가 없었다. 고작 열흘 만에 이 정도로 만들어 놓은 것이다.

제론은 과연 바인이 어디까지 했을지 궁금했다. 보름 안에 빈민굴을 장악할 수 있다고 장담했는데, 지금 이 모습만 보면 충분히 가능할 것 같았다.

바인의 거처로 가는 내내 기분이 좋았다. 테오스의 새로운 능력을 알아낸 것도 좋았고, 12층 공략의 열쇠를 발견했으니 금상첨화였다.

거기에 바인의 능력도 예상보다 훨씬 뛰어난 것 같으니

더없이 만족스러웠다.

감시의 눈길은 바인의 거처로 가는 내내 끊임없이 이어졌다. 곳곳에 빈민들이 있었고, 그들의 눈에 제론의 일거수일투족이 담겼다.

제론은 바인의 거처에 도착했다. 한데 예전과 달리 거처를 지키는 자가 둘이나 있었다. 둘 다 힘깨나 쓸 것처럼 덩치가 있었고, 인상도 우락부락했다.

제론이 다가가자 두 사람이 앞을 막아섰다. 제론은 굳이 힘을 쓸 이유가 없기에 걸음을 멈췄다. 그러자 안에서 바인의 목소리가 들려왔다.

"귀한 분이시다. 안으로 모셔라."

두 덩치가 그 말에 흠칫 놀라더니 정중히 허리를 숙였다.

"몰라 뵀습니다. 안으로 드십시오."

인상에 어울리지 않는 말투였다. 제론은 호기심 어린 눈으로 두 덩치를 한 번씩 쳐다보고는 안으로 들어갔다.

바인이 어디서 구했는지 낡은 탁자를 앞에 놓고 서 있었다. 그리고 제론이 들어서자마자 즉시 허리를 깊이 숙여 인사했다.

"어서 오십시오."

"일은 잘 돼 가나?"

"아직 기한이 남은 걸로 압니다."

아직 5일이나 남았다. 하지만 오면서 분위기를 보니 거의 끝난 모양새였다.

"다 끝난 것 같던데?"

"아직 한 군데 남았습니다. 그들을 피해 없이 처리하려면 시간이 좀 걸립니다."

"그게 5일인가?"

"그렇습니다."

제론이 흥미로운 눈으로 바인을 쳐다봤다. 바인은 긴장감 어린 눈으로 제론을 바라봤다. 그는 제론이 어마어마한 힘을 가졌다는 걸 안다.

무력은 어떤지 확인하지 못했지만 자신에게 신비로운 아티팩트를 보여 준 것만으로도 그 힘을 어느 정도 느낄 수 있었다. 아마 허튼수작이라도 부리면 이따위 빈민굴쯤 단번에 날아가 버릴 것이다.

"단번에 끝낼 수 있는 방법은?"

"두목들만 모아서 처리하면 됩니다."

"그래? 그럼 그렇게 하지."

"하지만 무력이 필요합니다. 비록 빈민이지만 두목들의 힘은 상당합니다."

"어느 정도면 되나? 익스퍼트 기사를 기준으로 얘기해 봐."

익스퍼트라는 말에 바인이 침을 꿀꺽 삼켰다. 익스퍼트 기사 한 명만 와도 빈민굴을 완전히 뒤집어 버릴 수 있었다.

물론 그렇다고 그를 해치우지 못한다는 뜻은 아니었다. 빈민은 대부분 독한 구석이 있었다. 마음 독하게 먹고 갖은 비열한 수를 다 동원해 싸우면 기사를 죽이는 것도 가능했다.

바인은 잠깐 머릿속으로 계산한 뒤 말했다.

"세 명이면 어떻게 될 것 같습니다."

그 말에 제론이 고개를 끄덕였다. 생각보다 빈민굴 조직의 힘이 대단하다는 생각은 들었지만 그뿐이었다.

"내가 하지."

"그럼 오늘 저녁에 그들을 모으겠습니다."

아무렇지도 않게 말하는 바인을 보며 제론은 묘한 표정을 지었다. 마치 그들을 꼭두각시 인형처럼 취급하는 듯하지 않은가.

"언제든 원하는 때에 그들을 모을 수 있는 건가?"

"시간이 어느 정도 필요하지만, 그런 상황을 만드는 것 자체는 간단합니다."

제론의 눈에 호기심이 어렸다.

"상대편 조직의 두목은 총 열 명입니다. 그리고 전 그들 각자의 취향과 욕망을 알고 있습니다."

"그걸 이용해 모은다고?"

"슬쩍슬쩍 정보를 흘려주면 됩니다. 아마 절대 거부할

수 없을 겁니다."

"대단하군."

제론은 감탄했다. 말은 쉬워 보이지만 결코 쉽지 않은 일이었다. 만일 정말로 바인이 그걸 마음대로 할 수 있다면 처음 예상했던 것보다 훨씬 대단한 능력자였다.

바인이 그런 제론을 바라보며 조심스럽게 말을 이었다.

"사실 저를 만난 뒤에 빈민굴에 들르셨다는 것도 알고 있습니다."

제론의 표정이 살짝 변했다. 그건 바인이 결코 알 수 없는 것이었다. 바인에게 준 마티에는 제한이 걸려 있기 때문이다.

"제가 가진 아티팩트로는 확인이 불가능한 영역이지만, 역으로 그것이 존재 자체를 말해 주기도 합니다."

제론은 미처 거기까지는 생각 못했기에 한편으로는 놀라면서도 다른 한편으로는 감탄했다. 아무리 그래도 그것까지 알아낼 수 있을 줄은 몰랐다.

"사실 단편적인 정보를 모으면 그것을 아우르는 큰 흐름을 볼 수 있습니다. 전 빈민굴을 샅샅이 살피면서 빈민굴 밖의 일도 조금씩 알아 가고 있습니다."

바인은 그렇게 말하며 한쪽 구석으로 걸어갔다. 그곳에는 커다란 상자 하나가 있었다. 그 안에는 서류가 가득 들어 있었다.

제론은 바인이 그 안에서 꺼낸 수십 장의 서류를 받아 확인했다. 그리고 혀를 내둘렀다.

모두 수도 곳곳의 정보를 정리해 놓은 것이었다. 그중 절반 정도는 아직 제론도 모르는 것들이었다. 물론 알고자 마음먹으면 얼마든지 알아낼 수 있었다. 하지만 이렇게 정리하려면 제법 애를 써야만 한다.

"훌륭하군."

제론은 그것 외에는 할 말이 없었다. 심혈을 기울여 찾은 녀석이긴 하지만, 그래도 이건 너무 심했다. 이 정도로 뛰어날 줄은 몰랐다. 제론의 시선이 바인에게로 향했다.

바인은 제론이 어떤 생각을 하고 있는지 알기에 그저 가만히 고개를 숙인 채 처분을 기다렸다. 일단 던질 수 있는 건 다 던졌다.

사실 이렇게까지 자신의 능력을 드러낼 필요는 없었다. 하지만 일부러 그렇게 했다. 자신의 모든 걸 드러내서 상대의 신뢰를 얻기 위함이었다.

제론은 한참 동안이나 바인을 쳐다보며 생각에 생각을 거듭했다. 바인이 얼마나 뛰어난지 알기에 그가 만일 딴 맘을 먹었을 때, 얼마나 엄청난 사태가 벌어질지 대충 짐작할 수 있었다.

하지만 그 위험을 안고서라도 바인을 놓치기 싫었다. 그만큼 바인은 뛰어난 구석이 있었다.

'일단 정보 하나만큼은 앞으로 절대 걱정할 필요가 없겠군.'

어쩌면 굳이 제론이 요청하지 않아도 바인이 알아서 필요한 정보를 보내 줄지도 모른다.

"좋아. 일단 오늘 저녁에 그놈들이나 모아라. 일단 빈민굴부터 장악하자."

바인이 환하게 웃으며 깊이 고개를 숙였다. 사실 모험이었다. 제론이 자신을 받아들이지 않았다면 자신은 죽은 목숨이었다. 누가 후환을 살려 두겠는가.

"감사합니다!"

제론은 그런 바인을 보며 피식 웃었다. 어쨌든 이제부터 진짜 시작이었다.

그리고 그날 밤, 빈민굴을 장악한 열 개의 조직이 공중분해 되었다. 열 명의 두목은 목이 잘린 채, 각자의 조직으로 돌아갔다.

바인은 레뉴 왕국의 수도에서 가장 많은 사람이 살고 있는 빈민굴의 유일한 주인이 되었다.

Chapter 4

문두스

　제론은 바인을 위해 빈민굴에 제대로 된 거처를 하나 만들어 주었다.

　마티로부터 받은 화면을 보여 주는 아티팩트도 훨씬 크게 여러 개를 만들었다. 그리고 그것을 보기 편하게 배치해 주었다.

　아무리 빈민굴의 주인이 되었다고 하지만 모든 빈민을 노예처럼 부릴 수 있는 건 아니었다. 빈민도 엄연히 왕국의 백성이었다.

　하지만 빈민들 위에 군림하는 건 분명했다. 게다가 바인은 이전의 다른 두목들과 달리 그들을 힘으로 다스리지 않았다.

대부분의 빈민은 바인의 말에 충실히 따랐다. 노예처럼 부리지는 않지만, 그들은 바인의 노예나 다름없었다.

제론은 바인에게 일단 수도의 정보를 맡겼다. 수도의 정보를 통해 레늄 왕국 전반에 걸친 모든 일을 파악할 수 있다고 판단한 것이다.

그리고 그 판단은 실로 정확했다.

제론은 수도 유적에 있는 마티를 바인이 사용할 수 있게 허락해 주었다. 물론 제한을 걸어서 제론을 직접 확인하는 건 불가능하게 만들었다.

빈민굴의 일도 있고 해서, 제론은 자신을 중심으로 반경 10미터 안은 볼 수 없게 만들었다. 물론 그렇게 한다 하더라도 충분히 바인은 모든 걸 알 수 있을 테지만, 그래도 직접 보지만 않으면 상관없다고 판단했다.

"주인님은 정말 대단하신 분입니다."

바인은 제론을 두려운 눈으로 바라봤다. 그리고 절대 배신하지 않겠다고 마음속으로 다짐하고 또 다짐했다. 그가 보기에 제론은 아직도 자신의 모든 것을 보여 주지 않았다.

'그게 모두 나오면 대체 어떤 힘을 발휘하실지······.'

상상만으로도 두려웠다. 그리고 또 짜릿했다. 제론이 가진 바 힘을 마음껏 발휘해서 세상을 휘젓는 모습을 꼭 보고 싶었다.

"받아라."

제론은 바인의 말에 대꾸조차 하지 않고 주머니 하나를 툭 던졌다.

바인은 발치에 떨어진 주머니를 보고는 대번에 그것이 무언지 알아챘다. 돈이었다. 정보 조직을 운영하려면 돈이 필요하다.

별로 대수롭지 않게 주머니를 들어 안을 확인한 바인은 너무 놀라서 하마터면 주머니를 떨어뜨릴 뻔했다.

"허억! 주, 주인님!"

"왜? 너무 적나?"

"아닙니다! 많습니다!"

주머니에 들어있는 돈의 액수는 무려 100만 골드였다. 이 정도면 빈민굴 전체를 정보 조직으로 만들고도 남을 정도의 액수였다.

물론 제론이 원하는 건 그런 게 아니었고, 바인도 그렇게 할 생각은 없었지만 말이다.

"모자라면 바로 말해라. 또 줄 테니까."

"아, 알겠습니다."

바인은 그렇게 대답을 했지만 모자랄 일이 없을 거라고 생각했다. 이 돈으로 정보 조직을 만들고 나면 향후의 운영비는 모조리 정보 조직을 통해 조달할 수 있었다.

바인은 이 말도 안 되는 스케일을 가진 주인을 멍하니

바라봤다. 갑자기 생각이 정리되지 않았다.

"내가 원하는 건 수도의 정보 조직을 장악하는 것만이 아니다. 알고 있겠지?"

"물론입니다."

제론의 말에 바인은 바로 정신을 차렸다. 그리고 굳은 표정으로 눈을 빛냈다.

바인도 고작 레늄 왕국의 수도를 장악하는 걸로 끝낼 생각은 전혀 없었다. 여길 시작으로 왕국 전체, 더 나아가 대륙 전체를 자신의 손아귀에 넣을 작정이었다.

최소한 정보 쪽에서는 최고의 조직으로 만들 자신이 있었다.

"주인님께서 이름을 정해 주십시오."

"이름?"

제론은 바인을 쳐다봤다. 바인의 눈빛이 열망과 야망으로 일렁였다. 그 눈빛을 무시할 수 없었다.

잠깐 생각에 잠겼던 제론이 입을 열었다.

"문두스. 세상이라는 뜻이다."

"문두스……."

바인은 몇 번이고 문두스라는 말을 되뇌었다. 이름 그대로 세상을 모조리 장악해 버리겠다고 다짐하면서 말이다.

"빈민굴의 인구는 어느 정도지?"

"아직 정확히 파악하지는 않았지만 오십만 명이 넘습니

다.”

“호오. 제법 많군.”

“수도 전체의 인구가 삼백만 명입니다. 사실 많은 수는 아닙니다.”

빈민굴에는 말 그대로 죽지 못해 사는 사람들만 모여서 산다. 그런 사람이 무려 오십만 명이 넘게 있다는 뜻이다.

수도에 삼백만이라는 어마어마한 수의 사람이 살고 있다지만 그중에서 그래도 비교적 사람답게 사는 사람은 삼십만 명도 안 될 것이다.

또 그 삼십만 명 중에서 떵떵거리며 살 수 있는 사람은 채 일만 명도 안 될 것이다.

나머지는 매일매일을 힘겹게 살아가는 사람들이었다. 그게 수도의 현실이고, 현재를 살아가는 사람들의 현실이었다.

어쨌든 빈민이 오십만 명이나 된다는 건 충격적인 일이었다. 오랜 전쟁이 이렇게 만든 것이었다.

“빈민들 중에서 품성이 괜찮은 사람을 골라 봐라.”

“품성 말입니까?”

“되도록 사고를 치지 않고 잘 살아갈 수 있을 만한 사람을 모아서 에어스트 백작령으로 보내라.”

제론의 말에 바인이 난색을 표했다.

“사람을 모으는 건 어렵지 않습니다. 하지만 함부로 수도를 떠나 다른 곳으로 가는 건 문제가 완전히 다릅니다.”

"지금 당장 하라는 말이 아니다. 조직이 어느 정도 자리를 잡은 다음에 해도 된다. 그들을 인솔할 사람도 필요할 테니까."

바인은 난감한 눈으로 대답했다.

"아무리 빈민이라도 성문을 마음대로 나가는 건 곤란합니다."

"수도에서 나가기만 하면 어떻게든 할 수 있다는 말인가?"

"일단은 그렇습니다."

제론은 대수롭지 않게 고개를 끄덕였다. 그쯤이야 얼마든지 해결할 수 있었다. 제론에게는 폴타가 있었다. 마티가 활동하는 범위 안에서 두 군데를 잇는 게이트를 생성할 수 있는 아티팩트였다.

폴타를 이용해 만든 게이트의 존재를 타인이 알게 되는 문제가 있긴 하지만, 그거야 바인과 잘 상의하면 얼마든지 방법을 만들 수 있었다.

예를 들면 텔레포트 게이트로 위장한 건물을 만든다든가 하는 식으로 말이다.

제론의 영지인 에어스트 백작령에는 엄청난 인구가 필요했다. 그곳은 아직 개발할 곳도 많으며, 그렇게 개발한 곳을 이용해 농사를 지을 노동력은 많으면 많을수록 좋다.

아직 영주성 근방의 평원도 다 못 쓰고 있었다. 금년이야 이렇게 넘어간다 하지만, 내년부터는 그 모든 땅을 이용해 농사를 지을 것이다.

그러려면 막대한 인력은 필수였다.

그뿐인가. 슬슬 개발을 시작할 예정인 암석 지대에도 막대한 인원을 투입해야만 한다. 개발이야 기간트를 이용한다 하지만 농사에는 사람의 손이 필요했다.

암석 지대를 개간하면 그 뒤로 이어지는 바닷가에 항구 도시를 만들어야 한다. 거기에도 막대한 인력이 필요했다. 항구도시를 만드는 것도 문제지만, 그곳을 채울 사람도 필요했다.

도시만 만들면 뭐 하는가. 거기에서 살아갈 사람이 있어야 한다.

제론은 그렇게 필요한 사람을 빈민굴을 통해 해결하고자 했다. 당장은 어려워도 정보 조직인 문두스가 자리를 잡으면 지속적으로 꾸준히 빈민을 조달할 수 있게 될 것이다.

에어스트 백작령은 인구를 얻어서 좋고, 빈민은 가난을 벗어던지고 사람답게 살 수 있으니 서로 좋은 일이었다.

"그리고 이걸 익혀라."

제론은 양피지 한 장을 건넸다. 바인은 그것을 받아들고 찬찬히 읽었다.

놀랍게도 바인은 글을 알고 있었다.

"이게 뭡니까?"

바인은 의아한 표정을 지었다. 대충 뭔가를 훈련하는 방법을 써 놓은 것 같은데, 정확히 알 수가 없었다.

"정보원이 익히면 좋은 거다. 너라면 그것만으로도 충분히 익힐 수 있을 테니, 다 익히고 확실히 믿을 만한 사람에게만 가르쳐라."

제론이 준 것은 고대의 수련법 중 하나였다. 은밀한 움직임에 도움이 되는 수련법이었다. 또한 단검을 이용하는 전투법도 함께 있었다. 물론 아주 간단하면서도 효과적이었다.

바인은 이 양피지 한 장이 그야말로 엄청난 보물이라는 것을 즉시 깨달았다. 어쩌면 이것은 이 방 안을 가득 채운 저 아티팩트 만큼이나 대단할지도 모른다. 그의 눈빛이 사정없이 흔들렸다.

대체 뭘 믿고 이렇게 자신에게 많은 걸 해 준단 말인가.

"그럼 이곳의 일은 네게 모두 맡기마."

제론은 그 말을 남기고 돌아섰다.

바인은 밖으로 나가는 제론의 등을 존경과 경탄이 어린 눈으로 바라봤다. 그리고 이를 악물었다. 이제부터는 자신의 능력을 보여 줄 차례였다.

저 사람에게 인정을 받고 싶었다. 그리고 저 사람의 길을 밝혀 주고 싶었다. 나중에 저 사람이 최고의 자리에 우뚝 섰을 때, 그 거친 길을 닦아 준 사람이 바로 자신이 되고 싶었다.

바인이 주먹을 불끈 쥐었다. 그리고 묵묵히 돌아서서 방 안을 가득 채운 화면을 바라봤다.

일단 문두스를 최고의 정보 조직으로 만드는 것이 먼저였다.

＊　　　＊　　　＊

수도의 일을 모두 끝낸 제론은 곧장 영지로 돌아갔다. 영지로 돌아가는 건 제론에게 있어서 가장 쉽고 간단한 일이었다.

더구나 빈민굴에서는 더더욱 그러했다. 바인이 이미 제론이 아니면 누구도 들어갈 수 없는 장소를 만들어 둔 것이다. 또한 누구도 그곳을 감시하지 않았기에 제론이 언제 그곳에 들어가는지 또 나오는지 아무도 알 수 없었다.

영주성 지하에 있는 중앙 유적의 로비에 도착한 제론은 곧장 위로 올라가려다가 이내 고개를 젓고는 몸 상태를 점검했다.

수도에서의 일정은 보름에서 한 달 정도로 계획했다. 다들 그렇게 알고 있을 것이다.

그러니 그때까지 침식을 잊고 수련에 몰두하는 것도 나쁘지 않은 선택이었다.

물론 늦으면 늦을수록 다른 사람들이 고생하겠지만, 그래도 지금은 12층을 공략하는 쪽이 낫다고 판단했다. 우선 제론이 강해져서 유적의 힘을 제대로 받아야 뭐든 편해질 테니 말이다.

제론은 마티와 마찬가지로 폴타도 이곳 중앙 유적에 있을 거라고 판단했다. 아니, 만일 다른 유적에 새로운 아티팩트가 존재한다면 그 모든 것이 이 중앙 유적에도 있을 것이 분명했다.

중앙 유적은 말 그대로 모든 유적의 중심이었다. 또한 모든 유적의 주인이기도 했다.

그리고 그렇게 새로운 걸 얻기 위해서는 각 층을 클리어하는 수밖에 없었다.

유적 로비에서 새로운 걸 찾으려 해 봐야 아무 소용없다는 걸 이번에 절실히 느꼈다. 뭔가가 있다면 유적이 알아서 내줄 것이다.

마음을 정한 제론은 곧장 12층으로 내려갔다.

그리고 그대로 수련에 푹 빠져들었다. 사방에서 쏟아지는 구슬을 테오스 내에 떠 있는 화면을 통해 단숨에 파악한 다음, 마력탄을 만들어 구슬을 맞추는 일을 반복하고 또 반복했다.

시간이 필요했다. 이건 깨달음만으로 해결할 수 없는 수련이었다.

그렇게 한 달이 지나갔다.

슈슈슈슈슉!
쩌저저저저정!
새까맣게 쏟아지던 구슬이 일제히 박살 났다. 연달아 열 번이나 반복된 일이었다.

그 한가운데 테오스가 있었다.

12층 역시 다른 층과 마찬가지로 클리어 조건이 지독했다.

처음에는 구슬을 한 번만 부수면 될 줄 알았다. 하지만 그게 아니었다. 한 치의 오차도 없이 모든 구슬을 마력탄으로 부쉈는데도, 또 구슬이 쏟아진 것이다.

구슬을 일제히 모두 부수는 건 굉장한 집중력을 필요로 한다. 또한 모든 화면을 동시에 파악할 수 있는 시야도 중요했다.

그 모든 것이 하나로 맞아떨어져야만 간신히 이뤄 낼 수 있는 것이었다.

그러니 연달아 구슬이 쏟아지면 그걸 몽땅 막아 내는 건 거의 불가능에 가까운 일이었다.

실제로 제론은 다시 12층 공략을 시작한 지 고작 이틀 만에 모든 구슬 부수기에 성공했다.

그리고 한 달이 지났다. 이 안에 들어온 지 정확히 한 달하고도 이틀이 지난 것이다.

제론은 이제 언제 어떻게 구슬이 쏟아진다고 해도 몽땅 부숴 버릴 자신이 있었다. 지금도 열 번이나 반복해서 구슬을 부쉈다.

구슬은 매번 나올 때마다 속도나 위력이 달랐다. 게다가 어느 때는 흔들리며 떨어지기도 했다.

하지만 제론은 그 어떤 구슬도 놓치지 않고 잡아냈다.

위이이이잉!

나직한 소음과 함께 기둥 하나가 솟았다. 그것을 본 제론은 그제야 긴장을 풀고 테오스를 돌려보냈다.

"후우. 하여튼 쉬운 수련이 없군."

확실히 쉽지 않았다. 하지만 이번 수련을 통해 제론은 정말로 큰 것을 얻었다. 많은 화면을 통해 전장을 한눈에 파악할 수 있는 능력을 얻은 것이다.

이는 혼자서 여러 적을 효과적으로 상대할 수 있는 능력이기도 했다.

제론은 상념을 접고는 기둥을 향해 걸어갔다. 테오스를 얻을 때를 제외하고, 기둥의 모습은 언제나 같았다. 물론 마티가 나왔을 때는 기둥이 없었다.

이번에도 기둥은 똑같았다. 제론의 허리에 오는 높이, 그리고 가운데에 물건이 놓일 공간이 있었다.

"이게 뭐지?"

그 안에는 인형이 들어 있었다. 은색 금속으로 만들어진 인형이었는데, 그 모습이 참으로 기괴했다. 인간 모양이었는데, 아무것도 없었다.

얼굴에 눈코입도 없었고, 옷도 없었다. 그저 은을 녹여 인간 모양의 틀에 넣어 만든 인형 같았다.

한데 문제는 그 인형을 어디에 쓰는 건지 알 수가 없다는 점이었다. 인형의 사용법이 담긴 카드 같은 것도 보이지 않았다.

제론은 일단 인형을 집었다. 크기는 사람 팔뚝만 했다. 작은 크기는 아니었다.

인형을 집자, 기둥이 사라졌다. 제론은 인형을 이리저리 돌려 가며 살펴봤다. 아무것도 느껴지지 않았다. 그냥 인형이었다.

제론은 잠깐 고민하다가 인형을 든 채, 13층으로 내려갔다. 이동은 즉시 이뤄졌다.

화아악!

강렬한 빛이 제론을 감쌌다가 사라졌다. 그리고 나타난 광경은 참으로 단출했다.

13층은 그리 넓지 않은 공간이었다. 천장이 제법 높았고, 사방 100미터쯤 되는 넓이의 방이었다.

제론은 이곳은 뭘 하는 공간인가 궁금해 두리번거렸다. 하지만 아무것도 없었다.

높이를 생각하면 테오스를 소환하는 곳은 아니었다. 몸으로 수련하는 곳이라는 뜻이었다.

그렇게 주위를 둘러보고 있을 때, 손에 든 인형에서 갑자기 빛이 쏟아져 나오기 시작했다.

파아아앗!

인형이 갑자기 요동치며 손아귀를 빠져나가려 했다. 제론은 순순히 인형을 놓아줄 생각이 없었기에 힘을 꽉 줬다.

하지만 결국은 손을 놓을 수밖에 없었다. 인형이 갑자기 커진 것이다.

빛이 사라졌다. 그리고 제론만큼이나 커져 버린 은빛 인형이 보였다.

"뭐지?"

위이잉!

인형의 손이 쭉 늘어나며 검처럼 변했다. 아니, 그렇게 늘어난 검을 인형이 꽉 쥐고 있었다. 인형은 제론에게 검을 겨눴다.

제론은 즉시 아공간에 있던 검을 꺼냈다. 황제 검술을 수련하던 테페룸 검이었다.

역시 언제나와 마찬가지로 12층을 클리어하고 얻은 인형은 13층 수련에 필요한 것이었다.

제론이 검을 겨누자 인형이 달려들었다.

쩡!

어마어마한 파장이 사방을 휩쓸었다. 인형의 검격은 엄청나게 강력했다. 제론은 깜짝 놀라 뒷걸음질 치며 여력을 해소했다.

그 뒤로 인형의 파상 공세가 시작되었다. 제론이 할 수 있는 일은 그저 이를 악물고 그것을 막고 피하는 것뿐이었다. 그렇게 끝없이 수련이 이어졌다.

수련은 제론이 지쳐 쓰러질 때까지 계속되었다. 온몸의 마나를 바닥까지 긁어서 써 버렸다. 마법은 일부러 쓰지 않았다. 왠지 마법을 쓰면 안 될 것 같아서였다.

"후우. 이거 힘들군."

제론은 가만히 서서 검을 겨누고 있는 인형을 보며 잠시 고민했다. 하지만 그 고민은 길지 않았다. 어차피 검술 수련을 이곳에서만 할 수 있다면 굳이 가지고 갈 필요가 없었다.

제론은 곧장 로비로 올라갔다. 그리고 몸을 깨끗이 씻고 영주성 지하 수련장으로 이동했다.

한 달이 훨씬 넘게 자리를 비웠던 영주의 복귀였다.

*　　　*　　　*

"영주님!"

바이스가 소리쳤다. 제론은 살짝 미안한 표정으로 바이

스를 못 본 척 집무실로 슥 들어가 버렸다.

"영주님! 그냥 가시면 어떻게 하십니까!"

바이스가 후다닥 제론의 뒤를 따라 영주의 집무실에 들어갔다.

"좀 늦었지?"

"한 달 하고도 보름이나 지났습니다! 어떻게 그게 조금입니까!"

"하하. 별일은 없었지?"

제론은 대수롭지 않게 넘어가려 했다. 하지만 바이스는 집요했다. 제론이 없는 동안 얼마나 힘들었던가.

"대체 그동안 뭘 하신 겁니까? 영주님이라면 그저 헛된 시간을 보내지는 않으셨을 텐데요."

"정보 조직 하나 만들었어."

바이스가 흠칫 놀랐다. 고작 한 달 좀 넘는 시간이었다. 그런 짧은 시간 동안 대체 어떻게 정보 조직을 만든단 말인가.

하지만 제론은 그런 일로 거짓말을 할 사람이 아니었다. 즉, 진짜로 그걸 해냈다는 뜻이었다.

바이스는 입을 다물었다. 더 할 말이 없었다. 그 정도라면 한 달이 아니라 두 달, 세 달이라도 이해할 수 있었다. 그걸 제대로 써먹을 수 있는지는 차치한다 하더라도 말이다.

"하면 수도에 만드신 것입니까?"

제론이 고개를 끄덕였다.

"일단 우리의 적이 슈린 공작가니, 수도에 본거지를 두고 차츰 슈린 공작령 쪽도 손을 댈 예정이다."

"알겠습니다."

바이스는 일단 그렇게 넘어갔다. 확실히 슈린 공작가에 대한 일은 미리 준비해야만 한다. 또 어떻게 나올지 알 수 없었다.

얼마 전 있었던 영지전도 슈린 공작가의 작품이었다. 그때야 간신이 넘어갈 수 있었지만, 만일 다시 훨씬 큰 힘으로 일을 벌이면 막을 수 있을지 확신할 수 없었다.

"영주님, 며칠 전에 왕궁으로부터 초대장이 왔습니다."

"초대장?"

제론이 의아한 표정을 짓자, 바이스가 품에서 화려하게 꾸며진 초대장을 꺼냈다.

이번에 왕궁에서 풍년을 기원하는 파티가 열리는데, 거기에 초대하겠다는 내용이었다.

"풍년 기원 파티?"

"매년 이맘때 열리는 전통 있는 파티입니다."

제론은 기억을 더듬어 봤다. 생각해 보니 예전에 몇 번 참석했던 것 같기도 했다.

"보잘것없는 가문의 경우 초대장을 받는 것도 쉽지 않

습니다."

풍년 기원 파티는 큰 농지를 가진 가문과 그걸 유통하는 상단을 보유한 가문 간의 친목을 다지는 자리이기도 했다.

"날 초대한 걸 보니, 우리 영지의 상황이 좀 퍼지긴 했나 보군."

"예. 언제까지 막을 수는 없으니까요. 쓸모없는 황무지를 개간해 농지로 만들었다고 사방에서 쏟는 관심이 상당합니다."

제론은 고개를 끄덕였다. 당연히 그럴 것이다. 그쯤은 처음 황무지를 개간하고 수로를 만들 때부터 예상했다.

더구나 이제 봄도 거의 다 지났다. 슬슬 여름으로 접어드는 시기였다. 평원에 심은 작물이 이제 제법 자라서 푸른 물결을 이루고 있었다.

역시 지력이 상당한 곳이라서 그런지 작물이 자라는 속도가 엄청났다. 이대로라면 다른 지역의 작물에 비해 훨씬 많은 수확이 가능할 것이다.

"금년에 인력을 더 확보하면 내년에는 정말 어마어마한 양의 곡식을 거둘 수 있을 것 같습니다."

바이스의 말에 제론은 고개를 끄덕였다. 확실히 그렇다. 새로 개척한 평원은 엄청나게 넓었다. 사실 웬만한 백작령보다 훨씬 넓었다.

그렇게 넓은 땅이 몽땅 농사가 가능한 평원이었다. 그것도 지력이 엄청난 옥토였다.

내년부터는 레늄 왕국 귀족 간의 판도가 완전히 달라질 것이다. 농사에 별다른 문제가 없다면 말이다.

"감시가 중요하겠군. 농지에 불이라도 나면 큰일이니까 말이야."

"그래도 수로가 곳곳에 있어서 불이 크게 번지기는 어려울 겁니다."

"작정하고 불을 지르면 아무리 수로로 나뉘어 있어도 소용없어."

"명심하겠습니다."

바이스는 그렇게 대답했다. 하지만 쉬운 일이 아니었다. 영지가 갑자기 넓어지는 바람에 병력이 너무 모자랐다.

지속적으로 새로운 병사를 뽑고는 있지만 모이는 속도가 더뎠다. 이대로라면 필요한 병력을 모으는 데 몇 년이 걸릴지 알 수 없었다.

인구도 문제였다. 아직까지는 꾸준히 난민을 흡수하고 있어서 괜찮지만, 나중에 왕국이 안정되면 대번에 인구 증가가 느려질 것이다.

"어쨌든 초대를 했으니 가 보긴 가 봐야 하는데……"

제론은 왠지 내키지 않았다. 파티에 참석해 봐야 슈린 공작가의 견제만 받을 것이다. 또한 그들이 무슨 짓을 할

지 알 수 없었다.

무력이야 누구에게도 뒤지지 않는다. 제론은 소드 마스터였다. 레늄 왕국의 모든 기사가 달려들어도 두렵지 않았다. 얼마든지 상대하다가 몸을 빼서 도망칠 수 있었다.

수도에서는 기간트를 쓸 수도 없으니 제론을 힘으로 어찌할 수 있는 존재는 없다고 봐도 된다.

하지만 꼭 무력만이 전부가 아니었다. 다른 비열한 방법을 동원하면 아무리 소드 마스터라도 당할 수 있었다.

"참석하지 않으면 어떻게 될까?"

"왕실의 심기가 불편해지겠지요."

그건 곤란했다. 나중에 영지를 제대로 발전시켜 큰 힘을 가지게 된 이후라면 모를까. 지금 당장은 몸을 사려야 한다. 아직 에어스트 백작령은 제대로 시작도 하지 않았다.

"그런데 과연 왕실에서 내가 참석했는지 아닌지 알 수나 있을까? 엄청난 수의 귀족이 참석할 텐데 관심을 가지지 않으면 있는지도 모를걸?"

"잊으셨습니까? 영주님은 붉은 학살자입니다."

제론의 표정이 살짝 구겨졌다. 자신에 대한 정보가 그대로 왕실로 들어갔을 것이다. 군부에서 보고를 했을 테니 말이다.

그렇다는 얘기는 다른 귀족들 역시 제론에 대해서 알고 있다는 뜻이었다. 웬만한 유력 가문에서는 다 안다고 보면 틀림이 없으리라.

"이번 파티를 기다리고 있었군."

"아마 그럴 겁니다."

제론은 파티에서 벌어질 상황을 대충 예상해 봤다. 아마 수많은 귀족들이 접근할 것이다. 또한 왕실에서도 접근할 것이다.

"곤란하게 됐군."

"곤란하실 건 없습니다. 그저 다 거절하시면 됩니다."

"그래도 되나?"

"어차피 백작령의 영주님을 옭아맬 수는 없습니다."

확실히 그건 그렇다. 게다가 제론은 아직 영지를 제대로 정비하지도 못했다. 그걸 핑계로 빠져나가면 명분도 충분했다.

"아, 그건 그렇고 한 가지 부탁할 게 있어."

바이스가 의아한 눈으로 제론을 바라봤다. 하지만 이어지는 제론의 말에 그 의아함이 두 배로 커졌다.

"유적에 대해서 좀 조사해 줘."

"유적 말입니까?"

"그래, 유적. 일단 우리 레뇹 왕국에 존재하는 유적부터 조사한 다음, 다른 왕국의 유적도 차근차근 알아봐. 위치부터 시작해서 현재의 상황까지 전부."

바이스의 입이 쩍 벌어졌다. 세상에 유적이 한두 군데인

가. 더구나 아직도 유적 개발은 전 대륙에서 활발하게 진행
중이었다.

한데 그 모든 정보를 조사하라니, 대체 자신의 몸이 몇
개라고 생각하는 건지 궁금할 따름이었다.

"여, 영주님……."

"급하게 하란 말은 아니야. 일단 우리 왕국에 있는 유적
은 금방 끝낼 수 있잖아. 그다음에 나머지는 천천히 시간
을 들여서 해."

바이스는 난감한 표정을 지었다. 하지만 고개를 끄덕였
다. 제론이 이렇게까지 부탁을 하는 데에는 분명히 이유가
있을 거라고 판단했다.

"알겠습니다. 일단 시작해 보겠습니다."

돌아서서 나가는 바이스의 어깨가 축 처졌다. 막대한 업
무량에 지친 것이다.

제론은 더 많은 인재의 영입을 심각하게 고민했다.

"바인에게 연락해 봐야겠어."

바인이라면 에어스트 백작령에 도움이 되면서도 배신하
지 않을 든든한 인재를 구해 줄 수 있을 것이다.

제론은 일단 소파에 앉아 쿠션에 몸을 묻었다.

사실 유적을 알아보는 것은 너무 늦었다. 더 일찍 유적
을 찾아 돌아다녔어야 했다. 하지만 여건이 허락치 않았다.

영지 일이 너무 급박하게 돌아가서 일단 이쪽에 전력을

다할 수밖에 없었다.

하지만 이제는 여유가 생겼다. 바인이 인재를 더 찾아오면 훨씬 많은 시간을 얻을 수 있을 것이다.

일단 다른 유적을 돌아다니며 모든 유적의 지하에 초고대 문명의 유적이 있는지 확인할 것이다. 그리고 그것을 모두 얻을 계획이었다.

제론은 각 유적에 모두 마티가 있다고 확신했다. 그렇다면 정말로 거대한 정보망을 만들 수 있었다.

그 모든 정보망을 바인이 아우를 수 있을지는 확신하지 못하지만 만일 대륙을 하나의 정보망으로 이을 수 있다면 어마어마한 힘을 발휘할 수 있을 것이다.

또한 각 유적 간을 마음대로 이동할 수 있다는 점도 큰 매력이었다. 유적만 연결할 수 있다면 제론은 대륙 곳곳을 순식간에 옮겨 다니는 게 가능해진다.

하지만 제론이 이렇게 새 유적을 찾아내려는 이유는 그곳에 지금까지 없었던 뭔가가 있지 않을까 하는 기대 때문이었다. 수도 유적에 있던 게이트 생성기, 폴타 같은 것들 말이다.

새로운 폴타를 얻어도 좋고, 또 전혀 다른 뭔가를 얻어도 좋다. 그것이 무엇이건 정말로 유용한 아티팩트일 것이다.

"그나저나 유적이 모두 몇 개나 되는 걸까?"

이미 발견한 유적의 수도 상당하다. 제론이 아는 것만

해도 다섯 개나 된다. 그중 세 개는 이미 연결을 완료했다. 하지만 나머지 두 개는 가 보지도 못했다. 그저 이름만 들었을 뿐이었다.

워낙 막대한 유물이 나와 그것을 발견한 가문이 훨훨 날아오르고 있기에 레뉴 왕국에 사는 사람이라면 대부분 알고 있는 유적들이었다.

'기회가 되면 거기도 가 봐야겠군.'

발굴이 끝난 유적은 대부분 관광지로 활용한다. 물론 삼엄한 경계를 한다. 혹시라도 유적을 훼손하거나, 아니면 미처 발굴하지 못한 숨겨진 아티팩트를 누군가 얻을 수도 있기 때문이었다.

물론 제론에게는 별 상관없는 일이었다. 일단 유적에 들어가기만 하면 빠져나오는 건 전혀 문제가 없었으니까. 물론 그곳에 초고대 문명의 유적이 있다는 전제하에 말이다.

제론의 생각이 유적에서 파티로 자연스럽게 흘러갔다.

"풍년 기원 파티라……."

제론은 왠지 파티랑은 어울리지 않는 이름에 피식 웃었다. 그리고 파티에서 과연 무슨 일이 벌어질지를 생각하며 지그시 눈을 감았다.

편안한 소파 쿠션의 감촉에 제론은 서서히 잠에 빠져들었다.

Chapter 5
파티

"그냥 그렇게 혼자서 가신단 말씀입니까?"

바이스가 어이없는 눈으로 제론을 바라봤다. 제론은 대체 무슨 문제냐는 듯 어깨를 으쓱 움직였다.

"혼자서 가시면 대체 누가 영주님의 시중을 들겠습니까? 최소한 시종은 몇 명 데리고 가셔야지요. 또한 호위 기사도 최소한 셋은 데리고 가셔야 합니다."

"내게 호위가 필요할 것 같은가?"

사실 제론도 바이스가 왜 이러는지 잘 알고 있었다. 제론의 가문도 예전에는 슈린 공작가가 견제할 정도로 잘 나갔다. 그렇기에 외부에 보이는 것의 중요성을 충분히 인식했다.

하지만 지금은 그보다 더 중요한 것이 있었다. 고작 파티에 참석하는 것 때문에 몇 안 되는 기사를 영지에서 빼낼 수는 없었다.

만일 그 소식이 슈린 공작가의 귀에 들어간다면 또 무슨 일을 벌일지 알 수 없었다.

가뜩이나 영지가 아직도 어수선한데, 여기서 또 수작이 들어온다면 혼란으로 치달을 수도 있었다.

"영지전에 대한 대비는 되어 있나?"

"일단 병사를 지속적으로 모집하고 있습니다. 라이더 양성도 순조롭습니다."

"그래? 잘 됐군."

"일단 기본을 갖춘 수련 기사의 경우 실바를 지급해서 심화 훈련을 하고 있습니다."

딱 제론이 원하던 바였다. 실바로 실력을 키운 뒤, 제대로 된 라이더가 되면 크라테르나 카타락타를 지급해서 감을 키우는 게 효과적이었다.

상대적으로 수리도 실바가 훨씬 쉬우니 말이다.

"그보다 세나가 문제입니다."

"세나가 왜?"

제론이 의아한 눈으로 물었다. 불과 얼마 전에 세나를 만났다. 그때만 해도 아무런 문제가 없었다. 세나는 여전히 열의에 불타고 있었고, 제론을 뜨거운 눈으로 바라봤다.

"기간트의 수가 너무 많습니다. 보조 엔지니어가 필요한 시기가 훨씬 지났습니다."

"적당한 사람이 없나?"

"영지를 샅샅이 뒤졌는데도 없습니다. 아무래도 다른 곳에서 영입을 하거나 직접 키워야 할 것 같습니다."

엔지니어만 있다고 모든 것이 해결되지 않는다. 마법사도 있어야 한다. 세나처럼 뛰어난 엔지니어면서 동시에 마법도 가능한 사람은 대륙을 통틀어도 몇 명 없었다.

가장 쉬운 방법은 아카데미 졸업생을 영입하는 것이다. 하지만 그중에서도 뛰어난 사람은 유력 귀족 가문이 싹 쓸어갈 것이다.

큰 영지를 다스리는 귀족일수록 엔지니어가 많이 필요했다. 그만큼 많은 기간트를 보유하고 있기 때문이다.

사실 에어스트 백작령이 보유한 기간트의 수는 엄청나다. 그걸 세나 혼자서 몽땅 감당하고 있다는 사실 자체가 말이 안 되는 일이었다.

"일단 용병 쪽이라도 선을 대서 알아봐."

"알겠습니다."

"당장 급한 불부터 끄자고. 그리고 슬슬 우리도 아카데미 졸업생을 끌어들이는 게 좋겠어."

"성적이 뛰어난 사람은 이리로 오지 않을 겁니다."

제론이 씨익 웃었다.

"당연한 소리를. 우리가 원하는 건 그런 사람이 아니야. 가능성을 보고 투자를 해야지."

바이스는 그 말에 어안이 벙벙해졌다.

"아카데미를 졸업할 때까지 가능성이 보이지 않았는데, 그 뒤에 가능성이 열리겠습니까?"

"그걸 선별하는 게 핵심이야. 걱정 마. 그 부분은 내가 알아서 할 테니까."

"예? 그걸 어떻게…… 아! 그 새로 만드신 정보 조직을 이용하실 생각이십니까?"

제론이 빙긋 웃으며 고개를 끄덕였다. 그리고 밖으로 나갔다.

바이스는 그것을 보다가 아차 싶어서 서둘러 따라 나갔다.

"영주님! 그냥 가시면 안 됩니……!"

거의 시차를 두지 않고 따라 나갔는데도 제론의 모습은 온데간데없었다. 마치 문을 통과하면서 그냥 사라진 것 같았다.

바이스는 졌다는 듯 고개를 저었다. 하지만 이내 피식 웃었다. 또 이런 게 제론의 매력 아니겠는가. 과연 혼자 파티에 가서 뭘 어쩔지는 모르겠지만 말이다.

"휴우. 옷이나 제대로 갖추실 수 있으시려나……."

파티까지는 아직 시간이 열흘 정도 남았다. 보통은 그동안 파티에 대한 준비를 하겠지만, 제론은 그러는 시간 자체가 아까웠다.

제론의 선택은 유적 13층 공략이었다.

검술이 정체된 지 제법 오래되었기에 13층 수련에 상당한 기대를 가졌다. 어쩌면 정체된 검술이 한 단계 나아가 진정한 소드 마스터가 될지도 모른다는 생각이 들었다.

13층의 수련실에는 은색으로 빛나는 사람 모양의 인형이 검을 들고 가만히 서 있었다. 제론이 그 앞에 서자, 갑자기 온몸이 빛나더니 곧장 달려들었다.

검을 뽑고 자시고 할 시간도 없었다. 제론은 수련 시작 전에 잠깐 방심했다가 낭패를 당했다.

늘 이런 식이었다. 은빛 기사는 언제나 제론의 빈틈을 노렸다. 그것은 대련 중에도 수시로 나타났다.

제론은 이를 악물고 그와 싸우면서 점차 빈틈을 줄여 나갔다. 또한 방심이라는 단어를 뇌리에서 천천히 삭제해 나갔다.

은빛 기사의 공격은 지극히 단순했다. 화려함이라고는 전혀 없는 직선적인 움직임이 전부였다. 하지만 거기에 속도와 힘이 붙으니, 위력이 장난 아니었다.

또한 한 번 검을 찌르거나 휘둘러도 상상을 초월하는

궤적을 그렸다. 언제나 제론이 가장 막기 어려운 곳이나 빈 틈을 정확히 공격했다.

제론은 은빛 기사를 상대하다 보니 자연스럽게 느껴지는 것이 있었다.

'기초 검술만 쓰는구나!'

은빛 기사가 쓰는 검술은 놀랍게도 기초 검술이었다. 제론도 모두 아는 단순한 검술이었다. 기초 검술에서 가장 중요한 건 검격과 마나의 흐름을 일치시키는 것이었다.

그것이 완벽하게 일치되었을 때, 가장 큰 속도를 낼 수 있고, 또 가장 큰 파괴력을 가진다.

제론은 6일 동안 은빛 기사와 대결을 펼쳤다. 그리고 숙제 하나를 얻었다.

앞으로 기초 검술을 다시 처음부터 하나하나 뜯어서 확인하기로 했다.

유적 간 통로를 통해 단숨에 수도로 이동한 제론은 느긋하게 걸어갔다.

일단 마차를 구해야 한다. 텔레포트 게이트가 있음에도 이렇게 파티 일정을 일찍 알려주는 이유는 준비할 것이 제법 많기 때문이었다.

수도에서 먼 곳에 위치한 영지의 경우, 텔레포트 게이트로 이동하는 시간에서부터, 또 게이트를 몇 번이나 이용해야 수도에 도착이 가능했기에 여유 시간이 많이 필요했다.

더구나 텔레포트 게이트로 마차를 함께 이동시키는 사람은 없었다. 불가능한 건 아니었지만 어마어마한 비용이 필요했다.

수행원이 많으면 많을수록 텔레포트를 이용할 때마다 들어가는 돈이 엄청났다. 그래서 아예 마차로 여행하듯 이동하는 사람도 있었다.

그래서 보통 1개월 전에 일정을 잡아 초대장을 보내는 것이 관례였다.

보통 유력 가문의 경우 수도에도 저택이 있었다. 그렇기에 상당히 여유로웠다. 하지만 제론 같은 경우는 그렇지 않았다.

물론 그렇다 하더라도 전혀 걱정할 건 없었다. 마차야 얼마든지 구입이 가능했고, 수행원 또한 마찬가지였다.

제론은 수도의 용병길드로 향했다. 수도에서 인력을 구하기 가장 쉬운 곳이 바로 그곳이었다. 물론 정말로 쓸 만한 사람을 구하려면 비용이 상당했다.

용병길드에서 적당한 마부를 구한 제론은 마차까지 구입한 후, 그것을 타고 왕궁으로 향했다.

파티 일정이 잡히면 그때부터 초대장을 가진 가문의 경우 왕궁에서 머무를 수 있었다. 수행원까지 하면 한 가문에서 오는 인원이 상당했다.

하지만 왕궁은 크고 넓었다. 그쯤은 얼마든지 감당할
수 있을 정도로 말이다.

제론을 실은 마차가 힘차게 왕궁으로 달렸다. 용병길드
에서 파견 나온 마부는 목적지가 왕궁이라는 걸 안 순간
부터 긴장으로 덜덜 떨었다.

그리고 왕궁에 초대될 정도의 귀족이 대체 왜 마부 따위
를 구했는지 이해할 수가 없었다.

어쨌든 제론을 태운 마차는 무사히 왕궁으로 들어갔다.
물론 수문 기사의 비웃음 어린 눈빛을 좀 받긴 했지만 말
이다.

왕궁의 제4 시종장은 살짝 의심스러운 눈으로 눈앞에
선 사내를 바라봤다. 하지만 말로 그 의심을 끄집어낼 수
는 없었다.

보통 시종장은 귀족이었다. 하지만 작위를 가진 귀족에
비할 수는 없었다. 왕궁에는 총 일곱 명의 시종장이 있었
고, 그중 제1 시종장이 나머지 시종장을 거느렸다.

각각의 시종장은 수백 명의 시종을 손끝으로 부리는 위
치에 있었다. 또한 왕궁에 들락거리는 귀족을 만나 그들에
게 시종과 거처를 분배하는 역할도 했다.

4시종장은 비교적 관심도가 높은 귀족을 주로 맡았다.
한데 눈앞에 선·사내는 아무리 잘 봐줘도 몰락귀족에 가

까웠다.

하지만 몰락귀족을 왕궁의 파티에 초대할 리가 없었다. 그러니 둘 중 하나였다.

상부의 실수로 초대장을 보낼 사람을 잘못 선정했거나, 몰락귀족처럼 보이지만 실제로는 그렇지 않은 사람이라는 것.

물론 4시종장은 그 두 가지 가능성을 모두 열어 두었다. 어떤 상황이건 냉정하고 유연하게 대처할 수 있도록 마음의 준비를 했다.

그리고 정중히 요청했다.

"초대장을 보여 주시겠습니까?"

만일 유력 가문의 가주나 자식들에게 같은 행동을 했다면 상당한 결례가 되었을 것이다. 하지만 4시종장은 눈앞에 있는 사람이 절대 그런 사람이 아닐 거라고 판단했다.

제론은 대수롭지 않게 초대장을 건넸다. 사실 이런 상황이 결례가 된다는 것쯤 제론도 다 알고 있었다. 하지만 제론은 그래도 상대의 사정을 이해할 만한 아량을 가지고 있었다.

또한 정작 제론은 그런 것이 그다지 중요치 않다고 여기기도 했고 말이다.

이는 가문이 몰락하고 유적을 발견했으며 전쟁을 겪고, 영지를 경영하는 모든 일을 거치며 서서히 확립된 가치관이었다.

4시종장은 초대장에 적힌 제론 폰 에어스트 백작이라는 이름에 속으로 헉 소리를 삼켰다.

에어스트 백작은 최근 가장 뜨겁게 떠오르는 이슈였다.

그가 이번 전쟁의 영웅이나 다름없는 붉은 학살자라는 소문이 파다했다. 그것 하나만으로도 최대 이슈였는데, 최근 영지전을 통해 주변 영지를 병합하면서 레뉴 왕국에서 가장 넓은 영지를 소유하게 되었다.

영지전 후 제론이 주변의 산맥이나 암석 지대와 해변까지 영지로 신청을 했기 때문이었다. 그로 인해 매년 납부해야 할 세금이 어마어마하게 늘어났지만, 어쨌든 왕국 최대의 영지를 소유하게 된 것이다.

그 외에도 자잘한 소문이 그를 잔뜩 따라다녔다. 당연히 왕궁에서 초대할 만한 사람이었다.

4시종장은 더없이 정중하게 허리를 숙이며 초대장을 돌려주었다. 우아하면서도 군더더기 없는 행동이었다.

"환영합니다, 에어스트 백작님. 이쪽으로 모시겠습니다."

시종장은 그렇게 말하며 제론의 수행원이 혹시 있나 살폈다. 처음 제론을 만나면서 다 확인했지만 어쩌면 자신이 잘못 봤을 수도 있다는 생각이 든 것이다.

그의 마음을 알았는지 제론이 대수롭지 않게 말했다.

"수행원은 없으니 나 혼자 적당히 지낼 수 있는 방이면 되오.”

제론의 말에 시종장은 속으로 뜨끔했다. 사실 처음 제
론을 보자마자 그 생각을 했기 때문이다. 하지만 표정에
그걸 드러낼 수는 없는 일.

“제가 어찌 그렇게 할 수 있겠습니까. 수행원이 없으면
불편하실 테니 제가 최대한 시종을 많이 보내드리겠습니
다.”

시종장은 물 흐르듯이 그렇게 말하고는 서둘러 제론을
거처로 안내했다.

제론은 그 모습을 보며 속으로 상당히 감탄했다. 역시
왕궁의 시종장은 달랐다. 속마음이 전혀 얼굴에 드러나지
않으니 말이다.

만일 제론에게 왕궁 파티의 경험이 없었다면 지금 보이
는 시종장의 모습이 진심이라고 착각했을 것이다.

어쨌든 시종장은 제론을 제법 그럴듯한 거처로 안내했
다. 그리고 지내는 데 부족함이 없도록 열 명이나 되는 시
종을 붙여 주었다.

그들은 제론이 왕궁에서 지내는 동안 수족이 되어 움직
일 것이다. 마음만 먹으면 그야말로 손가락 하나 까딱하
지 않고 지낼 수도 있었다.

열 명의 시종은 알아서 할 일을 찾아 움직였다. 제론은
그저 침실에 있는 끈 하나만 당기면 끝이었다. 그러면 언제

든 시종 하나가 달려왔다.

제론은 거처에서 한 발도 나가지 않았다. 그저 침실에서 끊임없이 검을 휘둘렀다.

아직 파티가 시작되려면 며칠 더 있어야 한다. 만일 제론이 은빛 기사와의 싸움에서 깨달음을 얻지 못했다면 유적에서 수련해야겠지만, 지금은 딱히 장소에 구애받을 필요가 없었다.

그래서 침실을 나가지 않았다.

밥은 때가 되면 알아서 갖다 줬다. 또한 밤이 되면 시종들이 알아서 목욕물도 준비를 했다. 제론은 딱히 그들을 제약하지 않았다.

이곳에 있는 열 명의 시종은 제론의 일거수일투족을 감시하는 역할도 함께하고 있었다. 그걸 알고 있었지만 제론은 딱히 감출 게 없었기에 그냥 내버려 뒀다.

제론은 그렇게 파티 전날까지 기초 검술을 연마했다.

처음에는 누구보다 빨리 달릴 수 있는 사람이 다시 걸음마를 연습하는 것과 마찬가지가 아닐까 생각했다. 하지만 지금은 그렇게 생각하지 않는다.

기초 검술을 마스터한다는 것은 검의 흐름과 마나의 흐름을 일치시키는 것이었다. 제론은 분명히 그렇게 했다고 믿었다.

한데 그게 아니었다. 검과 마나가 일치되었다고 느낀 건 제론의 착각이었다. 아니, 그때의 수준으로는 그것이 최선이었다. 경지가 높아지지 않으면 그걸 구분하는 것이 불가능했으니까.

그래서 다시 기초 검술을 연마하는데도 모든 것이 새로웠다. 검과 마나가 미묘하게 흐트러지는 걸 알아차리는 것도 쉽지 않았고, 알아차리더라도 그걸 일치시키는 건 더 힘들었다.

요는 마나를 얼마나 빠르고 정확하게 컨트롤할 수 있느냐 하는 것이었다. 제론에게는 아직 그 정도 능력이 없었다.

하지만 제론은 실망하지 않았다. 직감적으로 이걸 이뤄야 검술의 다음 단계로 나아갈 수 있다는 것을 파악했기에 오히려 의욕에 불탔다.

기초 검술은 결코 복잡하지 않다. 가장 정직한 검격으로 이루어진 검술이었다. 물론 그건 겉모습뿐이었다. 기초 검술에서 검술의 형보다 더 중요한 것은 마나의 흐름이었다.

그렇기에 식사나 목욕물을 가져다준다는 핑계로 가끔 제론이 수련하는 모습을 훔쳐본 시종들도 그저 열심히 검을 휘두른다고만 생각했다.

* * *

"그러니까 아직도 침실에서 검만 휘두르고 있단 말이냐?"

"예. 가끔은 밥도 거를 때가 있습니다."

시종의 보고에 4시종장은 황당한 표정을 감추지 못했다. 아무리 뛰어난 기사라도 그렇게까지 열심히 검을 수련하지 않는다.

아무리 검술이 뛰어나도 결코 기간트를 이길 수 없다. 그렇기에 검술 수련을 하는 것보다는 그 시간에 기간트를 훈련하는 것이 보통이었다.

한데 하루 종일 검술 수련이라니, 기도 차지 않았다.

"사교라는 단어를 알고 있긴 한 건가?"

파티 시작 전에 미리 다른 귀족을 만나서 인사도 나누고 대화를 통해 친목도 다져야 향후 영지를 경영하거나 가문을 이끌어 나가는 데 도움이 된다.

"애송이는 애송이로군. 군에서 제대한 지 얼마 안 된 티가 팍팍 나."

시종은 시종장의 말에 그저 고개만 살짝 조아린 채 서 있었다. 시종장은 그런 시종에게 손을 휘휘 내저었다.

"다시 계속 지켜봐라. 혹시라도 누굴 만나는지, 또 가능하다면 무슨 대화를 나누는지 알아봐. 어쩌면 알아서 그쪽으로 찾아가는 귀족이 있을지도 모르니까."

"알겠습니다."

시종이 물러가자 시종장은 즉시 어딘가로 향했다. 그에게 언제나 활동비를 두둑이 챙겨 주는 슈린 공작가의 영식, 파인트 폰 슈린을 만나기 위함이었다.

물론 그 외에도 몇 명 더 만나야 한다. 다들 그에게 활동비를 챙겨 주는 귀족이었다.

그렇게 제론에 관한 소문이 또 여기저기로 흘러들어 갔다.

*   *   *

파티가 열리기 전날, 제론은 뜻밖의 손님을 맞았다.

"백작님, 어쩐 일이십니까?"

"내가 못 올 곳에 온 건가?"

"당연히 아닙니다."

찾아온 사람은 벨루스 백작이었다.

"거기 앉아도 되겠지?"

벨루스 백작은 수행원도 없이 혼자서 제론을 찾아왔다. 제론은 그 점이 좀 의아했지만 대수롭지 않게 여겼다.

자리에 앉은 벨루스 백작이 제론을 보며 입을 열었다.

"우리 세나는 잘 지내고 있나?"

일단 딸의 안부를 묻는 것으로 대화를 시작한 벨루스 백작은 소소한 대화를 계속 이어 갔다.

제론은 벨루스 백작이 그저 인사나 하자고 찾아온 건 아니라고 생각했다. 그래서 계속 이렇게 말을 빙빙 돌리고 있는 이유를 찾아봤다.

'아, 저놈들 때문이로군.'

이 방을 주시하는 자들이 너무 많았다. 일단 열 명의 시종이 일을 하는 내내 귀를 크게 열어 두고 있었다. 아마 이 방 근처에도 있을 것이다.

그뿐이 아니었다. 천장에 숨어 소리를 모으는 마법진까지 이용해서 도청을 하는 자도 있었다. 이 방에서 무슨 말을 하건 다 누군가의 귀에 들어갈 것이다.

"한동안 방 안에 틀어박혀 있었더니 답답하군요. 정원 산책이라도 함께하시지 않겠습니까?"

제론의 제안에 벨루스 백작이 제법이라는 듯 씨익 웃으며 고개를 끄덕였다.

"그거 좋지."

두 사람이 밖으로 나간다고 하자, 시종은 물론이고 천장에 숨어 있던 자도 크게 당황했다. 일단 정원으로 나가면 그들이 손을 쓸 수 있는 방법이 없었다.

벨루스 백작은 정원을 한 바퀴 돌며 유심히 주변을 살폈다. 제론과 비밀스러운 대화를 나누기 위해 호위 기사까지 두고 왔다.

"일단 당장은 정원에 아무도 없는 것 같군요. 이제 말씀하셔도 됩니다."

벨루스 백작은 고개를 끄덕이며 말했다.

"내 조심성이 지나친 것 같지만 꼭 그렇지도 않다네. 사실 나보다 더 조심하는 사람이 부지기수니까. 그렇게 하지 않으면 수도에서 살아남을 수가 없네."

그렇게 말하는 벨루스 백작도 영지에 있지 수도에서 지내지 않는다. 물론 수도에 저택은 가지고 있지만 말이다.

"내가 수도에 오지 않고 영지 경영만 하는 이유도 그 때문일세. 난 답답해서 그런 건 싫더군."

그래서 수도의 귀족들에게 이용당하지 않으려고 항상 신경을 곤두세워야만 했다. 그들은 눈 감으면 코를 싹둑 베어 갈 정도로 잔인하고 냉정했으며, 음흉했다.

"단도직입적으로 말하겠네. 마틴 준남작이 도망쳤네."

제론은 놀라지 않았다. 마틴 준남작을 죽인 것이 바로 자신이었으니까.

"그자가 슈린 공작가에 붙은 것 같네. 얼마 전 자네 영지에서 벌어진 영지전도 그자가 슈린 공작가에 붙어서 부린 농간일세."

"알고 있습니다."

벨루스 백작은 깜짝 놀라 제론을 바라봤다.

제론은 아무렇지도 않은 표정으로 말을 이었다. 그리고 그 말에 벨루스 백작은 소스라치게 놀랐다.

"마틴 준남작을 죽인 게 접니다."

"그게 정말인가?"

"전 그보다 슈린 공작가에 그 정도 여력이 남았다는 사실이 더 놀라웠습니다."

무려 오십 기의 기간트를 지원했다. 그런데도 슈린 공작가는 전혀 무리 없이 돌아가고 있다. 대체 얼마나 대단한 저력을 가지고 있단 말인가.

"슈린 공작가의 손발이 되고 싶어 안달 난 귀족이 얼마나 많은 줄 아나?"

제론이 그게 무슨 뜻이냐는 듯 벨루스 백작을 쳐다봤다.

"슈린 공작가의 저력은 그들이 보유한 기간트의 수가 아니라는 뜻일세. 슈린 공작을 따르는 귀족들이 알아서 조금씩 기간트를 내놓기만 해도 오십 기 정도는 금방 모을 수 있네."

제론의 표정이 심각해졌다. 역시 슈린 공작가였다. 그 정도니 레뉴 왕국을 집어삼킬 생각을 하는 것 아니겠는가.

현재 제론은 마티를 이용해 슈린 공작가의 저택 곳곳을 살펴보고 있었다.

그렇게 해서 얻은 정보도 상당했다. 그중 가장 대단한 것은 슈린 공작가가 새로운 기간트의 설계도를 얻어서 그것의 양산화에 들어갈 준비가 거의 끝나 간다는 사실이었다.

아직 설계도를 어디 보관하고 있는지 알아내지 못했지만, 시간문제였다. 의심스러운 장소 몇 군데를 선정해서 집중적으로 살피는 중이었다.

"아무튼 마틴 준남작이 죽었다니, 더 이상 할 말이 없군."

벨루스 백작은 눈살을 찌푸렸다. 마틴 준남작이 분탕질을 치고 도망친 바람에 영지가 흔들린 걸 생각하면 화가 치밀었다.

침묵의 시간이 잠깐 지나갔다. 제론은 그러고 있는 내내 감각을 최대한 날카롭게 벼려서 주변에 혹시 누가 다가오지 않는지 확인했다.

물론 마법도 병행했다. 제론은 심장에 맴도는 일곱 개의 마나링을 통해 상당한 수준의 마법을 즉시 펼칠 수 있었다. 탐지 마법 정도야 숨 쉬는 것처럼 간단했다.

아마 조만간 이곳에도 귀를 연 사람이 등장할 것이다. 할 말이 있으면 그전에 모두 끝내야만 했다.

"그나저나 내 딸은 대체 어쩔 셈인가?"

"예? 무슨 말씀이신지……"

제론은 벨루스 백작의 갑작스러운 말에 의아한 표정을 지었다. 난데없이 세나 얘기가 왜 나온단 말인가.

"확실히 해 달라는 말일세. 풍년 기원 파티는 상당히 전

통이 깊은 행사일세. 사교계에 등장하기 적당한 파티이기
도 하고."

제론은 그제야 벨루스 백작이 무슨 말을 하는지 깨달았
다. 생각해 보니 자신이 너무 무심했다.

"세나가 이 파티에 참석을 안 했다고 뭐라 하는 게 아닐
세. 만일 자네가 그 아이를 책임지겠다면 아무런 상관없는
일 아니겠나. 하지만 만일 그게 아니라면 그 아이의 기회를
빼앗지는 말아 주게."

제론은 아무 대꾸도 할 수 없었다. 구구절절 옳은 말이
었다. 너무 앞만 보고 달렸다. 아무리 목표를 위해서라지
만 사람은 앞만 보고 달리면 결국은 넘어질 수밖에 없다.

가끔은 발밑도 확인해야 하고 양옆도 살펴야 한다. 지
금까지는 그 일에 너무 소홀했다.

세나도 세나지만 바이스도 에어스트 백작령에 갇혀서 썩
어 가고 있지 않은가. 생각해 보면 둘 다 나이가 적지 않았
다.

'그러고 보면 세나도 슬슬 결혼할 나이가 되어 가는구
나.'

레뉴 왕국은 타 왕국에 비해 비교적 결혼을 늦게 하는
것이 일반적이었다. 아무래도 아카데미를 졸업하고 군대에
가는 것이 의무로 정해져 있기에 일찍 결혼을 하기가 쉽지
않았다.

세나와 바이스는 그래도 조기 졸업을 해서 다른 사람에 비해 여유가 있는 편이었다. 하지만 그건 관심을 가지고 배우자를 찾았을 때의 얘기였다.

지금처럼 영지에 매여 있다면 언제 결혼을 할지 장담할 수 없었다.

"자, 생각할 게 많은 모양이니 난 이만 가 보겠네."

벨루스 백작은 제론을 향해 빙긋 웃어 주고는 거처로 돌아갔다. 정원을 나가자마자 멀찍이 떨어져서 따라다니던 호위 기사들이 우르르 다가왔다.

"하하. 이럴 필요 없다니까, 괜한 짓들을 하는구나."

벨루스 백작은 그렇게 말했지만 기분 좋은 표정으로 걸음을 옮겼다.

제론은 정원에 서서 그 모습을 가만히 지켜봤다. 생각할 것이 더 많아졌다.

파티는 상당히 화려했다. 왕궁의 체면이 걸린 일인지라 풍년 기원 파티에는 상당한 예산이 배정된다.

제론은 한쪽에 서서 삼삼오오 모여 있는 사람들을 찬찬히 둘러봤다. 왕궁에서 여는 파티는 엄청난 인맥을 쌓을 수 있는 기회이기도 했다. 이곳에는 그 기회를 잡기 위해 발버둥 치는 수많은 사람이 있었다.

왕궁에서 여는 파티이기에 당연히 국왕이 얼굴을 비춘

다. 하지만 국왕은 파티에 남아 있지 않는다. 자신의 존재감만 잔뜩 뿌리고 돌아간다. 왕자와 공주만 남겨 놓고 말이다.

국왕이 젊었다면 귀족들과 함께 파티를 즐겼을 것이다. 하지만 지금의 국왕은 노년으로 넘어가는 중이었다. 이제부터는 다음 세대를 밀어줘야만 했다.

그렇기에 왕자와 공주만 남기고 돌아간 것이다.

현 국왕에게는 두 명의 딸과 두 명의 아들이 있었다. 딸은 권력에서 한 걸음 물러나 있으니 비교적 사이가 괜찮았지만 아들은 그렇지 않았다.

사실 저울추는 1왕자 쪽으로 많이 기울어졌다. 하지만 2왕자에게도 아직 기회가 있었다. 2왕자의 뒤에는 일단 슈린 공작가가 있었다. 그것 하나만으로도 승산이 있었다.

제론은 그런 역학 구도를 알고 있기에 더 흥미롭게 파티를 살폈다. 아마 이렇게 있으면 조만간 자신에게 접근하는 사람도 있을 것이다.

'그나저나 많기도 하군.'

파티가 열리는 홀은 어마어마하게 넓었다. 모인 귀족의 수도 엄청났다. 그렇기에 모든 사람을 다 살핀다는 건 거의 불가능했다.

귀족만 온 게 아니라 호위 기사까지 대동하고 왔기에 더 복잡했다. 물론 홀이 워낙 넓어 서로 부대끼는 경우는 없었지만 말이다.

멀리 벨루스 백작의 모습도 보였다. 몇 명의 귀족에게 둘러싸여 입가에 미소를 짓고 대화를 주도해 나가고 있었다.

이곳에서 벌어지는 모든 대화는 나중에 싹 확인할 수 있었다. 이미 이곳에는 사람과 똑같은 수의 마티가 들어와 모두를 지켜보고 있었다.

그들의 모든 대화와 행동은 고스란히 제론의 태블릿에 담길 것이다.

얼마나 그렇게 서 있었을까. 갑자기 누군가 제론을 향해 다가왔다. 제론은 다가오는 사람을 보며 눈에 이채를 띠었다.

"이게 누구야. 그 유명한 에어스트 백작님 아니신가."

다가온 사람은 파인트였다. 제론과는 상당한 악연으로 이어진 사이였다. 물론 둘 사이에 벌어졌던 모든 일은 파인트의 패배로 끝났다.

파인트는 아직도 그때의 패배감에서 완전히 벗어나지 못했다. 그리고 제론은 파인트를 딱 보자마자 그것을 알아차렸다.

"오랜만이군."

제론의 말에 파인트가 이를 부득 갈았다.

"그래. 오랜만이지. 아주 오랜만이야. 그나저나 내가 준 선물은 마음에 들었나?"

파인트의 말에 제론이 빙긋 웃었다. 이 말 하나로 뒤에서 이번 영지전을 일으킨 자가 파인트라는 걸 알아냈다.

"글쎄. 그럭저럭 괜찮았지. 덕분에 기간트가 오십 기나 생겼고, 영지도 몇 배나 커졌으니까."

파인트의 눈에서 불똥이 파바박 튀었다.

"갑자기 영지가 늘어나면 잡음이 많이 생기기 마련이지. 아마 조심하는 게 좋을 거야."

제론이 피식 웃었다.

"충고 고맙군. 더 할 말 있나?"

파인트는 본전도 못 찾고 돌아섰다. 제론 앞에만 서면 흥분해서 원하는 대로 대화를 끌어가지 못하는 건 여전했다. 돌아선 채로 몇 번 심호흡을 한 다음 표정을 풀고는 다른 곳으로 갔다.

제론은 그런 파인트를 보며 머리가 복잡해졌다.

'저놈이 뒤에서 그런 짓을 했단 말이지?'

슈린 공작을 상대하는 것보다는 파인트를 상대하는 것이 훨씬 쉽다. 물론 상대적일 뿐이지 실제로 파인트와 맞붙는다면 어려운 점이 상당할 것이다.

하지만 그래도 파인트를 먼저 건드리는 편이 나았다. 그것이 더 편하게 돌파구를 마련할 수 있을 테니까.

'슈린 공작가와 자멸해선 안 돼. 압도적으로 이겨야 돼. 지금의 나라면 할 수 있다.'

제론은 자신 있었다. 다만 시간이 필요할 뿐이었다. 검술을 가다듬고, 테오스의 힘을 개발하고, 또 영지를 발전시킬 시간 말이다.

잠시 그곳에 서 있자, 일단의 무리가 다가왔다. 각자 큰 상단을 가진 귀족들이었다.

그들은 제론과 인사를 하고 소소한 대화를 나누었다. 가끔 에어스트 백작령의 새로운 농지에 대한 얘기도 오갔다. 그들은 소문과 정보를 다루는 데 능했다. 에어스트 백작령에서 상당한 곡물을 거둘 수 있다는 사실을 이미 알고 있었다.

미리 거래를 해서 가격을 후려치려는 자들이었다. 당연히 제론은 그들을 적당히 상대했다.

제론이 생각보다 쉽게 넘어오지 않자, 그들은 다음을 기약하며 멀어졌다. 당연히 이대로 포기하지 않을 것이다.

그것을 시작으로 상당히 많은 사람이 제론에게 접근했다. 현재 가장 많은 관심을 받는 사람다웠다. 주변에 사람이 끊이지 않았다.

제론은 예의에 어긋나지 않게 그들을 적당히 상대했다. 영양가는 거의 없었다.

몇 차례에 걸쳐 사람들이 파도처럼 밀려왔다가 떠나갔다. 그렇게 몇 번을 반복했을 때, 상당히 낯익으면서도 반가운 얼굴이 다가왔다.

"오랜만이네요."

먼저 다가와 인사를 한 사람은 클레 폰 디아만트였다. 제론에게 300만 골드의 채권을 200만 골드에 사 간 사람이기도 했다.

디아만트 후작가는 대륙을 진동시키는 대상단을 보유했다. 당연히 에어스트 백작령에 대해서 소상히 조사했다. 또한 제론이 붉은 학살자라는 사실도 알고 있었다. 좀 늦긴 했지만 말이다.

"그때는 잘도 절 속이셨더군요."

제론이 빙긋 웃었다.

"난 속인 적 없소이다만."

너무나 뻔뻔한 태도에 클레가 입을 벌렸다. 어떻게 이리도 당당할 수 있단 말인가.

"붉은 학살자라는 사실을 숨기셨잖아요."

"난 분명히 내가 그라고 말하지 않았소? 어떤 공을 어떻게 세웠는지도 자세히 설명해 준 걸로 기억하는데, 내 기억이 틀렸소?"

클레는 할 말이 없었다. 기억을 더듬으면 확실히 그랬다. 제론은 당당하게 자신이 붉은 학살자라고 말했다. 그리고 과장이라고는 조금도 섞이지 않은 설명을 해 주었다.

문제는 듣는 사람이 모두 그걸 믿지 않았다는 점이었다. 제론은 진실을 거짓처럼 위장했다.

그걸 알기에 클레는 너무나 억울했다. 진실을 말했지만, 그건 엄밀한 의미로는 진실을 말하지 않은 것이나 다름없었다. 하지만 따질 수도 없으니 그저 억울하기만 했다.

"후우. 알았어요. 그 얘긴 이제 그만하죠."

클레는 일단 한발 물러났다. 괜히 얘기를 더 해 봐야 자기만 손해였다. 진실만 가지고 물고 늘어지면 불리한 건 클레였으니까.

"요즘 영지가 꽤 잘 나가신다는 얘기 많이 들었어요."

"별말씀을. 디아만트 후작가에 비하면 아무것도 아니오."

"에어스트 백작령에서 키우는 곡물의 양이 엄청나다고 하던데요?"

"그래 봐야 디아만트 후작가에서 취급하는 곡물에 비하면 100분지 1도 안 될 거요."

"정말 그럴까요?"

클레의 말에 제론이 피식 웃었다. 조금 과장을 했다. 사실 이번에 기대하는 소출이 상당했다. 어쩌면 디아만트 후작가에서 취급하는 곡물의 양과 비슷할지도 모른다.

지력이 대단한 땅에서 자란 곡물이라 성장하는 모양새가 엄청났다.

"그래서 원하는 게 뭐요?"

클레가 제론에게 얼굴을 바짝 들이댔다. 반짝이는 그녀

의 눈동자가 참으로 아름다웠다. 물론 제론에게 큰 감흥을 주지는 못했지만.

"원하는 걸 말하면 들어주실 건가요?"

"들어 보고 결정하겠소."

"피. 재미없어."

클레는 입을 한 번 삐죽이고는 다시 표정을 바꾸고서 말을 이었다.

"그 곡물의 유통, 우리 디아만트 상단에 맡겨 주시면 안 될까요?"

"생각해 보겠소."

제론은 애매하게 대답했다. 클레는 그것을 보며 일단 지금은 물러날 때라고 판단했다.

앞으로도 시간은 많고 기회도 많다. 제론의 분위기를 보면 단번에 그걸 결정할 생각은 없어 보였다.

'에어스트 백작가에서 당장 상단을 만들지 않는 한, 당분간은 다른 상단을 이용할 수밖에 없어.'

클레는 이번 거래를 절대 놓치지 않겠다고 다짐했다. 식량은 때로는 무기보다 더 무서운 힘을 발휘한다. 아무리 강한 군대라도 먹지 않으면 죽는다.

에어스트 백작령의 곡물을 장악할 수 있다면 대륙 최고의 상단이 되는 것도 꿈은 아니었다.

"이제 그런 딱딱한 얘기는 접죠. 그보다 백작님도 슬슬 결혼할 때가 되지 않으셨나요?"

"안타깝지만 아직 그럴 여유가 없소."

"마음만 먹으면 여유야 얼마든지 만들 수 있는 것 아니겠어요? 혹시 마음에 둔 분이라도 있으신가요?"

클레가 눈을 반짝이며 물었다. 이런 가십은 대부분의 여자들이 좋아한다. 제론은 현재 가장 많은 관심을 받는 사람 중 하나였다.

제론에 관한 것 중 뭐 하나만 알아내도 큰 반향을 일으킬 것이다. 하물며 그것이 제론의 연인에 관한 것이라면 얼마나 짜릿하겠는가.

클레의 눈에서 일어나는 광채에 제론은 살짝 고개를 숙였다.

"전 이만 가 봐야 할 것 같소. 나머지 얘기는 다음에 합시다."

제론은 그렇게 말하고는 미련 없이 돌아섰다.

클레는 그런 제론의 모습을 황당한 눈으로 바라봤다. 하지만 이내 빙긋 웃었다.

"호기심을 일게 만드는 사람이네."

클레는 조급해하지 않았다. 아직 시간은 많다. 풍년 기원 파티는 무려 7일 동안이나 계속된다.

Chapter 6
파티의 끝에서

 풍년 기원 파티도 6일째에 접어들었다. 사실 파티는 이제부터가 진짜 시작이었다.

 처음에는 소극적이던 사람들도 이젠 얼굴도 익히고 했으니 본격적으로 움직였다. 그중 가장 활발한 사람은 단연 2왕자였다.

 2왕자는 필사적이었다. 아직 후계자가 완벽히 정해지지 않았지만 조만간 결정될 것이다. 시간이 별로 없기 때문에 지지자를 만들기 위해 갖은 애를 썼다.

 지난 5일 동안 안면을 익히고 분위기를 만들어 갔다면 오늘은 본격적으로 목적을 이룰 때였다.

'음?'

2왕자는 사람이 우글우글 모여 있는 곳을 발견하고는 눈에 이채를 띠었다. 저 많은 사람을 자신이 끌어들일 수 있다면 단숨에 전세를 역전시킬 수도 있을 것 같았다.

호기심과 기대감이 충만해진 2왕자는 즉시 그쪽으로 발길을 돌렸다. 하지만 가까이 다가가면 다가갈수록 그의 표정이 점점 굳어갔다.

그곳에는 이미 주인공이 따로 있었다.

'저놈은!'

2왕자는 그들의 중심에 서 있는 사내를 보고는 발을 멈췄다. 그는 제론 폰 에어스트 백작이었다. 너무나 익숙한 얼굴이었다. 그를 어찌 잊을 수 있겠는가. 체른산 유적에서 몇 번이나 봤는데 말이다.

체른산 유적을 생각하면 아직도 속이 쓰렸다. 또한 갈망에 목이 말랐다.

아직도 유적의 숨겨진 유물을 찾지 못했다. 2왕자는 반드시 유물이 있을 거라고 믿었다. 그래서 틈만 나면 그곳에 가서 유적을 살피고 또 살폈지만 결국 찾지 못했다.

이제는 거의 포기 단계였다. 유적에는 자신 외에 아무도 들어가지 못했다. 2왕자가 아닌 사람을 함께 데려가면 이 김없이 벼락이 떨어졌다.

결국 2왕자는 그곳을 혼자서 뒤져야 했다. 그 넓은 유적을 혼자 살핀다는 건 거의 불가능에 가까운 일이었다. 하지만 2왕자는 미련이 남아 유적을 찾고 또 찾았다.

'그것만 찾으면 다 끝날 텐데.'

2왕자는 씁쓸한 표정을 지었다. 하지만 더 이상 거기에 미련을 둘 수는 없었다. 그보다는 1왕자를 이기는 것이 훨씬 더 중요했다.

잠깐 회한에 잠겼던 2왕자의 시선이 다시 제론에게로 향했다. 그곳에 모인 모든 사람들이 제론을 바라보고 있었다. 제론은 그저 눈빛 하나만으로 그들을 압도했다.

2왕자는 이를 악물었다. 저 자리에 있어야 할 사람은 제론이 아니라 자신이었다.

'좋아. 내가 얻어 주지. 굳이 저들을 얻을 필요가 없지. 저놈 하나만 얻으면 다 얻는 거나 다름없지 않은가.'

그렇게 생각을 정리한 2왕자는 성큼성큼 걸어 제론에게 다가갔다.

제론 근처에 모인 귀족들이 2왕자를 발견하고는 저마다 인사를 건넸다. 몇몇은 담담했고, 또 몇 명은 표정이 굳었으며, 일부는 반가워했다.

"오랜만입니다, 2왕자 전하."

제론이 먼저 인사를 건넸다. 정중함은 있었지만 너무나 당당했다. 주변 사람들이 묘한 눈으로 제론과 2왕자를 번갈아 바라봤다. 둘 사이에 미리 교분이 있었다는 사실에 다들 깜짝 놀랐다.

"유적은 잘 있는지 모르겠군요."

유적 얘기가 나오자 2왕자의 표정이 대번에 무너졌다. 아무리 마음을 가라앉히려고 해도 쉽지 않았다.

"잘 있으니 걱정할 거 없네."

2왕자는 그렇게 대답하며 제론을 바라봤다. 말을 하면서 생각해 보니 제론은 자신에게 유적을 빼앗겼다. 오히려 더 마음이 상한 건 제론 아닐까? 그렇게 생각하니 기분이 좀 나아졌다.

"유적을 내게 바친 공은 아직 잊지 않고 있네."

"별말씀을."

제론은 빙긋 웃었다. 참으로 우습지 않은가. 고작 유적의 가디언이 된 것에 불과한데, 마치 유적의 주인이라도 되는 듯이 행동하니 말이다. 물론 2왕자는 그걸 모르니 저러고 있는 거겠지만.

제론의 여유로운 미소에 2왕자는 어금니를 꽉 물었다. 조금이라도 당황시키고 싶어서 던진 말이었는데, 저렇게 아무렇지도 않게 여기니 또 짜증이 확 났다.

하지만 지금 상황에서 짜증을 내면 안 된다. 아직 목표 근처에도 가지 않았으니 말이다.

"그래서 그 공을 치하할 겸, 제안을 하려고 왔네."

제론은 2왕자의 속이 빤히 보였지만 전혀 모른다는 듯

물었다.

"무슨 제안 말입니까?"

"내가 앞으로 자네 뒤를 봐주겠네."

노골적으로 자기 밑으로 들어오라는 소리였다. 아니, 그걸 확정했다고 통보하는 거나 다름없었다.

제론은 2왕자를 가만히 쳐다봤다. 2왕자는 득의만만한 미소를 띤 채 제론을 바라보고 있었다. 네가 어쩔 것이냐는 듯한 표정이었다.

"감사합니다."

제론의 대수롭지 않게 대답하자, 주변에 서 있던 사람들의 표정이 변했다. 제론이 2왕자 쪽 줄을 잡는 모습을 지켜봤으니 놀라는 게 당연했다.

2왕자의 얼굴에 어린 미소가 더욱 짙어졌다.

'그럼 그렇지. 내가 손을 내밀었는데 잡지 않을 리가 없잖아?'

크게 소리 내서 웃고 싶어졌다. 하지만 그래선 안 된다. 2왕자는 입가가 길게 늘어나려고 하는 걸 억지로 참으며 제론에게 손을 내밀었다.

"앞으로 잘 부탁하지."

"저야말로 잘 부탁드립니다."

제론이 망설임 없이 그 손을 잡았다. 이제 확정이 되었다. 2왕자는 그 순간, 이 사실을 과시하고 싶어졌다.

"그럼 내 사람이 된 기념으로 자네 영지의 곡물 유통권을 슈린 상단에 넘기게."

2왕자는 당연히 제론이 허락할 거라 여겼다. 자신의 사람이 되었으면 자신에게 힘을 실어 주는 게 당연하지 않은가.

슈린 상단은 슈린 공작가에서 운영하는 상단 중 가장 큰 상단이었다. 물론 최근에는 디아만트 상단에 밀려서 날이 갈수록 위축되고 있었지만 말이다.

에어스트 백작령의 곡물 유통권을 쥐어 준다면 슈린 상단이 다시 한 번 디아만트 상단과 레뉴 왕국 내의 이권을 걸고 싸워 볼 만한 여지가 생긴다.

슈린 공작가가 커지면 2왕자가 왕권을 잡을 확률이 높아진다. 2왕자는 기대감이 휘몰아치는 가슴을 진정시키려 애쓰며 제론의 답을 기다렸다.

"그건 곤란합니다."

제론의 거절에 2왕자는 순간 자신이 잘못 들은 줄 알았다. 2왕자뿐 아니라 주변에 서 있던 다른 귀족들 역시 마찬가지였다.

다들 경악한 눈으로 제론과 2왕자를 번갈아 바라봤다.

제론은 시종일관 물처럼 담담한 얼굴로 조용히 서 있었다. 하지만 2왕자는 그렇지 않았다. 순식간에 얼굴이 시뻘겋게 달아올랐고, 거칠게 숨을 몰아쉬었다.

"재미없는 농담을 하는군. 지금이 그런 장난이나 칠 때라고 생각하나? 감히 내 앞에서?"

"전 농담을 한 적이 없습니다."

"그럼 정말로 유통권을 못 넘기겠다는 말인가?"

"제가 왜 그들에게 유통권을 넘겨야 합니까? 어떤 조건도 내밀지 않은 상단에게 신경을 쓸 정도로 시간이 남아돌지 않습니다."

제론의 당당한 말에 구경하던 사람들이 입을 쩍 벌렸다. 하지만 2왕자 쪽에 줄을 댄 몇몇을 제외하고는 다들 가슴이 뻥 뚫리는 것처럼 시원했다.

"방금 내가 뒤를 봐준다고 했을 때, 고마워하지 않았나!"

"그 점은 지금도 감사히 여기고 있습니다. 전하의 조건 없는 호의에 다시 한 번 감사드립니다."

2왕자의 입이 쩍 벌어졌다. 그리고 얼굴이 시뻘게지다 못해 창백해졌다.

"네, 네, 네놈이 지금 날 놀리는 것이냐!"

결국 2왕자는 호통을 쳤다. 하지만 제론은 전혀 당황하지 않았다.

"전 그저 전하께서 뒤를 봐주시겠다는 말씀에 감사를 표한 것뿐입니다."

말은 맞다. 실제로 대화는 그렇게 이루어졌다. 하지만

그 안에 포함된 의미가 있지 않은가. 제론은 지금 그 보편적인 상식을 완전히 무시해 버렸다. 이러니 놀리는 게 아니면 뭐란 말인가.

하지만 겉으로 드러난 것만 보면 제론의 말이 옳다. 그래서 2왕자는 함부로 날뛰지 못했다. 만일 정치에 익숙하지 않은 어설픈 애송이 귀족이라면, 또 그가 멍청하다면 그렇게 받아들일 수도 있었다.

하지만 어느 모로 봐도 제론은 그런 귀족과는 거리가 멀지 않은가.

"이이……!"

금방이라도 폭발할 것 같은 2왕자를 향해 제론이 정중히 고개를 숙였다.

"전하의 호의에 다시 한 번 감사를 드립니다."

결국 2왕자는 폭발해 버렸다. 그 역시 검을 수련한 기사, 또한 기간트를 소유한 라이더이기도 했다. 2왕자가 그대로 몸을 날려 제론의 얼굴을 주먹으로 후려쳤다.

아니, 그렇게 하려고 했다. 한데 어찌 된 일인지 그렇게 할 수가 없었다. 몸이 잘 움직이지가 않았다. 2왕자는 당황했다.

하지만 더 당황스럽고 놀라운 일은 그다음에 벌어졌다. 2왕자의 마음에서 일어나던 불같은 적개심이 서서히 사그라졌다.

'내가 너무 흥분했군.'

생각해 보면 충분히 그렇게 받아들일 수도 있는 문제였다. 여기서 날뛰면 모양새가 더 우스워진다. 그렇게 마음을 먹고 나니 왠지 지금 일이 아무것도 아닌 것처럼 느껴졌다.

"후우. 내가 너무 흥분했군."

2왕자는 심호흡을 하며 그렇게 말했다. 그리고 주위를 둘러보며 말을 이었다.

"이거 분위기가 말이 아니로군. 다들 미안하게 되었소."

2왕자의 사과에 다들 얼굴이 경직되었다. 왠지 2왕자가 완전히 달라 보였다.

귀족들이 멍하니 있자, 2왕자는 다시 제론을 바라봤다.

"명색이 왕자인데 한 입으로 두말할 수는 없지. 자네 뒤는 내가 확실히 봐주겠네. 어려운 일이 있으면 날 찾아오게."

2왕자는 그 말을 남기고 자리를 떴다. 그런 2왕자의 모습을 다들 이채롭게 바라봤다. 다만 제론의 눈빛만은 의미심장했다.

'가디언이 된 것이 이런 식으로 작용하는군.'

2왕자는 체른산 유적에서 제론의 가디언이 되었다. 그것도 그 스스로의 의지로 말이다. 오늘 일은 그 결과였다. 2왕자는 제론에게 적대감을 가질 수 없었다. 고대 마법의 정수가 이뤄 낸 작용이었다.

모두의 눈빛을 뒤로하고 뚜벅뚜벅 걸어가던 2왕자는 문
득 고개를 갸웃거렸다.

'대체 뭐지? 내가 미친 거 아닌가?'

자신이 왜 그딴 말을 했는지 이해할 수가 없었다. 어려
운 일이 있으면 찾아오라니. 그러다가 정말로 찾아오면 어
쩌란 말인가.

절대로 제론의 뒤를 봐주고 싶지 않았다. 하지만 수많
은 귀족 앞에서 그렇게 공표해 버렸다. 만일 제론이 이 일
을 알고 있는 귀족과 한 명이라도 함께 있는 상황에서 어
떤 부탁을 해 오면 그걸 거절하기가 어려울 것이다.

이건 너무나 위험했다. 2왕자는 슈린 공작가와 손을 잡
았다. 그리고 슈린 공작가가 에어스트 백작가에 어떤 짓을
했는지도 알고 있었다.

'젠장. 슈린 공작가에서 가만히 있지 않겠군.'

2왕자는 갑자기 짜증이 왈칵 치밀었다. 대체 왕자인 자
신이 왜 공작의 눈치를 봐야 한단 말인가. 생각은 거기서
끝나지 않았다. 이렇게 된 것이 모두 제론 때문이라는 생각
이 들자 맹렬한 적개심이 들었다.

하지만 적개심은 일어나자마자 기세가 풀썩 꺾였다. 생
각해 보니 제론에게 화를 낼 이유가 없었다. 이게 왜 제론
때문이란 말인가. 애초에 에어스트 백작가에 그따위 짓을
한 슈린 공작가의 잘못이었다.

2왕자는 그 뒤로 제대로 파티에 집중할 수가 없었다. 어떤 생각을 하건 제론과 연결되었고, 화가 났다가 가라앉았다가를 반복했다.

하지만 어쨌든 결론은 지었다. 제론에게 한 약속을 지키기로 한 것이다. 또한 슈린 공작가를 앞으로 유심히 살펴보기로 했다.

2왕자는 그걸 결정지은 뒤 파티가 열리고 있는 홀을 조용히 빠져나갔다. 왠지 더 이상 파티에 의미가 없어 보였다.

제론은 귀족들에 둘러싸여 2왕자가 나가는 모습을 힐끗 쳐다봤다. 나중에 2왕자의 표정이나 혼잣말을 반드시 확인해 봐야겠다고 생각했다.

이는 가디언이 된 2왕자를 이용할 새로운 방법을 찾기 위함이었다. 지금까지는 별생각이 없었는데, 오늘 일을 보니 잘하면 2왕자를 충분히 써먹을 수 있을 것 같았다.

어쨌든 제론 입장에서는 2왕자도 슈린 공작가와 크게 다를 바 없는 인간이었다. 슈린 공작가가 오로지 그들의 힘으로만 에어스트 백작가를 무너뜨릴 수 있었을 리 없다.

슈린 공작가를 도와준 자들이 분명히 있었다. 2왕자는 그중 하나였다. 또한 2왕자에게 항상 붙어 있는 마기어 백작도 마찬가지였다.

제론은 그 둘을 결코 용서해 줄 마음이 없었다. 그들은 자신이 한 행동에 대한 대가를 반드시 치러야 할 것이다.

"에어스트 백작님, 아직도 곡물 유통권에 대해서 아무런 결정도 내리지 않으셨습니까?"

누군가의 물음에 제론이 시선을 돌렸다. 2왕자는 나중에 살펴보면 된다. 지금은 이곳의 일에 집중할 시간이었다.

"아직은 그렇습니다. 하지만 한 군데로 한정할 생각은 없습니다."

귀족들이 눈을 빛냈다.

"하면 여러 상단을 염두에 두고 있다는 말씀이십니까?"

"많은 상단에 기회를 드릴 생각입니다. 다만 비율은 좀 달라지겠지요."

몇몇 귀족이 회의적인 표정을 지었다.

"과연 그렇게 비율을 나눌 정도의 양이 될까요? 제가 알아본 바에 따르면 상단이 둘만 붙어도 남아나는 곡물이 없을 것 같은데……."

"금년만 하고 끝낸다면 그렇겠지요. 하지만 조금만 더 멀리 보십시오. 우리 영지의 평원은 아직 모두 개발된 게 아닙니다. 고작 10퍼센트 정도 개발했을 뿐입니다."

다들 눈이 휘둥그레졌다. 그들은 이미 에어스트 백작령에서 자라는 곡물을 확인했다. 그것만으로도 엄청난 양이었다. 한데 그것이 10배로 늘어난다니. 그 정도라면 가히 왕국 전체를 먹여 살릴 수 있을 정도의 양 아닌가.

제론은 놀란 얼굴의 귀족들을 쭉 둘러봤다. 사실 농지

는 그보다 더 많이 있었다. 이제 곧 암석 지대를 개간할 것이다.

그곳을 제대로 개발할 수만 있다면 농지가 50퍼센트는 더 늘어난다. 하지만 지력이 많이 모자랄 것이다. 그래서 소출이 50퍼센트 늘어난다고 보기는 어려웠다.

하지만 그것도 어마어마한 양이었다. 에어스트 백작령은 곡물로 우뚝 서는 영지가 될 것이다.

'그러면 힘이 필요하겠지.'

식량은 큰 무기가 된다. 그렇기 때문에 그것을 지키기 위해 힘을 가져야만 한다. 제론은 인재에 목이 말랐다. 더 많은 인재가 필요했다. 또한 더 많은 병사가 필요했다.

'빈민 이전 작전을 서둘러야겠어.'

제론은 머릿속으로 차근차근 계획을 세우며 귀족들의 질문에 일일이 대답해 주었다.

파티가 점점 무르익어 갔다.

7일간의 긴 파티가 끝을 맺었다. 만족스러운 성과를 얻은 사람도 있었지만 그렇지 못한 자가 훨씬 많았다.

제론은 성과를 얻은 사람 중 하나였다. 아니, 누구보다 큰 성과를 얻어 냈다. 총 열두 개의 상단과 계약을 맺었다. 일곱 개는 중립을 표방하는 상단이었고, 나머지 다섯 개는 슈린 공작가와 반대쪽에 줄을 댄 상단이었다.

가장 높은 비율을 얻어 낸 상단은 당연히 디아만트 상단이었다. 디아만트 상단을 책임지는 클레는 이를 이용해 대륙 최고의 자리에 오르고자 하는 야심 찬 계획을 세웠다.

디아만트 상단은 무려 40퍼센트의 비율을 얻어 냈다. 나머지 60퍼센트를 열한 개의 상단이 또 적절히 나눴으니, 그 차이가 정말 엄청났다.

이 계약은 향후 5년간 유효했다. 제론은 그 5년 동안 모든 곡물을 유통할 수 있을 정도로 거대한 상단을 만들 계획이었다.

파티는 끝났지만 왕궁에는 여전히 떠나지 않은 귀족이 많았다. 파티가 끝나도 며칠 정도 남아서 여흥을 즐기거나 파티의 피로를 충분히 풀고 떠나는 사람이 많았다.

당연히 제론은 그럴 시간이 없는 사람이었다. 제론의 뇌리에는 새로 만들 상단과 검술 수련으로 인해 다른 것이 들어갈 틈이 없었다.

둘 중 검술 쪽이 조금 더 큰 비중을 차지했다. 제론은 조금만 더 하면 벽을 깰 수 있을 것 같은 느낌에 잠시도 시간을 낭비하고 싶지 않았다.

실제로 파티가 열리는 7일 동안 밤을 제외한 아침과 낮에는 끊임없이 검을 휘둘렀다. 기초 검술을 수련하며 마나의 흐름과 검의 흐름을 일치시키려 애썼다.

제론은 지금 당장이라도 유적에 가고 싶었다. 가서 그곳
의 충만한 마나를 받아들이며 검을 휘두르면 금방이라도
벽을 부술 수 있을 것 같았다.

하지만 그럴 수 없었다. 일단 왕궁에서 그냥 사라지는
건 문제가 있었다. 타고 온 마차를 타고 나가서 용병길드
와의 계약을 마무리 지어야만 했다.

제론이 서둘러 떠날 준비를 하고 있을 때, 제론의 방을
방문한 사람이 있었다.

"벌써 가시는 거예요?"

클레였다. 클레는 눈을 동그랗게 뜨고 제론을 바라보고
있었다. 설마 제론이 이렇게 빨리 떠날 줄은 몰랐다.

"바빠서."

바쁘다는데 뭘 어쩌랴. 클레는 제론을 붙잡을 생각도
하지 못했다. 제론은 그런 클레를 지나쳐 방을 나섰다.

"한 달 후에 영지로 찾아갈게요!"

클레가 외쳤다. 제론이 걸음을 멈추고 돌아봤다. 대체
클레가 왜 영지에 찾아온단 말인가.

의아한 표정을 지은 제론을 향해 어색하게 웃어 준 클레
는 머뭇거리며 말을 이었다.

"영지의 농지를 한번 확인해 보려고요. 일단 계약을 했
으니 최대한 이익이 많이 남을 방법을 강구하는 게 순서거
든요."

제론은 대수롭지 않게 고개를 끄덕였다.

"그럼 그렇게 하시오."

그 말을 남긴 제론은 서둘러 왕궁을 떠나갔다. 클레는 그 자리에 못 박힌 듯 서서 멀어지는 제론의 뒷모습과 왕궁을 나가는 그의 마차를 끝까지 바라봤다.

*　　　*　　　*

파인트는 왕궁에 남은 귀족들을 한 번씩 쭉 만난 뒤 자신의 거처로 돌아왔다.

"후우. 이거 지치는군."

"고생 많으셨습니다, 소영주님."

"오늘은 푹 쉬고 내일 돌아가는 걸로 하지. 아무래도 여긴 좀이 쑤셔서 오래 있기 힘들어."

파인트가 인상을 쓰며 그렇게 말하자, 그의 수행원들이 일제히 고개를 숙이며 대답했다.

"알겠습니다."

다들 분주히 움직였다.

파인트는 그 모습을 보며 느긋하게 소파에 등을 파묻었다. 부드럽고 푹신하게 등을 받쳐 주는 느낌에 절로 눈이 감겼다.

그렇게 잠깐 눈을 감고 쉬던 파인트는 문득 떠오른 생

각에 마침 근처를 지나가던 수행원 하나를 불렀다.

"제론이 지금 뭐 하는지 알아와."

파인트의 말에 수행원은 즉시 대답했다. 파인트가 가진 제론에 대한 관심을 잘 알기에 미리 조사를 해 뒀던 것이다.

"영지로 돌아갔습니다."

"뭐? 돌아가? 언제?"

"파티가 끝나자마자 돌아갔습니다."

"그렇게 일찍? 그럼 다른 귀족은 아예 안 만나고 간 거야?"

"그렇습니다. 떠나기 전에 디아만트 후작가의 여식이 그쪽 방으로 잠깐 찾아갔다고 들었습니다."

"클레 폰 디아만트 말인가?"

파인트의 눈이 음험하게 빛났다.

사실 클레의 모습은 이번에 처음 봤다. 클레는 디아만트 상단의 일에 매달려 다른 사교 모임이나 파티에 거의 모습을 드러내지 않았다.

한데 이번에 무슨 바람이 불었는지 왕궁 파티에 나온 것이다. 예전의 클레를 생각하면 상당히 놀랄 만한 일이었다.

처음 본 클레의 외모는 참으로 만족스러웠다. 저 정도라면 자신이 지속적으로 매파를 보내고 있는 세나 폰 벨루스에 비해서도 크게 손색이 없었다.

게다가 클레는 세나가 가지지 못한 중요한 것을 소유했다. 바로 돈이었다. 벨루스 백작가도 상당한 재력가였지만, 디아만트 후작가에 비하면 달빛 아래 반딧불이었다.

디아만트 후작가는 레늄 왕국의 귀족이라기보다는 대륙의 귀족이었다. 디아만트 상단의 영향력은 대륙 곳곳에 퍼져 있었다. 심지어는 크란 제국에도 수많은 지부가 깔려 있어서 어느 정도 영향력을 행사할 수 있을 정도였다.

파인트는 대번에 욕심이 일었다. 아름다운 세나도 좋지만 돈이 많은 클레가 훨씬 유용할 것이다. 향후 레늄 왕국을 꿀꺽 집어삼키기 위해서는 말이다.

"다다익선이긴 한데……."

둘 모두를 차지할 수 있다면 최고일 것이다. 하지만 현실적으로 쉽지 않은 일이었다.

파인트는 입맛을 다셨다. 어쨌든 시도는 해 볼 만했다. 사실 마음 같아서는 제론부터 족치고 싶었다. 목을 잘라버리고, 영지를 불태워 버리고 싶었다. 하지만 지금은 그래선 안 된다.

"일단 그놈의 저력을 완전히 파악해야 돼."

붉은 학살자가 얼마나 대단한지에 대해서는 귀가 닳도록 들었다. 그 대비를 하지 않으면 지난번과 같은 일이 또 벌어질 뿐이었다.

"거기 있나?"

파인트가 난데없이 천장을 보며 물었다.

그러자 놀랍게도 천장에서 시커먼 그림자 하나가 뚝 떨어졌다. 그는 검은 옷을 입은 사내였는데, 어느새 파인트 앞에 한쪽 무릎을 꿇고 앉아 고개를 조아리고 있었다.

"미스트 드래곤에서 좀 나서 줘야겠다."

"어느 정도 선까지 원하십니까?"

"그놈에 대한 모든 것을 원한다. 그놈을 파멸시킬 방법을 찾아야겠어."

"명을 이행하겠습니다."

대답과 동시에 그림자가 위로 휙 솟구쳤다. 그리고 천장으로 스며들었다.

파인트는 그제야 기분이 좀 나아졌다. 미스트 드래곤은 이쪽 방면으로는 최고의 실력을 자랑한다. 슈린 공작가를 지탱해 온 기둥 중 하나였다.

그들이 나섰으니 이제 제론에 대한 모든 걸 샅샅이 조사해서 가져올 것이다. 남은 건 그저 기다리는 일뿐이었다.

"자, 그럼 돈 많은 계집을 낚을 준비를 해 볼까?"

클레는 대상단의 책임자였다. 그러니 그녀를 낚으려면 상단을 이용하는 것이 정석이었다. 적어도 파인트는 그렇게 생각했다.

하지만 어설픈 방법으로 엮으려 들면 오히려 역효과가 나올 수도 있었다. 클레는 디아만트 상단을 몇 년이나 성공적으로 이끌어 왔다. 나이는 어려도 경험이 많고 능력이 뛰어났다.

파인트는 일단 디아만트 상단에 대한 정보를 확인했다. 그들이 뭘 주로 취급하는지, 또 어떤 상품에 주력하는지, 그리고 앞으로 뭘 하려고 하는지에 대해 세심히 확인했다.

파인트도 슈린 공작가에 속한 제법 큰 상단 하나를 소유하고 있으니 계획만 잘 세우면 얼마든지 그녀에게 접근할 수 있었다.

"가만, 철광석 쪽에 손을 대려고 하는군?"

파인트의 입가가 쭉 늘어났다. 철광석이라면 현재 그가 소유한 루바인 상단의 주력 품목이었다. 즉, 경험이나 능력 면에서 전혀 뒤지지 않는다는 뜻이다.

파인트는 벌떡 일어났다.

"서둘러라! 오늘 돌아간다!"

파인트의 외침에 수행원들이 다들 깜짝 놀라 그를 바라봤다. 원래 계획은 하루를 푹 쉬고 돌아가는 것이었다. 묵을 준비가 거의 끝나 가는데, 난데없이 돌아가자고 하니 날벼락이나 다름없었다.

하지만 그들에게 무슨 힘이 있으랴. 수행원들은 부랴부랴 떠날 준비를 시작했다.

파인트는 그들을 배려할 생각이 전혀 없기에 즉시 성큼성큼 밖으로 나갔다. 지금은 이렇게 낭비할 시간이 없었다.

한시라도 빨리 베어크 영지로 가야만 했다.

*   *   *

베어크 영지는 거의 망해 가고 있었다. 하지만 그 모든
상황을 일거에 뒤집어 버리는 상황이 벌어졌다. 무려 다섯
개의 철광석 광산이 동시에 발견된 것이다.

근처에 산과 언덕이 많기로 유명한 영지이긴 했지만 그
동안은 광산 같은 것이 전혀 없었다. 그래서 점차 악화되
는 재정에 허덕였는데, 갑자기 광산이 다섯 개나 발견되었
으니 영지가 단번에 살아나 버렸다.

물론 광산 개발 자체를 베어크 영지에서 한 것이 아니었
기에 떨어지는 건 적당한 지분이 전부였지만, 그것만으로도
재정에 뚫린 구멍을 꽉 메우고도 남아서 철철 넘쳐흘렀다.

철광석은 광물 가운데 최고 인기 품목 중 하나였다. 기
간트를 만들기 위해서는 반드시 막대한 양의 강철이 필요
했다. 그러니 철광석은 항상 공급이 수요를 훨씬 웃돌았
다.

베어크 영지는 각 광산으로부터 각각 5퍼센트씩의 지분
을 받았다. 그저 영지에 속한 산을 마음대로 쓸 수 있도록
해 주는 대가였다. 아무것도 하지 않아도 광산에서 캔 철
광석의 5퍼센트는 베어크 영지의 것이었다.

당연히 베어크의 영주는 그 지분을 철통같이 지킬 것이다. 또한 모든 힘을 다해 광산을 지키고 감시할 것이다.

만일 다른 상단이 여기 끼어든다면 그 외의 나머지 지분을 구입하는 수밖에 없었다.

클레가 원하는 것이 바로 그것이었고, 파인트가 파고들려고 하는 것도 바로 그 점이었다.

하지만 베어크 영지에 가장 먼저 도착한 사람은 그 두 사람이 아닌 제론이었다.

'확실히 정보를 누군가에게 맡기고 나니 편하긴 편하군.'

바인으로부터 긴급하게 정보를 받았기 때문에 즉시 이곳으로 왔다. 물론 특별히 대책을 세우지는 않았다. 하지만 뭐든 빈틈이 있다면 파고들어 볼 생각이었다.

어쨌든 아무 시도도 하지 않는 것보다는 나았다. 사실 최근 슈린 공작가에서 보유한 상단의 성적은 신통치 않았다. 제론의 명령을 받은 바인이 적절히 견제를 하고 있기 때문이었다.

그 와중에 여기서 제대로 한 방 먹일 수 있다면 슈린 공작가를 한 번 크게 흔들 수 있을 것이다.

제론은 그 생각을 하며 베어크 영지 곳곳을 돌아다녔다. 베어크 영지에 대한 정보는 바인이 전해 준 것이 전부였기 때문에 조금 답답하긴 했다.

'근방에 유적이라도 하나 있으면 좋을 텐데.'

하지만 베어크 영지 근방에는 발견된 유적이 없었다. 사람들이 얼마나 눈에 불을 켜고 유적을 찾아다니는지 잘 알기에 제론은 이곳에는 당연히 유적이 없을 거라고 믿었다.

베어크 영지는 주변에 다섯 개의 산이 있었는데, 그 다섯 개의 산에서 각각 하나씩의 철광석 광산이 발견되었다. 그 외의 나머지는 평지였다.

그리 넓은 영지가 아니었기에 산이 아니라면 유적이 있을 만한 곳도 없었다.

제론은 일단 영지 곳곳을 둘러봤다. 딱히 상업이 발달한 곳도 아니었다.

"광산이 아니었으면 조만간 망했겠군."

이런 영지는 운영이 정말로 어렵다. 농지가 많은 것도 아니고, 특산물이 있는 것도 아니었다. 주변에 산이 있으니 몬스터의 피해가 적지 않을 것이고, 그러려면 최소한의 병력이 필요하다.

그런 식으로 나가는 돈은 많은데 들어오는 돈이 없으면 적자가 쌓인다. 적자란 곧 빚이다. 그리고 빚이 한계를 넘어가면 영지를 파는 수밖에 없었다.

아마 베어크 영지의 영주와 가신들은 지금 죽다가 살아난 기분일 것이다.

영지가 그런 상황이니 제론도 별달리 할 만한 것이 없었다. 파인트가 루바인 상단을 이끌고 이곳으로 오기 전에 뭔가 조치를 취하지 않으면 아마 그의 일을 방해하기가 쉽지 않을 것이다.

제론은 영지 곳곳을 확인하고 다섯 개의 광산을 차례차례 방문했다. 최근 광산에 관심을 갖고 접근하는 상단이 제법 많았기에 제론의 방문 역시 별다른 의심을 받지 않았다.

다섯 개의 광산은 모두 훌륭했다. 예상 매장량도 엄청났고, 채굴량도 보통 광산보다 훨씬 많았다. 이런 광산을 구입하려면 어마어마한 돈이 들어갈 것이다.

제론은 마지막 광산까지 확인한 다음 턱을 손가락으로 쓰다듬으며 생각에 잠겼다.

광산의 가격을 대충 확인했는데, 워낙 경쟁이 치열해서 1천만 골드 이상의 가격대를 형성하고 있었다. 인건비와 시설비를 계산해야 하지만, 매장량과 채굴량을 따져 보면 거의 5천만 골드에 가까운 가치가 있었기에 그렇게 구입을 해도 손해는 아니었다.

하지만 만일 예상 매장량이 기대에 훨씬 못 미치면 완전히 끝장이었다.

물론 이렇게 상단이 모여드는 걸 보면 이곳의 매장량은 알려진 것과 거의 다를 바 없을 것이다. 그 정도 확인도 안 하고 유수의 상단이 우르르 몰려올 리 없었다.

'매장량을 내 맘대로 조절할 수 있으면 좋을 텐데……'

제론은 그런 생각을 하다가 피식 웃었다. 말도 안 되는 생각이었다. 철광석의 매장량을 조절하다니. 신도 아니고 그게 어떻게 가능하겠는가.

생각에 잠긴 제론은 발길이 닿는 대로 걸어갔다. 그렇게 1시간쯤 걸으니 어느새 영지에서 가장 번화한 거리에 도착했다.

비교적 높은 건물이 길 양옆에 쭉 늘어서 있었고, 그 뒤로도 높고 낮은 건물이 다닥다닥 붙어 있었다. 골목이 보였고, 좌우로 지나가는 제법 널찍한 길도 눈에 들어왔다.

제론은 거기서 걸음을 멈춘 채, 멍하니 서 있었다. 길 한가운데였다. 걷다가 갑자기 서 버린 제론을 향해 몇몇 사람이 불만을 토해 냈지만 제론의 귀에는 전혀 들리지 않았다.

'이게 뭐지?'

제론은 지금 상당히 기묘한 느낌에 사로잡혔다. 그 기묘한 느낌은 점점 선명해졌다. 그리고 확신으로 변했다. 믿을 수가 없었다. 이곳은 영지의 변화가 한가운데였다.

그런데 제론이 선 자리에 유적이 있었다.

마치 유적이 제론을 끌어당긴 것 같았다. 발 닿는 대로 움직였기에 일어난 일이었다.

물론 제론을 부른 유적은 고대 유적이 아니라, 그 아래에 잠든 초고대 문명의 유적이었다.

잠든 유적이 설핏 깨서, 근처에 온 주인을 부른 것이다.

제론은 그 자리에 서 있다가 주변을 확인하고는 길가로 가서 적당히 자리를 잡았다. 사람도 많이 다니고 마차도 많이 다니는 길이었다. 여기서 어떻게 유적을 찾아갈지 고민이 좀 필요했다.

일단 팔찌를 이용해 아래로 내려갈 수 있는지 확인해 봐야만 했다. 만일 그게 가능하다면 몇 가지 시도해 볼 수 있을 만한 것들이 있었다.

어쩌면 초고대 문명의 유적을 통해 고대 유적을 발굴하는 것이 가능할지도 모른다.

'그러고 보니……'

제론은 문득 떠오른 게 있어 주위를 둘러봤다. 유적의 위치는 정확히 광산이 발견된 다섯 산의 중심에 위치했다. 어쩌면 철광산 자체가 초고대 문명 유적의 영향을 받은 걸 수도 있었다. 물론 가능성은 희박했지만 말이다.

어쨌든 뭐든 시도해 보려면 인적이 없어야 한다. 제론은 주변을 돌아다니며 사람과 건물을 살피는 한편 시간이 가기를 기다렸다.

번화가라서 불편한 점은 사람이 많다는 것이었다. 아무리 밤이 늦어도 사람이 사라지지 않아서 좀처럼 기회가 생기지 않았다.

밤이 깊어 갔다. 그리고 새벽이 되었다. 점점 거리가 한산해지다가 결국 인적이 완전히 끊겼다.

제론은 그래도 주위를 충분히 살폈다. 건물에 있는 사람들이 창을 통해 밖을 확인하면 곤란했다. 물론 지나가다가 보는 건 상관없었다. 그 정도면 잘못 봤다고 여길 테니까.

제론은 거리 한가운데로 걸어갔다. 그리고 팔찌에 아네모스를 넣었다.

화아악!

빛이 일었다. 그리고 그대로 유적으로 이동했다. 성공이었다.

제론이 사라지자, 몇몇 건물에서 창문이 열렸다. 방금 전 일어났던 빛 때문에 호기심이 일어 확인하려는 사람들이었다.

그들은 한동안 창밖으로 고개를 내밀고 주위를 둘러봤다. 그러다가 결국 아무것도 발견하지 못하자 다시 안으로 들어갔다.

모두 사라진 거리에 적막이 감돌았다.

Chapter 7

파인트 폰 슈린

제론은 유적 로비 한가운데에 서서 주위를 둘러봤다. 이
곳은 다른 유적과 조금 달랐다. 로비가 무척 좁았다.

다른 유적의 로비는 과장 조금 보태서 기간트를 소환해
움직여도 넉넉할 정도로 넓었는데, 이곳은 그냥 혼자 검술
수련을 하는 것도 쉽지 않아 보였다.

"특이하군."

제론은 일단 로비를 잠깐 살피다가 지하로 이동했다.
유적의 진정한 힘을 보려면 지하로 내려가야 한다. 다른 유
적과 비슷한 구조를 가지고 있다면 가장 아래층에 통제실
이 있을 것이다.

이 유적의 통제실은 지하 4층에 있었다.

다른 곳과 달리 생활공간이나 수련실은 따로 없었다. 3층은 텅 비어 있었는데, 그곳의 용도는 창고였다.

공간 확장 마법이 걸려 있었기에 겉으로 보이는 용량보다 훨씬 많은 양의 물건을 보관할 수 있었다. 웬만한 아공간과는 비교도 할 수 없을 정도로 거대했다.

지하 2층을 가득 채운 마티는 참으로 반가웠다. 이제부터 이 근방의 정보를 싹싹 긁어 올 수 있게 되었다. 다만 이 유적의 경우 정보 수집 반경이 다른 유적에 비해 현저히 짧았다.

고작 베어크 영지와 근방의 산을 간신히 커버하는 정도였다. 당연히 마티의 수도 적었다.

하지만 제론은 전혀 불만이 없었다. 이 유적의 지하 1층에 있는 아티팩트 때문이었다.

이곳의 아티팩트 역시 수도 유적의 폴타와 마찬가지로 층을 꽉 채우고 있었다. 그 정도로 복잡하고 거대하며 막대한 에너지를 필요로 하는 아티팩트였다.

이곳의 아티팩트는 놀랍게도 물질 변환 장치였다. 당연히 상당히 큰 제약이 있었고, 어마어마한 에너지를 필요로 했다.

그리고 그 아티팩트는 유적이 잠든 동안에도 멈추지 않고 끊임없이 작동했다. 물론 정상적으로 작동한 게 아니라, 상당히 느리고 정교함도 떨어졌지만 말이다.

제론은 이 지역에 왜 철광산이 다섯 개나 있는지 이제야 확실히 알 수 있었다. 유적이 철광석을 만들어 낸 것이었다.

그리고 왜 거리에서 곧장 유적 로비로 이동했는지도 알아냈다. 이곳에는 고대 유적이 없었다. 다른 초고대 문명의 유적과 달리 이 유적에서는 에너지가 외부로 분출되지 않았다. 아티팩트가 지속적으로 작동했기 때문이었다.

더구나 막대한 에너지를 필요로 하는 아티팩트였다. 주변의 지력까지 일부 끌어다 쓸 정도였다. 그로 인해 베어크 영지의 농사가 신통치 않았다. 지력이 모자라니 작물이 제대로 자랄 리가 없었다.

어쨌든 제론은 이 유적의 주인이 되었다. 중앙 유적과의 통로는 당연히 개통되었다. 앞으로 제론은 원하면 언제든 이곳에 올 수 있었다.

다만 문제는 유적에서 밖으로 나갈 때 사람들의 시선을 조심해야 한다는 점이었다. 물론 마티가 있으니 그 문제는 비교적 수월하게 해결이 가능했다.

게이트를 열어 주는 아티팩트인 폴타라도 있으면 더 좋았겠지만 철광석 생성 아티팩트가 있는데 그것까지 바랄 수는 없었다.

대로 한가운데라서 건물을 지어 감추는 것도 불가능했

다. 아예 영지 자체를 뜯어고치지 않는 한, 그저 조심하는 수밖에 없었다.

"어쨌든 이제 아티팩트에 대해 좀 더 자세히 알아볼까?"

아티팩트가 움직이고 있긴 했지만 완전하지는 않았다. 사실 발생시키는 철광석의 양도 좀 더 많아야 했고, 지금처럼 사방으로 철광석이 뻗어 나가지도 않았을 것이다.

지금 철광산이 발견된 곳은 다섯 군데지만, 사실 더 많은 광맥이 존재했다. 그중 대부분이 지하로 이어져 있었고, 일부만 위로 뻗어 나가 산을 파고들었다.

아무리 대단한 아티팩트라 하더라도 그냥 돌을 철광석으로 바꾸는 건 쉬운 일이 아니었다. 여러 가지 조건이 필요했다. 베어크 영지는 그 조건에 가장 부합하는 영지였다.

그리고 그 조건 때문에 영지 한가운데가 아닌 주변 산으로 광맥이 뻗어 나간 것이었다.

제론은 아티팩트 조작법을 아주 간단히 익혔다. 통제실과 태블릿을 연결하면 외부에서도 얼마든지 조작이 가능했다. 물론 물질을 변환하는 것이었기에 아티팩트를 통해 그 것을 이루는 데 긴 시간이 필요하기는 했다.

이 유적에 대해 모두 파악한 제론은 씨익 웃었다. 드디어 파인트를 무너뜨릴 방법이 생겼기 때문이었다.

정답은 유적 3층 창고에 있었다. 이 창고의 용도는 너무나 간단했다. 바로 철을 보관하기 위한 곳이었다. 3층 창고는 놀랍게도 그냥 보관만 하는 게 아니라 자동으로 제련이 가능한 시스템을 갖추고 있었다.

지하 곳곳으로 뻗어 나간 광맥을 통해 철광석을 채굴한 다음, 곧장 제련해서 철괴를 만들어 창고에 차곡차곡 쌓을 수 있었다. 놀랍게도 이 모든 것이 자동으로 이뤄진다.

채굴 방향은 통제실에서 마음대로 조절이 가능했다. 채굴한다고 그냥 구멍이 뻥 뚫리는 게 아니라 제련하고 남은 찌꺼기와 다른 곳에서 끌어온 흙과 돌을 채우기 때문에 그저 철광석만 사라지는 시스템이었다.

제론은 다섯 산 쪽으로 동시에 채굴을 시작했다. 채굴 속도는 마음대로 조절이 가능했다. 처음에는 상당히 빠른 속도로 철광석을 채굴하고 그것을 녹여 철괴를 뽑아냈다.

하지만 이곳의 모든 철광석을 뽑아 먹으면 곤란했기에 제론은 속도를 낮췄다. 아직 어느 광산을 파인트가 구입할지 모르기에 다섯 광산을 동시에 채굴했다.

나중에 파인트에게 더 큰 손해를 안기려면 미리 작업을 시작해 두는 것이 나았다.

모든 준비를 마친 제론은 마티를 베어크 영지에 모두 풀었다. 그리고 틈을 봐서 아무 시선도 없을 때, 유적에서 나갔다.

당분간은 이 유적을 이용해 베어크 영지에 오는 일은 자제할 생각이었다. 너무 신경이 많이 쓰였다. 확실히 대로에 유적 입구가 있으니 상당히 불편했다.

제론은 느긋하게 걸음을 옮겼다. 이제는 급할 이유가 없었다. 며칠 기다리며 파인트가 광산을 구매하기만을 기다리면 된다.

*　　*　　*

파인트가 루바인 상단을 이끌고 베어크 영지에 들어섰다. 제론이 유적을 얻은 지 이틀째 되는 날이었다.

"디아만트 상단은 어떻게 되었느냐?"

파인트의 다급한 질문에 미리 베어크 영지에 와서 사전 조사를 하고 있던 상단의 직원이 즉시 대답했다.

"열 명의 직원이 조사 중입니다."

"클레는?"

"아직입니다."

파인트가 만족스러운 미소를 지었다. 자신이 한발 빨리 왔다. 그러니 광산을 얻을 확률도 높았다.

"조사한 내용을 읊어 봐."

파인트의 명에 직원이 즉시 서류 한 장을 공손히 내밀었다. 파인트가 그것을 받아 들여다보자, 직원이 보고를 시작했다.

"다섯 광산 중 구입 가능성이 있는 것은 세 개입니다."

"세 개? 나머지는?"

"나머지는 직접 운영하기로 정해졌습니다."

"뭐, 그것도 나쁘지 않은 선택이지."

광산을 개발하기만 하면 그때까지 들어간 자금을 모조리 회수하고도 어마어마한 돈을 벌 수 있었다. 굳이 광산을 유지하느라 골머리를 앓을 필요가 없었다.

하지만 직접 운영하면 그것을 파는 것보다 훨씬 많은 돈을 벌 수 있었다. 물론 한꺼번에 벌지는 못한다. 대신 꾸준히 돈을 벌 수 있다.

둘 중 어떤 걸 선택하든 자유였다. 보통 광산 개발에 뛰어드는 자들은 전자를 선호했다. 영지 내의 광산을 개발해 영주에게 파는 것도 흔한 일이었다.

베어크 영지에서는 드물게도 다섯 개의 광산이 동시에 개발되었다. 그것도 매장량이 거의 비슷한 광산이었다. 지리적인 조건도 똑같으니 광산의 가격도 비슷하게 형성되었다.

"모르긴 해도 광산이 바닥날 때까지 채굴하면 1억 골드까지도 벌 수 있을 것입니다."

"살 떨리는 금액이로군."

역시 광산이었다. 벌어들이는 액수가 어마어마했다. 순간 광산을 사서 직접 운영할까 하는 생각이 들 정도였다.

파인트는 다시 서류로 시선을 가져갔다. 그것을 확인한

직원이 보고를 이어 갔다.

"각 상단에서는 아직도 광산의 매장량을 확인하고 있습니다."

"한두 푼도 아니고 확실하지 않으면 쉽게 들어갈 수 없겠지. 몇 개나 되는 상단이 참여할 것 같나?"

"돈 좀 있는 상단은 모두 모였다고 보시면 됩니다. 이정도 매장량을 가진 광산은 사실 드물기 때문에 다들 눈독을 들이고 있습니다."

"그럼 우리도 직접 철광산을 하나 운영하는 게 낫지 않겠느냐?"

"철광산을 직접 운영하는 것도 쉬운 일이 아닙니다. 우리는 기존에 해 왔던 대로 철광석이나 철을 유통하는 것이 낫습니다."

직원의 말에 파인트가 살짝 못마땅한 표정을 지었다. 그것을 본 직원이 다급히 말을 덧붙였다.

"그리고 우리가 광산을 확보한 뒤, 그것을 디아만트 상단과 계약을 맺고 넘기는 방식을 쓰면 훨씬 안전하게 이익을 창출할 수 있습니다."

디아만트 상단과 계약을 맺는다는 말에 파인트의 안색이 환하게 펴졌다.

"그 부분 자세히 얘기해 봐라."

어차피 어떤 식으로든 디아만트 상단과 엮이려 했다. 클레와 좋은 관계를 만들어 가려면 이런 부드러운 방법이 좋았다.

"우리가 광산을 먼저 확보한 뒤, 구입한 가격으로 디아만트 상단에 넘기는 것입니다. 단, 철광석의 유통을 우리 루바인 상단이 맡는다는 조건으로 말입니다."

파인트가 눈을 번득였다. 그야말로 꿩 먹고 알 먹는 계획 아닌가. 안정적으로 철광석을 받을 수 있으니 좋고, 또 광산을 클레에게 넘기면서 살짝 빚을 지운 느낌을 줄 수도 있었다.

거기에 만일 광산의 매장량이 예상보다 훨씬 낮더라도 손해를 볼 일이 없으니 이보다 더 좋은 일이 어디 있겠는가.

"훌륭해. 그렇게 진행하도록."

파인트는 더 생각할 것도 없이 계획을 허락했다. 직원은 사기가 충천한 표정으로 물러갔다. 크게 인정받을 수 있는 기회였다.

직원이 문을 닫고 나가자, 파인트가 음흉한 미소를 지으며 서류를 다시 한 번 찬찬히 읽었다.

"잘하면 완벽하게 엮을 수도 있겠어. 그나저나 광산의 예상 낙찰 가격이 1,200만 골드라니, 정말 엄청나군."

베어크 영지의 현 상황을 핵심만 짚어 잘 정리되어 있었다. 그저 서류를 한 번 읽어 보는 것만으로도 상황이 어떻게 돌아가고 있는지 단숨에 파악할 수 있었다.

파인트는 서류를 몇 번이고 읽으며 클레를 엮어 그녀의 아름다운 몸을 어떻게 유린할지 머릿속으로 그리고 또 그렸다.

클레는 베어크 영지에 들어서며 수행원의 보고를 받았다. 그녀의 뒤에는 안슈트가 살짝 긴장한 표정으로 따라가고 있었다.

"생각보다 상단이 많이 모였네요. 경쟁이 만만치 않겠어요."

"하지만 누구도 우리보다 많은 액수를 제시하지 못할 것입니다."

"사전조사는 어떻게 되었나요?"

"할 수 있는 모든 방법을 동원해 매장량을 측정하고 있습니다. 다 같은 결과가 나오는 걸로 봐서 거의 확실합니다."

"현재 가격이 어떻게 형성되어 있나요?"

"일단 1,200만 골드 정도로 예상하고 있습니다. 하지만 분위기에 따라 300만 골드 정도 더 준비해야 할 것 같습니다."

클레는 고개를 끄덕였다. 예상에서 벗어나지 않았다. 매장량이 어마어마한 만큼 그 정도 가격이 될 거라 생각했다.

"일단 두 군데는 사전에 담합이 이루어져서 구입이 불가능할 것 같습니다."

클레가 인상을 찡그렸다.

"담합? 무슨 말인지 자세히 말하세요."

"광산 하나에 여러 상단이 붙었습니다."

"그러니까 상단 여럿이 자금을 모아 광산을 사서 지분을 나눈다는 말인가요?"

"예. 두 곳은 그렇게 되어 버렸습니다."

"아무리 그래도 우리가 그들을 압도할 수 있지 않나요?"

"굳이 과도한 자금을 투자할 필요가 없지 않습니까. 나머지 한 곳만 확보해도 충분합니다."

매장량이 엄청나니 그것만으로도 충분할 것이다. 아마 당분간은 레뮴 왕국 내의 철광석 가격이 상당히 떨어질 가능성이 컸다. 막대한 철광석이 쏟아져 나올 테니 말이다.

그런 면에서 디아만트 상단은 훨씬 유리했다. 대륙 각지에 지부가 있으니 이곳의 철광석을 다른 왕국에 내다 팔아도 되고, 또 자금이 풍부하니 쌓아 놨다가 나중에 가격이 안정되면 내다 팔아도 된다.

"이 서류에 정리해 두었습니다."

수행원이 내민 서류를 받은 클레는 그것을 단숨에 읽었다. 워낙 정리가 잘 되어 있었기에 상황을 파악하는 건 간단했다.

그녀는 고개를 끄덕였다. 확실히 그의 말 대로였다. 역시 유능한 직원을 많이 보내 놨더니 확실했다.

"좋아요. 그럼 이렇게 추진하는 걸로 하죠."

클레는 일이 잘 풀릴 거라 믿어 의심치 않았다. 감히 누가 디아만트 상단과 돈으로 겨룰 수 있겠는가. 고작 레늄 왕국 안에서 말이다.

*　　　*　　　*

제론은 화려한 호텔방에 앉아 태블릿을 통해 루바인 상단이 무슨 짓을 하는지, 또 다른 상단들이 어떻게 움직이는지 확인했다.

"드디어 디아만트 상단이 등장했군."

제론은 의미심장한 미소를 지었다. 현재 진행 상황으로 보면 디아만트 상단과 루바인 상단이 광산 하나를 놓고 싸우게 되어 있었다.

상식적으로 보면 루바인 상단은 결코 디아만트 상단을 이길 수 없었다. 동원 가능한 자금을 봐도 그렇고, 정보력을 봐도 마찬가지였다.

하지만 루바인 상단은 수단 방법을 가리지 않는 곳이었다. 목표를 달성하기 위해선 비열하고 잔인한 수법도 서슴지 않고 써먹는 곳이었다.

"이번에는 아주 재미있을 거다."

제론은 씨익 웃으며 태블릿을 조작해 철광석 채굴 방향을 바꿨다. 다른 곳은 중지시키고, 루바인 상단이 구입하려는 광산에 이어진 광맥의 채굴 속도를 높였다.

철광석 매장량이 차근차근 줄어들었다. 그와 동시에 유적의 창고에 철괴가 차곡차곡 쌓였다.

제론은 태블릿으로 몇 가지 정보를 더 확인한 뒤, 그것을 아공간에 넣고 자리에서 일어났다. 본격적으로 움직일 때가 되었다.

"어떻게 되었느냐?"

"성공했습니다."

"잘했다. 으하하하핫!"

파인트는 통쾌하게 웃었다. 일이 이렇게 잘 풀릴 줄은 몰랐다. 사실 이 방법이 안 되면 더 심한 방법을 동원해야 하는데, 그건 위험부담이 컸다. 상대가 디아만트 상단이니 말이다.

"지금 다들 매장량을 다시 측정한다고 난리가 났습니다."

"그렇겠지. 결과가 들쭉날쭉하면 아마 혼란스럽겠지. 큭큭큭큭."

파인트는 아주 간단한 방법을 택했다. 매장량을 측정하는 자들을 매수한 것이다. 매수된 자들 중에는 디아만트 상단에 속한 사람도 몇 명 있었다.

모두를 매수한 건 아니었지만 최소 절반 이상을 매수해 광산의 매장량이 실제로 그리 많지 않을지도 모른다는 정보가 돌게 만들었다.

지금 베어크 영지는 그에 관한 소문으로 몸살을 앓고 있었다.

사실 파인트가 의도한 것보다 소문이 훨씬 빠르고 격렬하게 퍼져서 좀 놀랍긴 했다. 잠깐 손을 썼을 뿐인데 소문이 들불처럼 번졌다.

어쨌든 원하던 대로 되었다. 이제 남은 건 디아만트 후작가가 투자의 상한선을 낮추도록 부추기기만 하면 된다. 물론 그건 클레 주변에 있는 사람들이 알아서 해 줄 것이다. 그중 한 명을 매수했으니 시작은 그가 하겠지만 말이다.

세상 어디나 빈틈은 있기 마련이었다. 더구나 디아만트 상단처럼 큰 곳은 더더욱 그런 법이다.

"자, 그럼 슬슬 분위기를 보러 갈까?"

파인트는 느긋하게 광산으로 향했다. 다른 네 곳의 광산에 비해서 그가 찍은 곳은 한산했다. 소문이 너무 심하게 퍼지고 거기에 신빙성까지 얹히면서 시간이 지날수록 손을 떼는 상단이 많아졌다.

광산을 개발한 사람은 울상이었다. 그도 나름대로 매장량을 조사했다. 하지만 지금 퍼지고 있는 소문은 완전히 틀렸다. 아무리 다시 조사를 해도 매장량은 어마어마했다.

난감한 기색을 떨쳐 내지 못한 광산주에게 파인트가 다가갔다.

"이제 슬슬 결정을 내리실 때가 된 것 같소."

광산주는 난색을 표했다.

"하지만 500만 골드는 너무 적습니다. 이 광산을 개발하느라 들어간 돈과 시간을 생각하면……."

"그래도 매장량에 비하면 제법 높은 금액 아니오?"

광산주는 입을 다물었다. 너무나 억울했다. 만일 매장량이 소문처럼 정말로 그렇다면 500만 골드는 후한 금액이었다. 하지만 그게 아니라면 지나치게 후려친 가격이었다.

"좋아. 그럼 내가 600만 골드까지 생각해 보겠소."

광산주는 갈등했다. 600만 골드라면 결코 적은 돈이 아니었다. 사실 많이 남는 장사이긴 했다. 하지만 그래도 억울했다. 불과 어제까지만 해도 1,200만 골드짜리 광산이었는데, 고작 하루 만에 반 토막이 났으니 속이 쓰렸다.

한참을 갈등하던 광산주가 결국 고개를 끄덕이려 했다. 그 순간 옆에서 치고 들어온 목소리만 아니라면 말이다.

"700만 골드."

광산주의 눈이 휘둥그레졌다. 그리고 파인트의 얼굴이 사정없이 구겨졌다.

"네놈이 대체 여긴 무슨 일로 온 것이냐!"

파인트는 너무 화가 나서 아카데미 시절에 하던 대로 소리쳐 버렸다.

"말이 너무 심하군. 나한테 그런 식으로 말해도 되나?"

파인트는 이를 갈며 제론을 노려봤다. 확실히 실수하긴 했다. 하지만 사과를 하기는 싫었다.

제론은 파인트가 사과를 하든 말든 신경 쓰지 않았다. 그리고 재차 광산주에게 말했다.

"700만 골드에 파시겠소?"

광산주의 안색이 밝아졌다. 무려 100만 골드를 더 벌 수 있는데 왜 마다하겠는가.

"팔겠습······."

"800만 골드!"

파인트가 외쳤다. 짜증이 났지만 어쩔 수 없었다. 고작 700만 골드에 이 광산을 빼앗기면 앞으로 10년 동안은 잠을 설칠 것이다.

광산주의 표정이 변했다. 왠지 분위기가 묘했다. 두 사람의 기세 싸움이 온몸으로 느껴졌다.

'이거 잘하면······.'

광산주의 눈동자에 욕심이 어렸다. 이대로 가만히 있으

면 가격이 알아서 올라갈 것 같았다. 잘하면 훨씬 더 비싸게 파는 것도 가능했다.

"900만 골드."

제론은 잠시 망설이다가 말을 던졌다. 파인트는 그 망설임을 놓치지 않았다. 이제 한 번만 더 부르면 자신이 이길 것이다.

"1,000만 골드."

어차피 1,200만 골드에 사려고 했던 광산이었다. 거기에 몇백만 골드 정도는 추가로 지불할 의향이 있었다. 이 광산의 가치는 상당히 높았다.

그러니 1,000만 골드에 사도 충분히 이익이었다.

파인트는 심각한 표정으로 고민하는 제론을 보며 코웃음을 쳤다.

"흥. 돈이 없으면 이만 꺼져라."

그 말에 제론이 눈을 부라렸다.

"1,100만 골드!"

제론이 크게 외쳤다. 오기로 만용을 부리는 모습이 눈에 훤히 들어왔다. 파인트는 피식 웃고는 아무렇지도 않게 금액을 또 올렸다.

"1,200만 골드."

그렇게 말하는 파인트의 표정에는 우월감이 가득했다. 그리고 오만한 눈으로 제론을 노려봤다. 네깟 것이 감히 이제 어쩌겠냐는 듯한 눈빛이었다.

"흐음."

제론은 뒤로 한발 물러났다. 그리고 심각한 표정을 지었다. 누가 봐도 고민하는 얼굴이었다.

파인트도 광산주도 이제 경쟁이 끝났다고 생각했다. 아무리 생각해도 제론에게 1,200만 골드가 넘는 돈이 있을 리 없었다.

사실 말이 1,200만 골드지, 정말로 어마어마한 액수였다. 루바인 상단도 1,200만 골드를 마음대로 쓸 수 있는 건 아니었다.

다만 이번에는 그렇게 쓰고서 바로 광산을 팔아 돈을 회수할 수 있다고 판단했기에 이런 일을 벌이는 것이었다.

실제로 100만 골드면 웬만한 작은 영지 정도는 너끈히 사고도 남는다.

예전 슈린 공작가가 테페룸 100킬로그램을 잃어버리고 그걸 다시 암시장에서 사느라 재정 상태가 잠깐 흔들린 적이 있었다.

테페룸 100킬로그램을 정상적으로 사기 위해선 100만 골드 정도 한다. 암시장에서 사려면 150만 골드에서 200만 골드 정도 한다.

즉, 300만 골드 때문에 재정 압박을 받은 것이다. 물론 그때와 지금은 완전히 다르다. 그때는 신형 기간트를 개발하느라 돈이 말랐을 때였다. 어쨌든 그 일을 생각하면 1,200만 골드가 얼마나 막대한 액수인지 알 수 있다.

파인트는 상단 운영자금의 대부분을 가져왔다. 만일 이대로 이 돈을 잃으면 루바인 상단은 그대로 망한다. 물론 그럴 일이 없다고 철석같이 믿고 있었다.

"자, 이제 됐으니 계약합시다."

파인트가 광산주를 보며 득의만만한 표정으로 말했다. 광산주도 그러려 했다. 하지만 그 순간 제론이 한마디를 던졌다.

"1,300만 골드."

파인트의 얼굴이 크게 일그러졌다. 이놈은 뭔가를 아는 게 분명했다. 그게 아니라면 1,300만 골드나 되는 돈을 이런 광산에 투자할 리가 없었다.

"지금 장난하나? 과연 그 돈을 지불할 능력이 되는지 증명하는 게 먼저일 거 같은데?"

제론이 머뭇거리자, 파인트가 으르렁거리며 다가갔다.

"이놈 봐라? 그럼 지금까지 가격을 올리기 위한 수작을 부렸단 말이냐? 만일 정말로 그렇다면 절대 가만있지 않겠다."

파인트는 그렇게 말하며 뒤에 손짓을 했다. 그를 따라온 호위 기사들이 제론을 크게 에워쌌다. 도망가지 못하게 길을 막은 것이다.

제론은 그 모습을 보며 품에서 뭔가를 꺼냈다. 종이 뭉치였다. 그것을 파인트가 보기 좋게 앞에서 쫙 펼쳤다.

"채, 채권?"

무려 100만 골드짜리 채권이었다. 그것도 신용이 가장 확실한 디아만트 상단의 것이 뭉치로 있었다. 제론은 한 장 한 장 세며 일일이 확인시켜 주었다. 정확히 13장이었다.

파인트의 표정이 사정없이 일그러졌다. 이대로는 저 광산을 빼앗기고 만다. 어쩌면 제론의 뒤에 디아만트 상단이 있을지도 모른다는 생각이 들었다. 그게 아니라면 굳이 저 채권을 돈 대신 들고 있을 이유가 없지 않은가.

"자, 이제 1,300만 골드보다 더 많은 돈을 제시할 수 없다면 물러가는 게 어때? 꼬리를 말 수 있는 기회는 그리 자주 오는 게 아닌데 말이야."

제론의 유치한 도발에 파인트는 그대로 넘어갔다. 다른 사람이 같은 말을 했다면 코웃음을 쳤을지도 모르지만, 제론은 파인트에게는 트라우마로 남아 있는 사람이었다.

"1,500만 골드!"

파인트가 부를 수 있는 최대한의 금액을 불렀다. 상단의 운영자금 1,200만 골드에 빚으로 만든 300만 골드를 합한 금액이었다. 그것은 혹시 이런 일이 있을지도 몰라 준비한 돈이었다.

제론은 채권을 다시 품에 넣었다. 목적을 달성했으니 더 이상 이곳에 있을 이유가 없었다. 아쉬운 표정으로 한발 물러났다.

파인트는 안도의 한숨을 내쉬었다. 그리고 환하게 웃으며 말했다.

"이제 계약을 해도 될 것 같군."

계약은 순식간에 이뤄졌다. 파인트는 계약을 해냈다는 기쁨에 아무것도 눈에 들어오지 않았다. 또 아무 생각도 들지 않았다.

제론은 파인트가 계약하는 걸 확인한 뒤에야 조용히 자리를 떴다. 만면에 미소를 가득 머금은 채로.

*　　*　　*

클레는 눈살을 찌푸리며 광산이 파인트에게 팔렸다는 얘기를 들었다.

"1,500만 골드? 예상하고 너무 다른데?"

대충 예상하고 있었다. 하지만 굳이 따지지 않고 또 광산 매입에 나서지 않은 건, 루바인 상단이 결국 자신에게 광산을 팔 거라는 사실을 알고 있기 때문이었다.

루바인 상단은 결코 광산을 직접 운영하지 않는다. 그건 상단의 구조만 파악해도 금방 알 수 있는 일이었다. 즉, 사서 되팔겠다는 뜻이었다.

루바인 상단이 가격을 후려쳐서 광산을 샀으니 처음 예상보다 더 저렴한 가격에 광산을 구입할 수 있을 것 같아서 기다린 거였다.

　한데 1,500만 골드라니. 대체 루바인 상단은 뭘 한 거란 말인가. 지저분한 짓을 하느라 루바인 상단이 뇌물로 뿌린 돈이 무려 수십만 골드에 달한다.

　한데 그렇게 하고도 1,500만 골드에 광산을 사다니. 이건 거의 맥시멈에 가까운 금액 아닌가. 클레가 생각했던 최대한의 금액이 바로 1,500만 골드였으니 말이다.

　"어떻게 된 일인지 자세히 말해 봐요."

　클레의 물음에 수행원이 차근차근 당시 있었던 일을 설명했다. 설명을 들으면 들을수록 황당했다. 클레는 모든 얘기를 다 듣고도 한동안 멍한 표정을 지었다.

　이내 정신을 차린 클레는 한숨을 길게 내쉬었다.

　"하아. 그 사람 때문에 정말 곤란하게 되었네요. 1,500만 골드나 주고 샀으니 더 비싸게 팔 게 분명한데……."

　"어쩌면 원가에 넘길지도 모릅니다. 그들이 원하는 건 좀 다르니까요."

　"그야 그렇겠죠. 하지만 그래도 너무 비싸요."

　1,500만 골드까지 생각하긴 했지만 1,200만이나 1,300만 골드에서 해결을 하고자 했다. 하지만 이제는 다 물 건너가 버렸다.

"대체 그 사람은 왜 우리 일에 훼방을 놓은 걸까요?"

클레의 말에 뒤에 서 있던 안슈트가 말했다.

"우연히 끼어든 것 아니겠습니까? 우리는 그쪽에 얼굴도 안 내밀었잖습니까."

클레가 단호히 고개를 저었다.

"그 사람은 그렇게 단순하지 않아요. 분명히 모든 걸 다 꿰고 있었을 거예요."

클레가 심각한 표정으로 고민했다. 하지만 아무리 생각해도 제론이 왜 그런 짓을 했는지 알 수가 없었다.

'루바인 상단에 부담을 가중시키려는 의도 같긴 한데……'

광산을 비싸게 샀으니 의도는 성공했다. 하지만 광산에서 나오는 철광석을 통해 얼마든지 손해를 상쇄할 수 있었다. 또 소문을 잠재우거나 유리하게 바꾼 뒤, 조금만 이윤을 남기고 광산을 팔아도 충분히 팔 수 있을 것이다.

그렇게 되면 루바인 상단으로서는 손해 볼 게 전혀 없었다. 그래서 클레는 이해할 수 없었다. 그녀가 아는 제론이라는 사람은 그런 의미 없는 짓을 할 사람이 아니었다.

아무리 생각해도 답을 알 수 없자, 클레는 결국 고개를 절레절레 저으며 생각을 포기했다. 이제는 시간을 두고 파인트에게 접근해 광산을 구입하는 문제를 고민해야만 한다.

이미 그것만으로도 머리가 지끈지끈 아파 왔다.

"크하하하핫! 그놈이 물러날 때의 표정 봤느냐? 어찌나 통쾌하던지. 크하하하핫!"

온 방 안이 떠나가라고 웃는 파인트를 보며 상단 직원들이 쓴웃음을 지었다. 1,500만 골드나 들여서 광산을 사 놓고는 뭐가 저리 즐겁단 말인가.

그리고 이제 하루라도 빨리 광산을 되팔아야 상단을 운영할 텐데 저러고 있으니 답답하기 그지없었다.

"디아만트 상단은 어쩌고 있느냐?"

"아직 연락이 없습니다."

"연락이 없으면 하도록 만들어야 할 것 아니냐!"

"그, 그것이……."

"왜? 못하겠느냐?"

"아, 아닙니다. 해 보겠습니다."

대답을 마친 직원이 황급히 밖으로 나갔다. 파인트는 그것을 보며 혀를 찼다. 그리고 나머지 직원들을 향해 큰 소리로 말했다.

"디아만트 상단은 시간을 끌면 우리가 곤란해진다는 걸 알고 있다. 결국 가격을 낮추겠다는 속셈이란 말이다."

직원들의 안색이 창백해졌다. 만일 정말로 그렇게 되면 큰일이었다. 얼마나 가격이 낮아지나에 따라 루바인 상단이 크게 위축될 수도 있는 문제였다.

"이렇게 말했는데도 못 알아들은 것이냐! 어서 다들 나가서 방법을 강구하란 말이다! 클레 폰 디아만트가 직접 날 찾아오게 만들라고!"

직원들이 우르르 밖으로 나갔다. 파인트는 그것을 보며 혀를 찼다.

"쯧쯧. 한심해서 원. 내가 없으면 아예 상단이 돌아가질 않는다니까."

파인트는 그렇게 중얼거리고는 빙긋 웃었다. 어쨌든 모든 일이 잘 풀리고 있었다. 그 생각을 하면 절로 웃음이 나왔다. 어쩌면 일이 계속 잘 풀려 클레를 단숨에 얻을 수 있을지도 모른다.

그렇게 되면 원대한 꿈에 한발 다가가게 된다. 파인트는 느긋하게 소파에 기대 눈을 감았다. 잠깐 눈을 붙이는 것도 나쁘지 않을 것 같았다.

잠시 후, 파인트가 소파에 편안하게 기대 잠들었다. 밖에서 어떤 일이 벌어지고 있는지도 모른 채로.

Chapter 8
루바인 상단

클레는 슬슬 파인트를 만나러 가야겠다고 생각했다. 그녀도 시간이 많지 않았다. 빨리 이곳의 일을 마무리해야 다른 일을 할 것 아닌가.

사실 조금 더 시간을 끌려고 했다. 하지만 몇몇 상단이 파인트에게 접근한다는 정보를 입수했다. 더 시간을 끌기가 곤란해진 것이다.

상단의 움직임 뒤에 파인트의 수작이 있다는 걸 알지만, 그래도 손 놓고 있을 수는 없었다. 만에 하나라는 것이 있기 때문이었다.

"루바인 상단과 자리를 만들어 봐야겠어요."

클레의 말에 옆에 붙어 있던 수행원이 대답했다.

"연락을 넣도록 하겠습니다."

"광산의 매장량은 다시 확인해 봤나요?"

"예. 마찬가지의 결과가 나왔습니다. 전에 딴소리를 하던 자들도 말을 바꿨습니다."

클레가 차갑게 웃었다. 그 사람들은 이제 더 이상 필요 없었다. 뒷돈을 받는 걸 막을 생각은 없었다. 하지만 그로 인해 상단에 막대한 손해를 끼쳤다면 그걸 다 토해 내게 만들어야만 한다.

"아무리 뒤에서 수작을 부린다고 해도 다른 상단이 움직인다는 건 분명히 이유가 있기 때문이에요. 그들도 매장량을 다시 확인한 건가요?"

"그렇습니다."

"루바인 상단이 이번에 아주 작정을 하고 우리 상단에 물을 먹였네요."

"하지만 어쩔 수 없지 않습니까."

이미 벌어진 일을 다시 되돌릴 수는 없었다. 클레도 그것을 알기에 한숨을 내쉬었다.

"하아. 알았어요. 일단 그쪽에 연락을 넣어서 약속을 잡아 줘요."

"알겠습니다."

수행원이 고개를 꾸벅 숙이고 물러나려고 할 때, 다른

수행원이 다급히 들어왔다.

"아가씨, 손님이 오셨습니다."

"손님?"

"제론 폰 에어스트 백작님께서 오셨습니다."

제론이 왔다는 말에 클레의 표정이 살짝 굳었다. 그녀는 직감적으로 무슨 일이 벌어졌다는 것을 깨달았다. 그래서 파인트를 만나기 위해 나가려는 수행원을 불렀다.

"기다려요!"

수행원이 걸음을 멈추고 의아한 표정으로 클레를 바라봤다. 그리고 고개를 젓는 클레를 보며 눈을 크게 떴다.

"일단 에어스트 백작님을 만난 다음에 다시 결정을 내리겠어요."

수행원은 그녀가 왜 그러는지 이해할 수는 없었지만 일단은 명령을 따라야만 했다. 그래서 고개를 꾸벅 숙이고는 한쪽으로 물러나 조용히 섰다.

잠시 후, 제론이 시종의 안내를 받아 방으로 들어왔다. 이곳은 최근 디아만트 상단에서 만든 지부였기에 건물을 관리하는 시종이 따로 있었다.

제론은 방에 들어서며 주위를 슥 둘러보고는 고개를 끄덕였다. 상당히 훌륭한 건물이었다. 디아만트 상단에서 새로 지은 건물이니 당연했다.

건물의 외형이나 내부, 그리고 건물을 관리하는 시종과

시녀를 보면 디아만트 상단에서 이곳 베어크 영지를 얼마나 중요하게 여기는지 알 수 있었다.

제론은 여기까지 오면서 그것을 확인한 것이다.

"설마 여기에서 다시 만날 줄은 몰랐네요, 에어스트 백작님."

클레의 의미심장한 말에 제론이 빙긋 웃었다.

"이 영지에 재미난 일이 있다는 얘기를 들어서 왔소."

"그 재미있는 일이 우리 디아만트 상단을 골탕 먹이는 것인가요?"

"그럴 리가 있겠소?"

"하면 얼마 전에 있었던 일은 뭐죠? 백작님 덕분에 광산주가 아주 신 난 것 같던데요."

"어차피 루바인 상단의 돈이 나간 건데 디아만트 상단이 손해 볼 일은 없지 않소?"

클레가 어이없는 눈으로 제론을 바라봤다.

"정말로 몰라서 말씀하시는 건가요? 루바인 상단이 그 광산을 운영할 것 같나요? 우리에게 그걸 팔 거라는 사실은 세 살 먹은 어린애도 알 거예요!"

"그걸 왜 디아만트 상단이 산다는 거요?"

"안 살 거면 대체 제가 왜 여기까지 왔다고 생각하세요?"

클레는 답답하기 그지없었다. 저런 말을 할 기면 대체 왜 찾아왔단 말인가. 하지만 그녀의 마음을 아는지 모르는지 제론은 고개를 갸웃거리며 말했다.

"굳이 그 광산을 살 필요가 있소? 매장량도 확실치 않은 광산을 말이오."

클레가 입을 쩍 벌렸다.

"그럼 대체 백작님은 왜 그걸 사려고 하셨나요?"

제론이 씨익 웃었다.

"그때야 괜찮은 광산인 줄 알았으니까."

"예?"

클레는 갑자기 묘한 기분이 들었다. 그래서 입을 다물고 제론을 바라봤다. 지금은 괜히 열을 낼 때가 아니었다.

"왠지 설명이 더 필요한 것 같네요."

제론은 그녀의 변화를 보며 내심 고개를 끄덕였다. 확실히 큰 상단을 이끄는 사람다웠다.

"난 다른 사람들과 매장량을 확인하는 방법이 약간 다르오."

클레의 눈이 반짝 빛났다.

"한데 내 방법으로 그 광산의 매장량을 확인해 보니 별로 대단치 않더란 말이오."

"그걸 제게 알려 주시는 이유가 뭐죠?"

제론이 씨익 웃었다.

"혹시 괜찮은 광산 하나 살 생각 없소?"

클레의 눈이 화등잔만 해졌다. 광산이라니. 그럼 제론이 광산을 개발했단 말인가? 하지만 그런 정보는 어디에서도 들은 적이 없었다.

"아, 정확히는 광산이 아니라 광맥이라고 해야 하나?"

"과, 광맥이요?"

"괜찮은 철광맥을 하나 발견했는데, 그걸 개발하자니 시간과 인력이 만만치 않아서 말이오."

클레가 의심스러운 눈으로 제론을 바라봤다. 광맥을 발견하는 게 그렇게 쉬우면 누가 광산 개발에 큰돈을 들이겠는가.

광산 개발이 힘든 이유는 광맥을 찾기 어렵기에 엉뚱한 곳을 파헤치기 일쑤이기 때문이었다. 그렇게 한 번 땅을 파헤칠 때마다 돈이 무더기로 나간다.

그래서 광산 개발에 돈이 많이 드는 것이다. 한데 광맥을 발견했다면 그냥 개발만 하면 된다. 엄청난 돈이 절약된다.

아니, 광맥만 정확히 짚을 수 있다면 차라리 광산을 살 필요 없이 직접 개발하면 된다. 수만 골드 선에서 해결이 가능하니 말이다.

그럼 대체 얼마나 많이 남는 장사인가.

"정말인가요?"

"물론이오. 매장량은 장담컨대, 이곳에서 발견된 그 어떤 광산보다 많을 거요. 거의 2배에 가깝소."

클레는 고민에 빠졌다. 하지만 제론은 그녀가 고민할 시간을 주지 않았다.

"얼마에 사겠소?"

클레는 즉시 가격을 책정해 주었다. 물론 사겠다는 뜻은 아니었다.

"광맥을 정확하게 짚어 줄 수 있고, 매장량이 확실하다면 2,000만 골드는 되겠죠."

"2,000만 골드라. 엄청나군."

매장량이 이곳에서 발견한 광산의 2배라면 수십 년에 걸쳐서 캐야 하긴 하지만 수억 골드는 될 것이다. 그걸 2,000만 골드에 사는 것이니 비싼 건 아니었다. 하지만 확실해야만 한다.

"아직 사겠다고 결정한 건 아니에요."

제론이 씨익 웃으며 고개를 끄덕였다.

"그럼 결정되면 알려 주시오. 3일 내로 결정을 내렸으면 좋겠소. 안 사면 다른 상단에 팔아야 하니까."

제론은 그 말을 남기고 일어났다. 클레는 그를 배웅할 생각도 못하고 멍하니 생각에 잠겼다. 머릿속이 점점 헝클어졌다. 그러다가 결국 아무 생각도 못할 정도로 혼란스러워졌다.

그것은 제론의 얘기를 함께 들은 클레의 수행원들도 마

찬가지였다. 그들은 대체 뭘 어떻게 해야 할지 몰라 그저 멍하니 서 있기만 했다.

제론은 호텔로 돌아와 침대에 누웠다. 피로가 몰려왔다. 최근 너무 신경을 많이 썼다. 몸은 힘들지 않은데 정신적으로 지쳤다.

"아, 이것부터 처리해야지."

제론은 품에서 디아만트 상단의 채권을 꺼냈다. 그리고 심장의 마나링을 가속시켰다.

화르륵!

채권이 몽땅 불에 타 버렸다.

불꽃과 함께 재가 되어 흩날리는 채권을 가만히 쳐다보던 제론은 피식 웃으며 눈을 감았다.

이 채권은 제론이 만든 가짜였다. 제론에게 1,200만 골드나 되는 돈이 있을 리 없었다. 이것은 그저 파인트를 나락으로 떨어뜨리기 위한 소품에 불과했다. 이젠 필요 없었다.

워낙 정교하게 만들어서 자세히 살펴도 가짜라는 사실을 쉽게 알아채지 못하지만 사용할 수는 없었다. 디아만트 상단의 채권은 마법적 처리와 일련번호를 통해 진위 여부를 반드시 확인한다.

어쨌든 채권을 처리한 제론은 그대로 잠에 빠져들었다.

잠든 제론의 입가에 만족스러운 미소가 어렸다.

*　　　*　　　*

　파인트는 점점 초조해졌다. 당장이라도 연락이 올 것 같던 디아만트 상단이 너무 조용했다.

　시간이 지나면 지날수록 곤란했다. 빌린 돈 300만 골드에 대한 이자도 문제였고, 상단 운영자금도 문제였다.

　"대체 뭐 하고 있는 거지?"

　광산은 지금 채굴도 안 하고 있었다. 원래의 광산주가 인부와 장비까지 싹 수거해 갔기 때문이었다. 이는 당연한 관례였다. 자신이 직접 구한 사람과 장비를 써야 믿을 수 있을 테니까.

　그렇기에 1,500만 골드나 되는 돈을 넣은 상태로 이자만 나가고 있었으니 손해가 이만저만 아니었다. 하지만 그 모든 손해는 디아만트 상단이 나서는 순간 싹 메워진다.

　철광석을 독점으로 공급받으면 그로 인한 이득은 엄청나다. 루바인 상단은 이번 일을 계기로 쭉쭉 성장할 것이다.

　한데 그 모든 것의 중심에 있는 디아만트 상단이 너무나 잠잠했다. 베어크 영지에 지부까지 만들었는데 움직이지 않는단 사실을 이해할 수 없었다.

"디아만트 상단에 대해 알아보겠다고 나간 놈들은 아직도 안 들어왔느냐?"

파인트의 호통에 직원 하나가 슬그머니 눈치를 살폈다. 그들이 빨리 돌아오지 않으면 불똥이 자신에게 튄다. 벌써 몇 번이나 불벼락을 맞았는지 모른다.

방 안이 쥐죽은 듯 조용해졌다. 파인트는 씩씩거리며 방 안에 서 있는 3명의 직원을 둘러봤다. 파인트와 눈이 마주칠 때마다 움찔 목을 움츠렸지만, 시선을 피하지는 않았다. 시선을 돌리면 더 곤욕을 치른다는 걸 잘 알기 때문이었다.

파인트가 막 폭발하려는 순간, 문이 벌컥 열렸다.

쾅!

"큰일 났습니다!"

부서져라 문을 열고 들어온 직원이 그렇게 외치며 파인트를 바라봤다.

파인트는 눈살을 찌푸리며 덜렁거리는 문과 직원을 번갈아 쳐다봤다. 그리고 이를 갈았다.

문짝까지 부순 놈을 용서할 수는 없었다. 만일 별것 아닌 일이라면 절대 가만두지 않을 거라고 다짐하며 직원을 향해 턱짓을 했다. 말해 보라는 뜻이었다.

"크, 큰일 났습니다. 디아만트 상단이 다른 광산으로 눈을 돌렸습니다!"

"뭐?"

파인트는 눈을 부릅뜨며 자리에서 벌떡 일어났다. 등줄기에서 식은땀이 쫙 흘러내렸다. 이건 아니다. 만일 정말로 디아만트 상단이 다른 광산으로 눈을 돌리면 난리가 난다.

광산을 파는 거야 문제 될 게 없다. 어차피 가치에 맞는 가격을 주고 샀으니까. 하지만 시간이 걸릴 것이다. 그게 문제였다.

루바인 상단에는 남은 시간이 많지 않았다. 아니, 거의 임박했다. 300만 골드나 되는 빚을 계속 끌고 갈 수는 없었다. 또한 상단을 돌릴 시기도 살짝 늦었다.

만일 여기서 더 지체하면 이루 말할 수 없을 정도로 막대한 손해를 보게 될 것이다.

"똑바로 보고해! 디아만트 상단이 다른 광산으로 눈을 돌렸다는 게 무슨 말이야!"

"주변 인물을 이용해 우리 상단이 보유한 광산을 처분할 거라는 소문을 흘렸습니다. 한데도 꿈쩍 않는 것이 이상해서 위험을 감수하고 디아만트 상단에 접근했습니다."

파인트의 표정이 점점 일그러졌다.

"그랬더니 내부적으로는 바쁘게 움직이고 있지 뭡니까. 무슨 일로 그리 바쁜지 알아보니……."

"다른 광산을 매입할 준비를 한다 이거냐?"

"그, 그렇습니다."

파인트는 지체하지 않고 즉시 움직였다.

"디아만트 상단으로 가자!"

최대한 서둘러 걸었다. 함께 있던 직원 전원이 그 뒤를 따랐다.

디아만트 상단까지 가는 길은 참으로 멀게 느껴졌다. 마음은 조급했지만 그래도 달리지는 않았다. 괜히 급한 모습을 보여서 좋을 게 없었다.

"후욱."

디아만트 상단 지부에 도착한 파인트는 심호흡을 한 번 하고는 안으로 들어갔다.

들어가자마자 마침 바쁘게 움직이고 있던 클레와 눈이 마주쳤다.

"여긴 어쩐 일이신가요?"

클레가 놀란 눈으로 묻자, 파인트는 잔잔하게 미소를 지으며 그녀에게 다가갔다.

"광산 문제로 상의드릴 게 있어서 찾아왔소."

클레가 고개를 끄덕였다. 안 그래도 한 번쯤 그 문제로 찾아올 거라 생각했다.

"일단 이쪽으로 오시지요."

클레는 파인트를 자신의 집무실로 안내했다. 그리고 파인트에게 적당한 자리를 권한 후, 자신도 그 앞에 앉았다.

그녀의 뒤에는 안슈트가 긴장한 얼굴로 서 있었다.

"자, 이제 얘기를 해 보세요. 광산 문제라고요?"

"그렇소. 우리 루바인 상단이 구입한 광산에 관심을 가진 걸로 알고 있소."

클레가 빙긋 웃었다. 파인트는 그 미소를 보니 더 그녀를 갖고 싶었다. 하지만 지금은 그것보다 더 중요한 문제가 남아 있었다.

"관심을 가졌던 건 맞아요. 하지만 지금은 관심이 사라졌어요."

"관심이 사라졌다고? 왜 그렇게 된 거요?"

"일단 값이 너무 비싸요. 최소한 1,500만 골드를 줘야 매입이 가능한데, 그 정도 돈을 투자할 가치가 없다고 판단했어요."

파인트의 얼굴이 굳었다. 우려했던 사태였다. 하지만 한편으로는 이해가 가지 않았다. 매장량을 생각하면 1,500만 골드에 사도 충분히 이득이었다. 한데 가치가 없다니. 그게 무슨 말인가.

"알려진 매장량의 절반만 해도 손해는 아닌 듯하오만."

"지속적으로 들어가는 비용을 생각하면 꼭 그렇지도 않아요."

파인트는 클레를 노려봤다. 누가 봐도 값을 깎겠다는 수작이었다. 하지만 지금 칼자루를 쥔 사람은 클레였다.

파인트가 숙이고 들어갈 수밖에 없는 상황이었다.

"1,500만 골드에 합시다. 한 푼도 안 남기고 넘겨 드리겠소."

클레는 빙긋 웃으며 대답했다.

"뭔가 오해를 하신 모양이네요. 그 광산은 구입할 생각이 없습니다."

"하아. 알겠소. 그럼 1,400만 골드로 합시다."

지금은 손해를 보고서라도 팔아야 할 시점이었다. 하지만 만일 파인트가 더 능숙했다면 결코 이렇게 나서서 값을 깎지는 않았을 것이다. 스스로 약자라는 것을 말해 주는 꼴이었으니까.

"관심이 없다고 말씀드렸습니다만……."

"1,300만 골드! 더 이상은 곤란하오."

클레는 파인트의 모습에서 다급함을 읽었다. 하지만 그녀는 그가 설사 500만 골드를 부른다 하더라도 응할 생각이 없었다. 아니, 공짜로 준다고 해도 생각해 봐야 할 문제였다.

"우리 상단에서는 이미 그 광산을 포기하기로 결정을 내렸습니다."

"대체 왜 그런 결정을 했단 말이오! 그럼 1,200만 골드로 합시다! 어차피 디아만트 상단도 그 정도 가격에 사려고 하지 않았소!"

파인트는 클레의 태도에 다급해졌다. 그가 보기에는 정말로 광산에 관심이 없는 것 같았다. 그래서 무리한 액수를 불렀다.

하지만 클레는 꿈쩍도 하지 않았다. 그녀는 파인트에게 자신이 가진 정보 하나를 알려 주었다.

"그 광산의 매장량을 정밀하게 조사해 보는 건 어떤가요?"

파인트의 표정이 변했다. 광산의 매장량 문제가 나온다는 건 자신이 몇 가지 목적을 이루기 위한 사전 작업 때문이었다.

"매장량에 대한 소문은 다 헛소문으로 밝혀졌습니다. 광산의 매장량에는 전혀 문제가 없습니다."

클레가 고개를 끄덕였다. 자신이 해 줄 수 있는 건 여기까지였다. 말을 듣고 말고는 파인트의 문제였다.

"그럼 저도 더 이상 드릴 말씀이 없네요. 그 광산은 매입하지 않겠습니다."

클레의 말이 워낙 단호했는지라 파인트가 크게 당황했다.

"1,000만 골드!"

파인트는 그렇게 외치고 클레의 표정을 살폈다. 1,000만 골드까지 깎았는데도 전혀 표정 변화가 없었다. 파인트의 얼굴이 딱딱하게 굳었다.

"이거 정말 너무하는 거 아니오? 상도의라는 것이 있는데."

"상도의라뇨?"

"가격을 너무 후려치는 것 아니냔 말이오. 이쯤 했으면 받아들여야 하는 것 아니오?"

"여전히 오해하고 계시는군요. 전 정말로 광산을 매입할 생각이 없습니다."

"나도 더 이상 팔고 싶지 않소."

파인트가 자리에서 일어났다. 그는 그렇게 하면서도 내심 클레가 잡아 주기를 기다렸다. 하지만 클레는 오히려 반색했다.

"가겠소."

파인트가 돌아서자, 클레가 고개를 꾸벅 숙였다.

"살펴 가세요. 바쁜 관계로 멀리 나가지 못합니다."

클레의 말과 행동에 파인트는 이를 갈며 성큼성큼 걸어 나갔다. 그의 머릿속으로 수많은 상념이 휘몰아쳤다. 일이 완전히 꼬여 버렸으니 큰일이었다.

열흘이 지났다. 파인트는 볼이 홀쭉해졌다. 거기에 눈 밑에 다크서클이 짙게 드리웠다. 맘고생이 이만저만 아니었다.

가격을 낮춰 다른 상단과 접촉했는데, 그 어떤 상단도

광산을 사려고 하지 않았다. 별의별 방법을 다 써 봤는데도 통하지 않았다.

베어크 영지에는 이미 루바인 상단의 광산은 매장량이 거의 없다는 소문이 쫙 퍼졌다.

결국 파인트는 매장량을 다시 조사할 수밖에 없었다. 그 결과는 정말로 놀라웠다. 매장량이 거의 없었다. 마치 누군가가 철광석에서 철만 쏙 빼 간 것 같았다.

파인트는 믿을 수가 없었다. 그래서 매일 매장량을 다시 조사했다. 한데 조사를 할 때마다 매장량이 줄어들었다.

매장량이라는 것이 정확히 측정하는 건 불가능하기 때문에 몇 가지 방법으로 대략적인 양을 추측하는 방식이었다.

한데 방법을 바꿀 때마다 매장량이 달라졌다. 파인트는 미치고 팔짝 뛸 지경이었다.

지난 열흘 동안 계속 광산에 매달렸다. 하지만 결론은 매장량이 거의 없다는 것이었다.

광산 개발자를 족치고자 했지만, 그것도 불가능했다. 낌새를 눈치채고 도망친 것이다. 사실 그에게 뭐라고 할 수는 없었다. 광산이라는 게 원래 그런 것이니 말이다.

애초에 매장량을 제대로 측정했어야만 했다. 하지만 아무리 생각해도 이건 뭔가 이상했다.

고민에 잠겨 있는 파인트에게 직원 한 명이 머뭇머뭇 다가갔다.

"무슨 일이냐?"

"저…… 슈린 상단에서 연락이 왔습니다."

슈린 상단은 슈린 공작가가 거느린 상단의 중심이 된다. 루바인 상단과 비슷한 규모의 상단을 여럿 거느리는 구조였다.

그리고 슈린 상단의 책임자는 당연히 파인트의 아버지인 슈린 공작이었다. 가문의 재력을 한 손에 움켜쥐기 위한 방식이었다.

"뭐라고 하더냐?"

"광산 전문가를 보냈다고 했습니다."

파인트의 얼굴이 크게 일그러졌다. 결국 슈린 공작의 귀에 이번 일이 들어간 것이다. 사실 모르는 게 더 이상했다.

'젠장. 미스트 드래곤은 뭘 하고 있는 거야. 그놈을 정리했으면 이런 곤욕을 치를 필요도 없었을 것을!'

만일 제론이 당시 나서지 않았다면 광산을 헐값에 살 수도 있었다. 그랬다면 손해를 크게 보긴 했어도 상단이 망할 지경은 아니었을 것이다.

"언제 온다더냐?"

"오늘 중으로 도착한다고 합니다."

파인트는 소파에 기대 눈을 감았다. 이제는 될 대로 되라는 심정이었다. 여기서 고용한 사람들도 전문가였다. 가문에서 사람이 오더라도 결과는 달라지지 않는다.

루바인 상단은 끝났다. 문제는 그냥 루바인 상단만 끝나고 마는 것이 아니라는 점이었다.

상단 운영자금이라는 것은 미리 받은 물품에 대해 지급할 대금도 포함된 것이다. 1,200만 골드 중, 300만 골드는 조만간 지급해야 할 돈이었다.

'빚이 300만 골드에 지불 대금이 300만 골드라……'

그나마도 빚은 고리의 사채를 썼다. 매일 나가는 이자가 엄청났다. 결국 파인트에게 남은 길은 딱 하나였다.

"슈린 상단으로 가자."

파인트는 힘없이 소파에서 일어났다. 그리고 치욕으로 물든 표정으로 걸음을 옮겼다.

어쩌면 이번 일로 인해서 후계자 자리가 흔들릴지도 모른다. 그건 루바인 상단을 날려 먹은 일보다, 또 광산이 텅 빈 것보다 훨씬 더 짜증 나는 일이었다.

＊　　　＊　　　＊

제론은 태블릿을 통해 그 모든 상황을 지켜봤다. 또한 한편으로 유적에서 채굴과 제련을 통해 창고에 철괴가 쌓이는 것도 확인했다.

공간이 확장된 창고의 크기는 어마어마했다. 한데 그 창고의 절반이 철괴로 꽉 차 버렸다.

나머지 광맥은 유적에서 가까운 부분만 싹 정리하고 산으로 뻗은 것들은 그냥 내버려 둘 생각이었다. 그래야 그들도 광산에서 철광석을 캘 테니까.

제론은 유적 아래로 뻗어 나간 광맥의 채굴을 시작했다. 루바인 상단의 광산을 말려 버린 것처럼 빠르게 하지는 않았다. 속도를 느리게 조정했다.

철광맥을 만드는 데에는 막대한 시간이 필요했다. 유적이 지독히도 오랫동안 방치되어 있었기에 광맥이 이 정도로 만들어졌지, 그게 아니라면 이렇게 많은 광맥을 만드는 건 불가능했다.

그리고 그나마 제대로 광맥 제조 시스템이 작동하지 않은 상태였기에 광맥이 이 정도였지 만일 제대로 돌아갔다면 이 근방은 모조리 철광석으로 뒤덮였을 것이다.

유적은 그 정도로 오랫동안 방치되었다.

"자, 그럼 새 광산은 어떻게 돼 가는지 볼까?"

제론은 태블릿을 조종해 디아만트 상단이 새로 개발하는 광산을 확인했다.

수많은 인부와 장비가 동원되어 광산을 만들고 있었다. 광맥을 너무나 정확히 짚어 주었기 때문에 광산을 만드는 건 상당히 순조로웠다. 매장량도 굉장했기에 디아만트 상단은 2,000만 골드에 광산을 산 것을 결코 후회하지 않을 것이다.

"결단력이 대단해. 감도 좋고."

제론은 클레를 그렇게 판단했다. 보통 사람이라면 결코 이런 선택을 하지 않았을 것이다. 광맥을 정확히 짚어 준다는 말을 어떻게 믿겠는가.

하지만 클레는 제론을 믿었고, 지금의 결과를 만들었다.

더구나 새로 개발한 광산은 베어크 영지 밖에 위치했다. 베어크 영지를 벗어난 곳에 위치한 큰 산이었는데, 그곳은 왕국 직영지였다.

클레는 발 빠르게 그 산을 매입했고, 광산을 개발했다. 덕분에 베어크 영지에 지분을 빼앗길 일도 없었다.

그 지분만으로도 제론에게 준 2,000만 골드 이상의 값어치를 했다.

제론은 마티를 움직여 클레에 초점을 맞췄다. 마침 클레는 안슈트와 대화를 나누고 있었다.

"정말 대단하지 않아?"

"맞습니다, 아가씨."

"이렇게 정확히 광맥을 찾아내다니. 대체 어떻게 그런 게 가능한 거지?"

"운일 겁니다."

클레가 단호히 고개를 저었다.

"운일 리가 없어요. 그동안 그 사람이 했던 일을 생각하면 뭔가 비밀을 가지고 있는 게 틀림없어요."

클레의 말에 제론이 감탄을 했다.

"대단하군. 의심이 많으니 당분간 조심해야겠어."

제론은 그렇게 중얼거리며 클레와 안슈트의 대화에 집중했다.

"이곳의 일은 언제쯤 마무리됩니까?"

"얼마 걸리지 않을 거예요. 기간트를 동원해서라도 빨리 끝내야죠. 다른 광산보다 늦었으니 서두를 필요가 있어요."

안슈트는 그저 고개만 끄덕였다. 할 말이 있을 리 없었다. 클레는 이런 일에는 아주 정확하고 냉정했다. 그리고 안슈트는 그런 클레를 지켜 주기만 하면 된다.

"이 일이 대충 마무리되면 에어스트 백작령으로 갈 거예요."

"에어스트 백작령 말입니까?"

"안 그래도 일정에 있었는데, 좀 당겨야겠어요. 어차피 일정상으로 얼마 안 남기도 했고요."

"그럼 그렇게 알고 있겠습니다."

그 뒤로는 소소한 얘기가 이어졌다.

제론은 눈살을 찌푸렸다. 의심을 품은 클레가 에어스트 백작령으로 오는 상황이 좀 꺼림칙했다. 하지만 막을 수는 없었다. 어쨌든 디아만트 상단과 계약을 한 상황이니까.

"상단 설립을 서둘러야겠어."

지금이야 다른 상단을 이용해 곡물을 유통할 수밖에 없지만, 나중에는 결국 그것을 자체적으로 해결할 수 있어야 한다.

그러려면 지금부터 차근차근 준비를 하지 않으면 안 된다. 제대로 된 상단을 만들어 레늄 왕국은 물론이고 대륙 전역으로 곡물을 유통할 생각이었다.

생산량은 충분했다. 일단 영주성 근방의 평지만 해도 엄청난 넓이였다. 거기에 암석 지대를 개간해서 나오는 땅까지 하면 상상을 초월하는 생산량이 될 것이다.

또한 차츰 초고대 문명의 농법을 도입하면 생산량이 더욱 늘어날 것이다.

"할 일이 많군."

할 일이 많다는 것은 돈 들어갈 구석이 많다는 뜻과도 같다. 이제 항구도 짓고 어업까지 손대려면 웬만한 돈으로는 어림도 없었다.

이번에 광산을 팔아 만든 2,000만 골드는 정말로 큰 힘이 되어 줄 것이다.

"자, 그럼 바인한테 연락을 해 볼까?"

제론은 이번 일을 여기서 그냥 끝낼 생각은 없었다. 루바인 상단을 무너뜨린 건 슈린 공작가를 흔들기 위함이었다.

바인에게 말해 놓으면 분명히 빈틈을 잔뜩 찾아낼 것이
다.

루바인 상단은 결국 슈린 공작가의 것이다. 그들이 진
빚도 슈린 공작가의 다른 상단을 통해 자금을 조달해 막
아야 하고, 물품 대금도 마찬가지로 처리해야만 한다.

그렇게 되면 필연적으로 다른 상단에 빈틈이 생긴다. 제
론은 그것을 파고들 생각이었다. 아마 슈린 공작가는 루
바인 상단으로 인해 크게 휘청거리게 될 것이다.

제론은 눈을 빛냈다. 슈린 공작가에 대한 복수는 이제
부터가 시작이었다.

Chapter 9
흔들기

　제론은 곧장 영지로 복귀했다. 당분간은 베어크 영지에 갈 일이 없었다. 물론 유적은 얘기가 다르다. 유적 창고에 보관한 철괴가 필요하면 언제든 가 볼 것이다.

　유적을 통해 영지에 도착한 제론은 일단 지하 수련장에서 나갔다. 한데 생각보다 성에 활기가 가득 차 있어서 놀랐다.

　사실 과도한 업무량에 밀려서 다들 허덕이고 있을 거라고 예상했는데, 막상 와서 보니 예상과 전혀 달랐다.

　제론은 일단 바이스부터 찾아갔다. 영지의 총관이니 그것이 순서였다.

"영주님! 드디어 오셨습니까!"

바이스는 예상대로 제론을 크게 반겨 주었다. 한데 그의 얼굴에도 화색이 돌았다. 업무량에 짓눌리던 시절과는 완전히 달랐다.

"좋아 보이는군?"

제론이 의아한 눈으로 묻자, 오히려 바이스가 이상하다는 듯 말했다.

"영주님께서 일할 사람을 잔뜩 보내 주시지 않으셨습니까. 덕분에 요즘 다들 한시름 놨습니다."

"일할 사람?"

제론은 더 의문이 들었다. 일할 사람을 보내다니. 자신이 언제 그랬단 말인가. 게다가 바이스를 도울 정도면 상당한 고급 인력이라는 뜻이다. 그런 사람을 잔뜩 보낼 수 있을 리 없지 않은가.

뭔가 이상해 알아보려던 제론은 문득 떠오르는 것이 있었다.

'설마 바인이?'

제론은 바이스와 대화를 나누는 둥 마는 둥 하고 서둘러 집무실로 향했다. 그리고 바인에게 연락을 취해 확인했다. 역시 바인이 추진한 일이었다.

"대단하군. 사람 하나는 제대로 얻었어."

제론은 혀를 내둘렀다. 바인은 처음 예상했던 것보다 몇 배나 더 뛰어났다. 알아서 인재까지 찾아 보내 주니 말이다. 바인이 보낸 사람들이니 뒷조사도 확실히 끝냈을 것이다.

게다가 업무 처리량이 엄청났다. 정보에 관한 한 따라올 사람이 없을 것이다. 인재를 찾으면서 영지로 영입할 빈민을 고르고, 그러면서 슈린 공작가의 빈틈까지 찾고 있으니 말이다.

마음이 좀 편해졌다. 이젠 좀 더 자주 영지를 비워도 괜찮을 테니까.

제론은 마음을 가다듬으며 책상에 쌓여 있는 서류를 집어 들었다. 당분간은 영지 일에 집중할 생각이었다. 이것만 다 처리한 다음 다시 수도로 올라갈 것이다.

제론은 서류에 집중했다. 이내 집무실에는 사락사락 서류 넘기는 소리만 남았다.

제론은 급한 서류를 모두 처리한 후, 영지를 한 바퀴 둘러봤다. 영지가 워낙 넓어져 다 돌아보는 데 상당한 시간이 걸렸다.

그나마 제론이 혼자서 빠르게 다녔으니 망정이지 그게 아니었다면 한 달이 넘게 걸렸을지도 모른다.

그렇게 제론이 한창 영지를 돌아보고 있을 때, 에어스트 백작령에 손님이 들이닥쳤다.

제론은 한창 채석장을 둘러보다가 그 소식을 듣고 급히

성으로 돌아갔다. 그를 기다리던 손님은 클레였다. 제론은 그녀가 올 거라고 예상하고 있었기에 놀라거나 당황하지 않았다.

"얼마 전의 일은 정말로 고마워요. 덕분에 일이 아주 잘 풀렸어요."

클레는 진심으로 제론에게 고마워했다. 제론이 아니었다면 텅텅 빈 광산을 막대한 돈을 주고 샀을 것이다. 디아만트 상단에 아무리 돈이 많아도 1,500만 골드는 상당히 부담이 되는 액수였다.

그뿐 아니라 어마어마한 매장량을 가진 광산을 구입할 수 있었다. 비록 2,000만 골드라는 돈이 나갔지만, 충분히 그 값어치를 하고도 남았다.

"덕분에 우리 영지 사업도 차질 없이 진행할 수 있게 되었으니 서로 좋은 일이오."

"영지 사업이요? 또 뭔가 하시는 일이 있나요?"

클레가 눈을 반짝이며 물었다. 그녀의 과도한 관심에 제론은 한발 물러나며 대답했다.

"항구를 건설 중이오."

"항구요?"

클레의 눈이 휘둥그레졌다. 그리고 항구 건설을 마치 어린애가 모래성을 쌓는 것처럼 대수롭지 않게 말하는 제론의 태도에 어이가 없었다.

"항구를 건설하려면 들어가는 자재가 만만치 않을 텐데요."

제론은 굳이 그 말에 대해서 답을 할 필요를 느끼지 못했다. 자재야 당연히 많이 들어간다. 자재뿐 아니라 인력도 엄청나게 필요했다.

하지만 다 해결할 수 있었다.

일단 석재야 암석 지대에서 조달하면 된다. 그곳의 돌을 모두 합하면 항구를 백 개는 지을 수 있었다. 또 목재는 주변 산맥에서 베어 오면 된다. 기간트를 이용하면 된다.

게다가 강철도 잔뜩 있었다. 유적의 창고에 얼마나 많은 철괴가 쌓였는지 헤아릴 수도 없었다. 그걸 다 쓰는 것도 일이었다.

하지만 그 모든 걸 굳이 클레에게 시시콜콜 얘기해 줄 필요가 없지 않은가.

"항구를 보러 여기까지 온 거요?"

제론의 물음에 클레가 머쓱한 표정을 지었다. 그리고 살짝 눈을 흘겼다. 자신을 앞에 두고도 이렇게 빈틈 하나 내보이지 않는 걸 보니 왠지 얄미웠다.

"아뇨. 농지를 보러 왔어요."

"갑시다."

제론은 더 말을 섞지 않고 돌아섰다. 여기서 굳이 쓸데없는 얘기를 하며 시간을 낭비할 이유가 없었다. 이거 말고도

할 일이 산처럼 쌓여 있었다.

제론이 성큼성큼 걸어가자, 클레가 어이없는 눈으로 제론의 등을 바라봤다.

"하아. 원래 저런 사람이었나요?"

그녀의 질문에 안슈트가 고개를 저었다.

"저도 적응이 안 됩니다. 워낙 가벼운 모습만 봐서……."

사실 가벼운 모습만 본 건 아니었다. 체른산 방어군에서 대결을 하는 광경을 똑똑히 지켜봤으니까. 그때 눈 하나 깜짝 안 하고 기사 열 명의 목숨을 날려 버리는 광경에 얼마나 놀랐는지 모른다.

하지만 그때는 이해했다. 거기는 전쟁터였으니까. 또한 상황이 그랬으니까. 그래서 더 제론의 가벼운 모습만 기억에 남았는지 모른다.

물론 그 역시 붉은 학살자라는 정체를 감추기 위해 만들어진 모습이었지만 말이다.

"아가씨. 출발하셔야 합니다."

안슈트의 말에 클레가 퍼뜩 정신을 차렸다.

"아! 가, 가요."

서둘러 발걸음을 옮기는 클레를 보며 안슈트가 나직이 한숨을 흘렸다.

두 사람은 빠르게 멀어져가는 제론을 열심히 쫓아갔다.

클레는 눈앞에 펼쳐진 광경에 입을 쩍 벌렸다. 바람이 불 때마다 푸른 물결이 촤르륵 지나갔다.

굉장했다. 다른 곳에 비해 작물의 키가 달랐다. 너무나 풍성했다. 아직 알곡이 맺히지는 않았지만 이것만 봐도 충분히 알 수 있었다. 이건 그냥 풍년이 아니었다.

"엄청나군요."

끝이 없었다. 푸른 지평선이 보일 지경이었다. 높은 탑에서 보고 있으니 시작이 영주성 뒤쪽이라는 건 알 수 있었지만 끝이 어딘지, 또 양옆으로 얼마나 넓게 펼쳐졌는지 전혀 알 수 없었다.

"제법 넓죠?"

"제법이라고요? 이 정도로 넓은 농지는 아마 우리 왕국 안에 몇 개 안 될 걸요? 아니, 어쩌면 제일 넓을지도 모르겠네요."

살짝 흥분한 클레의 말투에 제론이 씨익 웃으며 말을 덧붙였다.

"아직 다 개간한 게 아니오. 내년에는 저것의 10배를 생각하면 될 거요."

클레의 눈이 화등잔만 해졌다. 10배라니!

저것만 해도 왕국 제일의 곡창지대가 될 수 있는데, 그 10배라니. 대체 그럼 얼마나 많은 곡물이 나온단 말인가.

"그 절반을 디아만트 상단에 주시겠다는 건가요?"

"힘들면 줄여도 되오."

클레가 고개를 휘휘 저었다.

"아뇨. 다 할 수 있어요."

확실히 말로 정보를 듣는 것과 눈으로 직접 보는 것에는 어마어마한 차이가 있었다. 이렇게 코앞에서 푸른 물결을 보고 있으니 앞으로 뭘 어떻게 해야 할지 감이 잡혔다.

클레가 촉촉하게 젖은 눈으로 제론을 바라봤다. 종잡을 수가 없는 사람이었다. 대체 감추고 있는 게 얼마나 많은지 볼 때마다 새로웠다.

"관리를 정말로 잘 하셔야겠어요."

"그럴 생각이오."

제론이 대충 대답한 티가 확 나자, 클레는 못마땅한 듯 눈살을 찌푸렸다. 이건 중요한 문제였다.

"앞으로 이곳 에어스트 백작령은 레눔 왕국의 중심이 될 거예요. 이 정도 곡물이라면 왕국을 들었다가 놓을 수도 있어요."

"그래서?"

"이곳을 노리는 사람이 많아질 거라는 뜻이에요."

클레는 그렇게 말하며 제론을 바라봤다. 제론의 무심한 표정에 울컥했지만 그래도 이 말은 꼭 해 줘야만 했다.

"곡물 자체를 노리는 사람도 있을 것이고, 이 영지를 노리는 사람도 있을 거예요. 조심하셔야 해요."

제론이 고개를 끄덕였다.

"그렇게 하겠소."

또 건성이다. 클레는 발끈해서 소리쳤다.

"사람이 말을 하면 좀 진지하게 들어줘요! 전 그래도 걱정이 되어서 그러는데, 호의를 이렇게 무시해도 되는 건가요?"

"누가 무시했다고 그러는 거지? 난 진지하게 들었고, 신중하게 대답한 거요."

"하아. 알았어요."

클레는 더 할 말이 없었다. 본인이 어떻게 받아들이든 그건 클레가 관여할 문제가 아니었다. 하지만 정말로 대수롭지 않게 여기는 것 같아서 안타까웠다.

이와 비슷한 광경을 너무나 많이 봐 왔기에 더 걱정이 되었다. 이렇게 눈앞에 보이는 결과에 취해 나중을 대비하지 않으면 백이면 백 크게 무너졌다. 세상은 결코 호락호락하지 않다.

"가겠어요."

클레는 토라진 표정으로 돌아섰다. 어차피 볼 건 다 봤다. 향후 몇 년간은 함께 일할 수 있겠지만, 그 이후는 무너질 공산이 컸다. 그 준비를 지금부터 시작해야만 한다.

제론은 돌아선 클레의 모습을 보며 고개를 끄덕였다.

"내려갑시다."

이곳은 성 한가운데 세워진 탑이었다. 에어스트 백작령의 마탑이기도 했다. 백작령에서 가장 높은 건물이었고, 넓게 펼쳐진 농지를 확인하는 데 이보다 좋은 장소는 없었다.

한 가지 문제는 너무 높아서 오르내릴 때 힘들다는 점이었다. 올라올 때 워낙 힘들었기에 내려갈 일이 막막했다. 클레는 아래로 쭉 펼쳐진 계단을 보며 눈을 질끈 감았다. 그리고 한숨을 푹 내쉬고는 걸음을 내디뎠다.

클레가 계단을 내려가자 제론이 얼른 그 옆에 붙었다. 혹시라도 발을 헛디뎌 구르기라도 하면 큰일이었다. 물론 그래도 사고는 생기지 않는다. 마탑을 설계할 때 그런 대비도 충분히 해 두었다.

하지만 그런 광경을 외부인이 겪게 하고 싶지 않았다. 아직 에어스트 백작령에 대한 정보를 모두 외부로 내보여선 안 된다.

올라오는 것만큼이나 내려가는 것도 힘들었다.

클레는 숨이 차고 다리가 후들거렸다. 하지만 한 번도 제론에게 도움을 요청하지 않았다. 오히려 멀쩡한 척 연기까지 했다.

제론도 그걸 다 알지만 모른 척해 주었다. 그리고 탑을 절반쯤 내려왔을 때, 대화를 시도했다.

"혹시 아츠나 남작령에 대해 좀 아는 게 있소?"

"아츠나 남작령이요? 당연히 알죠. 약초로 유명한 곳이니까요."

클레가 고개를 돌려 제론을 바라봤다. 의아한 표정이 가득했다.

"그건 왜 물으시죠?"

"아, 재미난 얘기를 하나 들어서 말이오."

"재미난 얘기요?"

"그곳에 약초가 남아돈다는 거 혹시 알고 있소?"

"예? 그럴 리가요. 그곳의 약초는 대부분 하일렌 상단이 쓸어가다시피 하는데."

"뭐, 그럼 일시적인 현상인 모양이오. 아무튼 그런 얘기를 들었소."

클레가 의심스러운 눈으로 물었다.

"제게 그런 말씀을 해 주시는 이유가 뭐죠? 설마 그 말만 듣고 우리 상단이 그곳의 약초를 구입할 거라고 생각하셨나요?"

제론은 빙긋 웃었다. 분명히 그런 마음이 있었다. 하지만 안 해도 상관은 없었다. 제론이 가서 사면 되니까.

약초의 경우 보관이 문제가 된다. 하지만 제론은 얼마든지 보관할 수 있었다. 말릴 필요도 없었다. 아공간에 쓸어 담으면 된다. 제론의 벨트에는 무려 30개나 되는 빈 아공간이 있었다.

지금 제론이 클레에게 말한 것은 오늘 보여 준 호의에 대한 보답이었다. 또한 디아만트 상단을 살짝 끌어들여 자신의 싸움에 도움이 되도록 만들려는 목적도 섞여 있었다.

어찌 되었건 상관없는 일이었다. 보아하니 클레는 움직이지 않을 모양이니까.

"약초가 남아돌면 순간적으로 가격이 좀 떨어지긴 하겠네요."

클레는 그렇게 말하고는 묵묵히 계단을 내려갔다. 그렇게 두 사람은 탑에서 내려왔다. 그리고 클레는 뒤도 돌아보지 않고 에어스트 백작령을 떠났다.

*　　　*　　　*

"아가씨. 정말로 아츠나 남작령으로 가실 겁니까?"

"약초가 남아돈다는데 가지 않을 이유가 없잖아?"

"굳이 거기까지 가서 살 이유가 있습니까? 우리 상단과 거래하는 곳도 제법 많습니다."

클레는 수행원의 말에 고개를 끄덕였다. 확실히 그렇다. 굳이 그곳에 가서 약초를 살 필요는 없었다. 한데 감이 참으로 묘했다.

"그리고 어차피 그곳에 가 봐야 사기 어려울 겁니다. 하일렌 상단이 아츠나 남작령의 약초를 그냥 내버려 둘 리가 없지 않습니까. 하일렌 상단은 슈린 공작가의 것입니다."

슈린 공작가라는 말에 클레의 눈이 반짝 빛났다. 일시에 머릿속에 꽉 찼던 안개가 싹 사라지는 것 같았다.

"역시 보통 사람이 아니야."

아무리 다른 데 정신이 팔렸다고 하지만 거기까지는 생각도 못했다. 아니, 그럴 리 없다고 판단했다는 게 맞다.

사실 루바인 상단이 어떤 꼴인지 알면 슈린 공작가 산하의 상단이 어떤 사정인지 대충 답이 나온다. 아마 일시적으로 지금 흐름이 나빠졌을 것이다.

루바인 상단을 죽인다 하더라도 그걸 이끄는 사람이 파인트였다. 가문의 후계자를 내다 버릴 리 없다면 그가 저지른 일은 다 처리를 해야만 한다. 설혹 나중에 후계자 자리에서 내친다 하더라도 말이다.

"당장 가겠어요!"

"예? 하지만……."

"이 기회를 놓치면 우린 바보에요."

"예에?"

수행원이 놀라 눈을 크게 떴다. 하지만 더 놀라고 있을 틈이 없었다. 클레가 거의 뛰다시피 멀어져 갔다.

"아, 아가씨!"

수행원이 다급히 클레를 뒤따랐다. 그렇게 그들은 아츠나 남작령으로 갔다.

"뭣이? 약초를 선점당해? 지금 그걸 말이라고 하는 것이냐!"

슈린 공작의 호통에 하일렌 상단을 책임지는 몰트 폰 슈린이 고개를 푹 숙였다. 억울했다. 이건 자신의 잘못이 아니었다.

"죄송합니다. 하지만 어쩔 수가 없었습니다."

슈린 공작이 노려보자 몰트가 서둘러 설명을 덧붙였다.

"디아만트 상단이 갑자기 나타날 줄은 몰랐습니다."

"디아만트 상단? 그놈들이 아츠나 남작령에는 왜 나타 났단 말이냐? 설마 내부 정보가 새 나간 건 아니겠지?"

슈린 공작이 불같이 노해 소리쳤다.

디아만트 상단이 그곳에 갔다는 것은 아츠나 남작령을 책임지는 하일렌 상단의 자금에 문제가 생겼다는 것을 미리 알았다는 뜻이다. 그게 아니라면 굳이 하일렌 상단과 장기 계약을 맺은 곳에 가서 약초를 쓸어 갈 이유가 없었다.

슈린 공작의 표정이 굳었다. 생각하기 싫은 가정 하나가 떠올랐다.

"똑바로 얘기해라. 약초만 선점당한 게 확실한 것이냐?"

"예?"

"멍청한 것! 아츠나 남작이 딴 맘을 먹은 건 아니냐는 뜻이다!"

"그, 그럴 리가 있겠습니까."

"우리가 언제까지 계약되어 있느냐?"

"내년까지 계약이 되어 있습니다."

"내년? 하면 그 이후에는?"

"그건 금년 거래를 마친 다음에 하기로……."

말을 하던 몰트의 안색이 점점 창백해졌다. 그걸 보는 슈린 공작의 눈빛이 더없이 차가워졌다.

"아츠나 남작과 미리 얘기가 된 것이냐?"

"그, 그건 아닙니다."

"제대로 머리가 달려 있긴 한 것이냐? 이번에 계약을 어기면서까지 무리를 했는데, 계약도 확인을 안 했다고? 지금 그걸 말이라고 하는 것이냐!"

몰트는 고개를 푹 숙였다. 이게 모두 파인트 때문이었다. 루바인 상단이 운영자금을 몽땅 날려 버리지 않았다면 이런 일이 벌어질 이유도 없었다.

아츠나 남작령은 비교적 다루기가 쉬운 곳이었다. 그래서 별다른 걱정을 하지 않았다. 이번에 일방적으로 계약을 어기며 대금 지급일을 한 달이나 뒤로 미루면서도 말이다.

하지만 그 일은 철저히 비밀로 했다. 그걸 아는 사람은 슈린 공작과 몰트 자신, 그리고 몰트의 최측근 하나가 전부였다.

그러니 비밀이 새 나갈 일은 없었다. 이건 그저 운이 나빴다고 볼 수밖에 없었다. 적어도 몰트가 생각하기에는 그러했다.

하지만 슈린 공작의 생각은 달랐다. 이건 아무리 우연이라고 해도 너무 심하다. 일어날 수 없는 일이 몇 가지나 연달아 벌어졌다.

아츠나 남작령은 10년이 넘게 하일렌 상단과 거래를 해왔다. 이젠 웬만한 상단에서는 그 사실을 다 알고 있었다. 그렇기에 약초 상단은 좀처럼 그곳을 찾지 않는다.

한데 디아만트 상단이 그곳에 찾아갔다. 그것도 일부러.

하일렌 상단이 워낙 오랫동안 거래했기에 장기 계약이 되었다는 사실은 아주 잘 알려져 있고, 또 다들 초장기 계약이라고 추측하고 있었다.

한데 디아만트 상단은 마치 그것도 알고 있는 것처럼 행동했다. 물론 그 부분은 확인을 해 봐야 하지만 말이다.

만일 디아만트 상단이 아츠나 남작령과 계약이라도 맺었다면 하일렌 상단은 그 타격을 피할 수 없었다.

"하일렌 상단의 자금이 빠져나갔다는 걸 모르고서는 일어날 수 없는 일이다. 그렇게 생각하지 않느냐?"

"그, 그렇습니다."

몰트는 그저 반사적으로 대답을 했다. 반대 의견이라도 냈다가는 큰일 날 분위기였다.

"가서 아츠나 남작이 계약을 했는지부터 확인해라."

슈린 공작은 그렇게 말하고 고개를 돌렸다. 꼴 보기 싫다는 뜻이었다.

몰트는 주눅이 잔뜩 든 얼굴로 조용히 물러갔다.

결과적으로 슈린 공작의 예상이 맞았다. 아츠나 남작령은 오랜 거래 상대를 바꿔 버렸다. 사실 그동안 하일렌 상단으로부터 제대로 된 대우를 받지 못했기에 그들로서도 이런 좋은 기회를 놓칠 수 없었다.

어쨌든 그로 인해 당장 하일렌 상단에 문제가 생겨 버렸다.

하일렌 상단은 아츠나 남작령으로부터 지속적으로 약초를 받아 팔았다. 아츠나 남작령의 약초가 워낙 특별했고 양도 많았기에 다른 곳으로 눈을 돌릴 필요가 없었다.

그게 문제가 되었다. 하일렌 상단은 거래 규모에 비해 인원이 적었다. 상단 자체가 약초의 운송과 처리에 맞춰져 있었다.

게다가 중간상 역할이었기 때문에 판매는 다른 상단에서 전담했다. 그래서 이번 일로 붕 떠 버렸다.

이대로는 상단을 유지하는 의미가 없었다. 새로운 공급처를 찾아내 계약하지 않는 한 말이다.

게다가 하일렌 상단이 약초를 공급한 판매처가 바로 슈린 상단이었다. 당장 슈린 상단의 매출이 하락하게 생겼다. 그것도 큰 폭으로 말이다.

고작 약초 하나였다. 하지만 그 여파가 만만치 않았다.

디아만트 상단은 새로운 약초 공급처와 계약을 하면서 약초 시장의 절대 강자로 거듭났다.

지금까지는 슈린 공작가와 경쟁 관계였는데, 그 균형이 단번에 무너진 것이다.

물론 그것은 레뉴 왕국 내에서의 일이었다.

*　　　*　　　*

"카프만입니다."

제론은 이마가 땅에 닿을 듯 인사하는 사내를 물끄러미 쳐다봤다. 바인으로부터 소개받은 사람이었다.

바인은 제론의 명령이라면 무엇이든 해결해 주었다. 상단을 하나 만들 생각이라니 대번에 사람을 찾아 보내 준 것이다.

카프만은 평민이었다. 하지만 상재가 제법 뛰어났다. 무엇보다 중요한 것은 믿을 수 있다는 점이었다. 처음부터 제론은 그렇게 요구했다. 뛰어난 사람보다는 사람됨이 더 중요하다고 말이다.

제론은 바인을 믿었다. 하지만 안전장치가 아예 없는 건 아니었다. 혹시라도 바인이 뒤통수를 치면 상당히 곤란했다. 바인을 통해 유입한 사람이 제법 많았다. 또한 앞으로도 지속적으로 그를 통해 인재를 구할 것이다.

카프만은 생각보다 젊었다. 고작해야 30살쯤으로 보였다. 고생을 많이 한 걸로 보이니 어쩌면 그보다 더 어릴 수도 있었다.

"27살입니다."

카프만은 제론이 뭘 궁금해하는지 안다는 듯 먼저 나이를 밝혔다. 역시 겉으로 보는 것보다 더 어렸다. 경험은 적다는 뜻이었다.

하지만 상관없었다. 경험이야 지금부터 쌓으면 되니까. 또, 능력이나 경험이 좀 모자라도 성공할 확률이 높았다. 정보를 틀어쥐고 있으니까.

"무슨 일을 하게 될지 들은 얘기는 있나?"

"장사를 하게 될 거라 했습니다."

제론이 고개를 끄덕였다.

"제대로 들었다. 경험은 좀 있나?"

"어릴 때 슈린 상단의 심부름꾼으로 일을 하다가 향후 독립해서 작은 점포 하나를 운영했습니다."

"슈린 상단?"

제론은 바인이 왜 슈린 상단 사람을 추천했는지 얼른 이해할 수 없었다. 하지만 이어지는 카프만의 말에 금방 그 뜻을 이해했다.

"그 점포가 슈린 상단의 방해로 망해 버렸습니다. 제가 상단에서 독립한 게 마음에 안 들었던 모양입니다."

그 말을 하는 카프만의 눈에 독기가 절절 흘렀다. 다른 건 몰라도 슈린 상단에 대한 원한은 대단했다.

"그 뒤로 열 개가 넘는 상단을 전전했습니다. 경험이야 많이 쌓았습니다만, 그게 과연 도움이 될지는 잘 모르겠습니다."

제론은 크게 고개를 끄덕였다.

"그 정도면 충분하다."

만족스러웠다. 나중은 몰라도 슈린 공작가와 싸우는 동안은 확실히 믿을 만했다. 물론 바인이 뒷일도 생각하지 않고 사람을 뽑지는 않았을 것이다.

"작은 상단을 하나 만들려고 한다."

"상단 말입니까?"

카프만이 눈을 빛냈다. 과연 그 상단에서 자신이 무슨 일을 하게 될지 벌써부터 기대되는 모양이었다. 처음으로 상단의 중심에서 일할 수 있을 거라고 생각하니 가슴이 두근거렸다.

"오늘부터 네가 상단의 책임자다."

"예에?"

카프만의 눈가가 하마터면 찢어질 뻔했다. 너무 놀라서 자신이 얼마나 눈을 크게 떴는지도 인지하지 못했다. 다짜고짜 만나자마자 상단을 책임지라니.

"제, 제, 제가 말입니까?"

제론이 고개를 끄덕였다. 쓸데없는 말로 시간을 낭비할 생각이 없었기에 곧장 본론으로 들어갔다.

"초기 자본금으로 일단 10만 골드를 주겠다."

"10만 골드!"

카프만은 정신을 차릴 수가 없었다. 10만 골드라니. 사실 상단을 책임지라는 말에 자본금으로 생각한 돈이 1천 골드 정도였다. 한데 그의 예상을 무려 100배나 넘어 버렸다.

꿀꺽.

카프만은 침을 삼켰다. 뺨이라도 꼬집어 보고 싶었다. 만일 이게 생생한 꿈이라면. 그래서 깨기라도 한다면 아마 지독한 상실감에 자살할지도 모른다.

두근두근 미칠 듯이 뛰는 심장을 애써 진정시키며 제론을 바라본 카프만은 찬물을 뒤집어쓴 것처럼 정신이 번쩍 들었다.

제론의 표정은 처음부터 지금까지 단 한 번도 변하지 않았다. 그것은 자신에게 10만 골드를 건네주는 지금도 마찬가지였다.

이 일로 들뜨고 정신을 못 차린 것은 자기 혼자였다. 카프만은 이를 악물고 들떠 하늘로 날아가려는 마음을 다 잡았다.

이대로는 안 된다. 제론을 실망시키고 싶지 않았다.

"그건 자본금이다. 그걸로 알아서 상단을 꾸려 봐라. 도움이 필요하면 어디로 연락해야 하는지 알고 있겠지?"

"물론입니다."

바인은 카프만과의 연락책을 만들어 두었다. 물론 뒤를 잡힐 일이 없도록 신경을 써서 만든 연락책이었다.

"그리고 이걸로 쿠라티오 뿌리를 싹 구매하도록."

카프만은 제론이 건네는 돈을 받고는 화들짝 놀랐다. 그리고 어안이 벙벙한 눈으로 제론을 바라봤다. 이건 많아도 너무 많았다.

"대, 대체 얼마나 많이 사라는 말씀이십니까?"

"닥치는 대로 싹."

"다, 닥치는 대로 말입니까?"

카프만은 멍한 눈으로 제론과 손에 든 돈을 번갈아 바라봤다. 무려 300만 골드였다. 자신에게 상단을 만들라고 준 돈의 30배나 되는 거금이었다.

이 정도 돈이면 수도 인근의 쿠라티오 뿌리는 몽땅 사고도 남았다. 쿠라티오 뿌리가 비교적 흔하긴 하지만 그만큼 가격이 낮았다.

'무섭도록 가격이 치솟겠군.'

만일 그걸 사재기한다면 가격이 엄청나게 오를 것이다.

쿠라티오 뿌리는 포션을 만들 때 반드시 필요한 재료였다. 포션의 주재료는 아니었지만 주재료인 거대 몬스터들의 독성을 제거하는 데 탁월한 효과를 가졌다.

신성의 힘이 약화된 지금 시대에 포션 제조는 어마어마한 부가가치를 가졌다. 그렇기에 그 제조법도 엄격히 관리되었다.

슈린 상단의 주력 품목이 바로 포션 제조와 유통이었다. 그것만으로도 매년 엄청난 돈을 벌어들였다.

다만 거대 몬스터의 피를 구하는 게 쉽지 않았기에 수량이 제한적일 수밖에 없었다.

카프만이 슈린 상단에서 처음 맡은 일이 바로 포션 병을 나르는 것이었다. 거기에서 더 성장해 포션 병을 책임지는 열 명의 담당자 중 한 명의 신임을 받으며 병 조달을 맡았다.

그렇기에 슈린 상단에서 포션이 차지하는 비중을 아주 잘 알고 있었다.

가슴이 떨렸다. 이제 제론이 뭘 하려는지, 진짜 원하는 게 뭔지 조금 알 것 같았다.

"슈, 슈린 상단과 싸우시려는 겁니까?"

카프만이 떨리는 목소리로 물었다. 제론은 그런 카프만을 무심한 눈으로 쳐다봤다.

"두렵나?"

카프만은 대답하지 못했다. 하지만 그 두려움이 제론에게도 느껴졌다. 하지만 두려움만 보이는 건 아니었다. 그에 못지않은 기대감도 함께 있었다.

"싸우려는 게 아니다."

순간 카프만의 눈에 살짝 실망이 어렸다. 이율배반적으로 안도감도 함께 찾아왔다.

"그들을 완전히 무너뜨릴 생각이다."

카프만은 숨이 턱 막혔다. 그리고 이글이글 타오르는 제론의 눈빛을 바라봤다. 가슴 깊은 곳에서 뜨거운 뭔가가 불쑥 솟구쳤다.

"가, 가능하겠습니까?"

"당연히."

제론은 자신만만하게 말했다. 카프만이 보기에는 마치 주머니에 든 동전을 꺼내는 것처럼 간단하게 느껴졌다. 그는 자신도 모르게 고개를 끄덕였다.

"믿겠습니다."

카프만의 머리가 팽팽 돌아갔다. 제론은 지금 슈린 상단의 포션 사업을 방해하려 한다. 물론 그렇다고 슈린 상단이 잘못되거나 하지는 않을 것이다. 하지만 타격은 분명히 입는다.

"백작님께서 제시하신 방법에는 문제가 한 가지 있습니다."

"문제?"

"슈린 상단의 정보력입니다."

"우리가 쿠라티오 뿌리를 사재기한다는 걸 금방 알아차릴 거란 말인가?"

"그렇습니다. 쿠라티오 뿌리는 제법 흔합니다. 정보를 들으면 어떻게든 조달을 할 것입니다. 아니면 같이 사재기를 할 수도 있고 말입니다."

쿠라티오 뿌리는 포션 제조 외에는 아예 쓸모가 없다. 그러니 만일 사재기에 실패하면 그냥 돈만 날리는 꼴이 될 수도 있었다.

슈린 상단처럼 대규모로 포션을 만드는 상단은 거의 없다. 슈린 상단이 작정하고 그걸 사지 않으면 고스란히 손해를 떠안을 수밖에 없었다.

쿠라티오 뿌리는 오랫동안 보관하는 게 어렵다. 조건이 조금이라도 안 맞으면 금방 썩어 버리기 때문에 사실 사재기를 할 만한 물품은 아니었다.

카프만의 지적은 아주 당연했다. 하지만 제론은 그 말에 의미심장한 미소를 지었다.

"아마 슈린 상단에서는 그걸 사재기할 여력이 없을 거다."

"예? 하지만 아무리 그래도 슈린 상단인데 돈 정도야 어떻게든 마련할 수 있지 않겠습니까?"

"입장을 바꿔 놓고 생각해 봐라. 네가 슈린 상단이라면 과연 어떻게 할까?"

카프만은 제론의 말대로 입장을 바꿔 봤다.

만일 누군가 쿠라티오 뿌리를 사재기한다는 말을 들으

면 어떻게 할까? 당연히 화부터 낼 것이다. 하지만 냉정히 판단하면 신경을 쓸 필요가 없다. 보관이 어려우니까.

"아……! 어차피 금방 팔 거라고 생각하겠군요."

쿠라티오 뿌리는 잘 보관해 봐야 닷새를 넘기기 힘들다. 즉, 그 안에 팔아야 한다는 뜻이다. 돈을 갖다 버리지 않으려면 말이다.

카프만의 표정이 어두워졌다.

"하면 쿠라티오 뿌리를 그냥 버리실 생각이십니까?"

슈린 상단에 피해를 안기기 위해 그걸 버린다면 배보다 배꼽이 더 크게 된다. 카프만은 제론이 그런 식으로 일을 처리하지 않기를 바랐다. 그래야 오랫동안 함께할 수 있을 테니 말이다.

"버릴 이유가 없지. 난 그걸 오랫동안 보관할 방법이 있다. 그러니 넌 최대한 사 모으기만 하면 된다. 어느 정도로 모아야 하는지는 알겠지?"

카프만이 고개를 끄덕였다. 만일 정말로 특별한 보관법이 있다면 이 일은 충분히 승산이 있었다.

일단 마차로 닷새 거리 안에 있는 쿠라티오 뿌리를 싹 쓸어 오면 된다. 쿠라티오 뿌리의 유통기한은 이쪽에만 적용되는 것이 아니었다. 저쪽도 똑같이 적용된다.

"그럼 당장 시작하겠습니다."

"일단 상단부터 만들어라. 적당한 창고도 하나 사고."

"예. 맡겨만 주십시오."

카프만이 터질 것 같이 거세게 뛰는 심장을 움켜쥐며 밖으로 나갔다.

제론은 그런 카프만을 보며 눈을 빛냈다. 이제부터 진짜 시작이었다.

*　　　*　　　*

슈린 상단의 최고 책임자는 당연히 슈린 공작이었다. 하지만 그가 직접 나서서 일을 처리하는 경우는 거의 없었다. 대부분의 일은 하쓰 남작이 처리한다.

하쓰 남작은 쿠라티오 뿌리를 사재기하는 무리가 있다는 보고에 눈살을 찌푸렸다.

"대체 뭐 하는 멍청이들이지?"

쿠라티오 뿌리에 대해 전혀 모르는 놈들이 천지 분간 못하고 저지르는 것이 분명했다.

"어떻게 할까요?"

직원의 물음에 하쓰 남작이 같잖다는 듯 웃으며 턱을 쓰다듬었다.

"어떻게 한다……. 그냥 내버려 둬서 썩은 뿌리로 연명하게 할까…… 아니면 당장 추적해서 다리몽둥이를 분질러 버릴까?"

어느 것을 선택해도 즐거운 일이 될 것임은 분명했다. 하지만 짚을 건 확실히 짚어야 한다.

"그놈들이 얼마나 사들였느냐?"

"두 개의 상점을 탈탈 털어 갔습니다."

"그래?"

수도에 쿠라티오를 취급하는 상점은 백 개가 넘는다. 당연히 각 상점마다 구비한 양이 많지 않다. 유통기한이 고작 닷새에 불과하기 때문에 딱딱 필요한 양만 갖다 놓을 뿐이었다.

물론 슈린 상단은 그런 점포의 쿠라티오를 이용하지 않는다. 계약한 상단의 것을 이용한다. 사흘에 한 번씩 필요한 만큼 상단에 들어오게 되어 있었다.

당연히 수도에서 가까운 곳의 쿠라티오를 들인다. 바로 캐서 가져오는 것이다. 말리면 효과가 없기에 마르지 않은 뿌리를 흙도 털지 않고 운반했다.

하쓰 남작은 대수롭지 않게 넘겼다. 수도의 상점을 이용할 일도 없을 뿐더러 사재기를 해 봐야 쿠라티오 뿌리는 오래 보관할 수가 없기 때문에 의미가 없었다.

"그놈들이 절망에 빠져 허우적거리는 모습을 봤으면 좋겠군. 사재기를 해도 하필이면 쿠라티오 뿌리라니. 킄킄킄킄."

하쓰 남작은 신경 쓸 필요가 없다고 결론을 내렸다. 직원도 그걸 당연히 받아들였다.

그렇게 닷새가 흘렀다.

하쓰 남작의 표정이 심상치 않게 변했다. 갑자기 차질이 빚어졌다. 쿠라티오 뿌리의 씨가 말라 버렸다.

"대체 그게 무슨 말이냐! 구할 수가 없다니! 분명히 계약을 하지 않았느냐!"

하쓰 남작의 호통에 직원이 땀을 뻘뻘 흘렸다.

"하지만 쿠라티오 뿌리가 아예 없다고 합니다."

"그게 말이나 되느냐! 이놈들이 계약을 대체 뭐로 아는 게야!"

"일단 위약금을 받았습니다."

"지금 위약금이 문제냐! 어서 다른 곳에 알아봐! 포션을 제때 공급하지 못하면 우리가 물어야 하는 위약금이 대체 얼마인 줄이나 아느냐! 그깟 쿠라티오 뿌리에 비할 바가 아니란 말이다!"

하쓰 남작은 씩씩거리며 직원을 노려봤다.

"뭐 하고 있느냐! 가서 알아보지 않고!"

직원이 화들짝 놀라 밖으로 뛰쳐나갔다. 그 모습을 노려보던 하쓰 남작이 남은 직원에게로 시선을 돌렸다. 직원이 흠칫 놀랐다.

"넌 거기서 뭘 하는 거야! 저놈 혼자 일을 다 하게 만들 셈이냐!"

하쓰 남작은 그렇게 소리치다가 갑자기 떠오른 생각에 등골이 싸늘하게 식었다.

"그, 그놈들! 그놈들 어떻게 되었느냐!"

하쓰 남작의 말에 막 나가려던 직원이 슬그머니 돌아서서 물었다.

"누구 말씀이십니까?"

"쿠라티오 뿌리를 사재기하던 놈들 말이다!"

직원의 안색이 창백해졌다.

"지, 지금 알아보겠습니다!"

직원이 후다닥 밖으로 나갔다. 하쓰 남작은 이를 갈았다.

"이놈들이 감히!"

방심하다가 완전히 당했다. 설마 정말로 그 무식한 짓을 할 줄이야. 이건 누군가가 고의적으로 슈린 상단을 엿먹이기 위해 벌인 짓이 분명했다.

그게 아니라면 닷새면 썩어 없어질 쿠라티오 뿌리를 사재기했을 리가 없었다. 아마 그놈이 누군지 모르지만 돈깨나 날렸을 것이다.

잠시 후, 내보냈던 직원들이 속속 도착했다.

"어, 없습니다!"

"뭐가 없단 말이냐!"

"근방의 모든 쿠라티오 뿌리를 싹쓸이해 갔습니다! 더

이상 그걸 구할 수 없습니다."

하쓰 남작이 손으로 이마를 탁 쳤다.

"허이구. 이러다가 쓰러지겠구나. 장사하는 놈들이 그따위로 팔아?"

"이제 내년까지 기다려야 한답니다. 씨를 뿌렸으니 자라려면 1년은 걸린다고⋯⋯."

"닥치고 꺼져라! 가서 무슨 수를 써서라도 구해와!"

직원이 후다닥 뛰쳐나갔다.

하쓰 남작이 남은 직원을 노려봤다.

"보고해."

"도, 도시의 상점을 싹 쓸어 갔답니다. 수도에는 이제 더 이상 쿠라티오 뿌리가 없습니다."

"그걸 누가 몰라? 쓸어 간 놈들을 잡아 오란 말이야!"

"하, 하지만⋯⋯."

물건을 사재기한다고 법에 저촉되지 않는다. 특히 레늄 왕국은 상업에 대한 규제가 별로 없었다. 사재기건 뭐건 할 수 있는 모든 방법을 동원해도 문제가 되지 않는다.

"하지만은 뭐가 하지만이야! 가서 잡아 와! 그게 안 되면 알아 오기라도 해! 그놈들이 사재기를 했으면 아직 썩지 않고 남은 뿌리가 있을 거 아니냐고!"

그제야 말을 알아들은 직원이 창백한 얼굴로 달려 나갔다. 하쓰 남작은 털썩 주저앉았다.

"후욱! 후욱! 이놈들 내가 가만히 두나 봐라! 으드득!"

용서할 수가 없었다. 그놈들 때문에 자신이 죽을 수도 있다고 생각하니 분노로 인해 살이 부르르 떨렸다.

지금 슈린 상단은 상당히 어려운 시기를 보내고 있었다. 루바인 상단이 운영자금을 싹 날려 먹은 것도 모자라 빚까지 지는 바람에 그 뒤치다꺼리를 하느라 다른 곳에 구멍이 숭숭 뚫려 버렸다.

하일렌 상단이 대표적이다. 그 구멍 때문에 아츠나 남작령이라는 좋은 거래처를 디아만트 상단에 빼앗겨 버렸다.

실로 치명적이었다. 그리고 그 여파는 슈린 상단에도 밀어닥쳤다. 일시적으로 자금이 말라 버린 것이다.

그래서 더 문제였다. 만일 빨리 포션을 제조해 거래처에 넘기지 못하면 당장 위약금이 문제가 된다. 그걸 치를 돈이 없었다.

잠시 후, 부서질 듯 문이 열리며 직원이 뛰어 들어왔다.

"찾았습니다!"

하쓰 남작이 벌떡 일어났다.

"어디냐!"

"페쿠니아 상단입니다."

"페쿠니아? 처음 듣는데?"

"생긴 지 이제 닷새 됐답니다."

"닷새?"

하쓰 남작의 표정이 사정없이 일그러졌다. 그럼 상단을 만들자마자 한 일이 쿠라티오 뿌리 사재기란 말 아닌가. 갑자기 짜증이 확 올라왔다.

"어쨌든 가자. 그놈들이 사재기한 쿠라티오 뿌리, 다시 사 와야지."

하쓰 남작은 성큼성큼 걸어 나갔다. 몇몇 직원과, 슈린 공작가에서 파견 나온 기사 몇 명이 그 뒤를 따라갔다.

페쿠니아 상단은 제법 큰 건물에 있었다. 하쓰 남작은 바쁘게 건물을 들락거리는 사람들을 보며 인상을 썼다. 저 놈들이 사재기를 했다고 생각하니 다들 목을 쳐 버리고 싶었다.

하쓰 남작은 살짝 거만함을 몸에 걸치고 페쿠니아 상단 안으로 들어갔다. 이럴 때 저자세로 나가는 건 하책이었다.

힘을 과시해야 최소한의 손실로 상황을 정리할 수 있었다. 만일 그게 안 되면 정말로 무력을 써야 할지도 모른다.

하쓰 남작은 거기까지도 생각하고 있었다. 그만큼 지금 상황이 절박하다는 뜻이었다.

"어떻게 오셨습니까?"

페쿠니아 상단의 말단 직원 하나가 다가와 공손히 물었다. 상단이 생긴 지 얼마 안 되어 상단 관계자가 아니면 들락거리는 사람이 없었기에 의아한 표정을 짓고 있었다.

하쓰 남작은 인상을 팍 썼다. 지금까지 슈린 상단에 그 따위 짓을 해 놓고 자신의 얼굴도 모른다는 게 말이나 되는가. 당연히 호통이 쏟아져 나갔다.

"감히 날 조롱하는 것이냐! 가서 상단주를 불러와라!"

"예?"

말단 직원의 몸이 바짝 굳었다. 저렇게 당당하고 오만하게 말하는 사람은 귀족뿐이었다. 또한 최근 페쿠니아 상단이 무슨 짓을 했는지 알기에 상대가 누군지도 금방 눈치챘다.

"자, 잠시만 기다려 주십시오."

말단 직원이 서둘러 카프만을 부르러 달려가려 했다. 하지만 하쓰 남작의 호통이 그의 발을 묶었다.

"어딜 가느냐! 날 이렇게 세워 놓을 작정이냐!"

"헉! 죄, 죄송합니다!"

말단 직원은 이러지도 저러지도 못해 크게 당황했다. 그때 다른 직원 하나가 다가왔다.

"넌 가서 상단주님께 손님이 왔다고 알려라."

그는 그렇게 지시를 내린 후, 고개를 돌려 하쓰 남작을 바라봤다.

"제가 응접실로 모시겠습니다. 이리로 오시지요."

하쓰 남작은 자신을 안내하는 페쿠니아 상단의 직원을 눈여겨보았다. 자신을 대하는 태도나 또 직원을 부리는 솜

씨를 보면 상단에서 제법 중요한 위치에 있는 게 분명했다.

기사와 직원을 데리고 응접실에 도착한 하쓰 남작은 방 안을 한 번 쭉 둘러봤다. 갑자기 생긴 신생 상단치고는 상당히 기품이 있었다.

"이거 어쩌면 그냥 우연히 벌어진 일이 아닐 수도 있겠군."

하쓰 남작은 눈을 빛내며 상단주를 기다렸다. 보통 이런 경우 기 싸움을 한답시고 시간을 끄는 경우가 많았기에 일단 조급한 마음을 싹 버렸다.

잠시 후, 카프만이 응접실로 들어섰다. 카프만의 얼굴을 본 하쓰 남작의 표정이 묘해졌다. 상당히 낯익었다.

'저놈을 어디서 봤더라?'

슈린 상단에서 일하는 직원은 수백 명에 달한다. 그들의 얼굴을 일일이 다 기억할 수는 없었다. 더구나 슈린 상단은 오랫동안 일하는 직원이 많지 않았다. 일하다 그만둔 사람까지 다하면 천 명도 넘을 것이다.

"절 찾으셨다고 들었습니다."

하쓰 남작은 거만한 표정으로 고개를 삐딱하게 꺾으며 카프만을 노려봤다.

"내가 누군지 알겠지?"

"슈린 상단의 하쓰 남작님 아니십니까?"

"흥. 역시 알고 있었군. 그럼 얘기도 빠를 테지. 쿠라티오 뿌리를 넘겨라."

"없습니다."

일말의 망설임도 없이 대답하는 카프만의 태도에 하쓰
남작의 얼굴이 그대로 구겨졌다.

"지금 장난하자는 것이냐? 네놈들이 쿠라티오 뿌리를
사재기했다는 걸 모를 줄 아느냐?"

카프만은 여전히 당당했다.

"쿠라티오 뿌리를 사긴 했지만 저희도 의뢰를 받았을 뿐
입니다."

"지금 그 말을 나보고 믿으라는 말이냐?"

"믿지 않으셔도 할 수 없습니다. 그리고 우리 상단의 자
본금은 고작 10만 골드에 불과합니다. 그 많은 쿠라티오
뿌리를 다 샀다간 파산을 열 번도 넘게 했을 겁니다. 저희
는 그저 의뢰와 돈을 함께 받아서 시키는 대로 했을 뿐입
니다."

하쓰 남작이 카프만을 노려봤다. 페쿠니아 상단의 자본
금이 고작 10만 골드라는 사실 자체를 믿을 수 없었다. 적
어도 수백만 골드 이상일 것이다. 그래야 쿠라티오 뿌리를
사재기할 수 있을 테니까.

게다가 의뢰라니. 그런 거금을 전혀 모르는 사이에 턱 맡
긴다는 게 말이나 되는가.

"내게 믿음을 줘야 할 것이다. 아니면 이 상단은 오늘부

로 문을 닫을 테니까."

"그건 횡포입니다."

하쓰 남작이 크게 고개를 끄덕였다.

"말 잘했다. 맞다. 횡포다. 그러니 네 속을 다 까발려라. 내 횡포를 감내하기 싫다면 말이다."

카프만은 한숨을 푹 내쉬었다. 언제나 이런 식이었다, 슈린 상단은. 이들로 인해 얼마나 많은 절망을 맛봤던가. 하지만 이제는 그걸 돌려줄 시간이었다.

"좋습니다. 뭘 원하십니까?"

"쿠라티오 뿌리."

"그건 없습니다."

하쓰 남작의 눈에서 살기가 번득였다.

"그럼 내가 찾아낸 건 그냥 가져가도 되겠느냐?"

조금 전까지는 그래도 정당한 거래를 할 생각이 있었다. 물론 싱싱하지 않다는 이유로 가격을 상당히 후려쳤겠지만 말이다.

하지만 이제는 그러기가 싫어졌다. 너무 건방졌다. 감히 누구 앞에서 고개를 뻣뻣이 들고 대꾸한단 말인가.

"뒤져라."

하쓰 남작은 카프만이 허락하기도 전에 명령을 내렸다. 슈린 상단의 직원과 기사들이 쏜살같이 움직였다. 그들은 각각 작은 아티팩트를 하나씩 들고 있었다.

포션 반응을 체크하는 아티팩트였다.

포션은 과다 복용하면 오히려 몸에 해롭다. 그래서 함부로 포션을 먹여선 안 된다. 그걸 파악하기 위해 만든 아티팩트였다.

포션에 끝까지 남아 있는 유일한 것이 바로 쿠라티오 뿌리 추출액이었다. 이 아티팩트는 그걸 체크하는 기능을 가졌다.

'내가 생각해도 기발해.'

하쓰 남작은 만족스러운 표정으로 아티팩트를 들고 흩어진 직원과 기사를 바라봤다. 저것이 쿠라티오 뿌리를 찾는 데 쓰이리라고 누가 생각했겠는가.

"페쿠니아 상단의 창고에도 사람을 보냈으니 딴생각은 안 하는 게 좋을 거야."

카프만은 한숨을 푹 내쉬었다. 아마 저들은 사람을 잔뜩 풀어 수도 전역을 뒤지고 있을지도 모른다.

'아무리 뒤져 봐라. 그게 나오나.'

이미 쿠라티오 뿌리는 제론이 싹 수거해 갔다. 카프만은 제론이 나중에 쿠라티오 뿌리의 가격이 폭등했을 때 천천히 물량을 풀어 나갈 거라고 생각했다.

하지만 제론의 말을 듣고는 기겁하지 않을 수 없었다. 제론은 그걸 이용해 새로운 포션을 만들겠다고 했다. 슈린 상단과 정면으로 부딪치겠다는 뜻이었다.

카프만은 여전히 그때를 생각하면 가슴이 두근거렸다. 그의 입가에 슬며시 미소가 맴돌았다.

하쓰 남작은 카프만의 미소를 보고 있으니 갑자기 불안해졌다. 그리고 기분이 나락으로 떨어졌다.

"차라도 한잔하시겠습니까? 보아하니 시간이 제법 걸릴 것 같은데."

하쓰 남작은 떨떠름한 표정으로 고개를 끄덕였다. 카프만은 여유롭게 차와 쿠키를 준비했다.

그 여유가 너무 마음에 걸렸다. 하쓰 남작은 차를 마시면서 계속 카프만의 표정과 행동을 살폈다.

얼마나 시간이 지났을까. 하쓰 남작은 왠지 점점 초조해졌다. 반면 카프만은 처음보다 훨씬 여유 넘쳤다. 카프만의 여유가 하쓰 남작에게 초조함을 넘기는 듯했다.

그렇게 몇 시간이 지났다. 카프만은 그동안 몇 가지 소소한 업무를 처리했다. 그러면서 하쓰 남작과 가벼운 대화까지 나누었다.

하쓰 남작은 그 모든 광경을 지켜봤다. 카프만의 능력이 딱 눈에 보였다. 그렇게 대단한 사람은 아니었다. 하지만 밑에 두고 싶은 사람이었다.

저런 사람은 한 번 마음을 주면 좀처럼 배신하지 않는다. 수십 년 동안 갈고 닦은 눈과 감이 그렇게 말해 주고 있었다.

"자네 내 밑에서 일해 볼 생각 없나?"

하쓰 남작의 난데없는 제안에 카프만은 어안이 벙벙해졌다. 예전에 슈린 상단에서 일할 때는 내쫓는 것도 모자라 독립해서 연 점포까지 무너뜨리더니. 이제 와서 영입한다는 게 말이나 되는가.

물론 하쓰 남작은 자신에 대해 전혀 기억하지도 못하겠지만 말이다.

"죄송합니다. 전 지금이 좋습니다."

"드래곤 꼬리보다는 뱀 머리인가? 내가 뱀 머리보다는 더 크게 키워 줄 수 있을 것 같은데. 어떤가?"

"거듭 죄송합니다. 전 지금의 상단을 혼자서 더 키워 보고 싶습니다."

하쓰 남작은 딱 거기까지만 하고 고개를 끄덕였다. 마음만 먹으면 끌어들일 방법이야 얼마든지 있었다. 일단 뒤에서 조금 손을 써 페쿠니아 상단을 무너뜨리고 난 다음 손을 내밀어도 된다.

"뭐, 좋을 대로 하게. 혹시 나중에라도 생각이 변하면 얼마든지 날 찾아와도 좋네."

"잘 새겨 두겠습니다."

하쓰 남작은 그 정도로도 충분히 만족스러웠다. 딱 그렇게 대화가 마무리되었을 때, 슈린 상단의 직원들이 우르르 들어왔다.

"왔느냐? 어찌 되었느냐?"

영입은 영입이고 일은 일이다. 하쓰 남작은 쿠라티오 뿌리에 대한 일을 빌미로 카프만을 영입할 수도 있다고 생각하며 미소 지었다.

"못 찾았습니다."

하쓰 남작의 표정이 크게 일그러졌다.

"뭐라고?"

"일단 상단 건물에는 없습니다. 감출 공간도 없었습니다. 그리고 창고 역시 마찬가지입니다. 목재와 곡물만 잔뜩 쌓여 있었습니다."

"아티팩트 반응은?"

"없었습니다."

하쓰 남작의 표정이 더 무너졌다. 그때 기사들도 들어왔다. 그들의 표정에는 지친 기색이 역력했다.

"병사들까지 동원해서 뒤졌지만 성과가 없었습니다. 점포 두어 군데에서 반응이 왔는데, 그건 판매하는 뿌리였습니다."

옆에 서 있던 직원이 조심스럽게 물었다.

"그거라도 일단 구입할까요?"

"닥쳐! 지금 그게 문제더냐!"

직원이 찔끔 놀라 뒤로 다급히 물러났다. 하쓰 남작은 카프만을 노려봤다. 이젠 카프만의 말을 믿지 않을 수 없는 상황이 되었다.

"누가 시켰지?"

하쓰 남작의 물음에 카프만이 고개를 저었다.

"돈과 의뢰만 받았을 뿐이라 나도 모릅니다. 철저히 자신의 비밀을 지키는 사람이었다는 것만 알 수 있었습니다."

"그 말을 믿으라고?"

"제가 지금까지 하나라도 속인 것이 있었습니까?"

하쓰 남작이 입을 다물었다. 확실히 카프만은 거짓을 말하지 않았다. 모든 것은 그가 말했던 대로였다.

"후우. 알았다. 그러니 일단 네가 알고 있거나 짐작하는 것만이라도 말해라. 안 그러면 폭발할 것 같으니까."

하쓰 남작은 핏발 선 눈으로 카프만을 노려봤다. 카프만은 그 무시무시한 모습에 살짝 위축되었지만, 꿀릴 게 없었기에 담담하려 애썼다.

"일단 찾아온 사람은 누가 봐도 의심스럽기 그지없었습니다. 아마 그가 선금을 내놓지 않았다면 저도 이번 일을 맡지 않았을 것입니다."

하쓰 남작이 카프만을 노려봤다. 의뢰를 받았던 어쨌건 그가 나서서 이 일을 만들어 낸 것은 분명했다.

"사실 제가 받은 의뢰는 수도에 있는 쿠라티오의 뿌리를 돈 되는 대로 사라는 것뿐이었습니다."

"수도에 있는 것만 사라고 했다고? 그런데 왜 수도 인근의 것까지 싹 매입했나?"

카프만이 어리둥절한 표정으로 하쓰 남작을 바라봤다.

"예? 그게 무슨 말씀이십니까? 전 그저 수도의 물건만 사들였을 뿐입니다. 그것만으로도 100만 골드가 훨씬 넘는 돈이 들었습니다. 그 일을 해 주고 저희 상단이 받은 수수료가 무려 2만 골드였습니다."

하쓰 남작은 누군가 망치로 뒤통수를 세게 후려치는 것만 같았다. 멍하니 카프만을 바라봤다. 대체 이게 어떻게 된 일이란 말인가.

"수, 수도의 물건을 다 샀다고?"

"솔직히 돈이 모자라서 다 살 수 없었습니다. 반 정도 사니까 어떻게 소문이 퍼졌는지 가격을 올려 받더군요. 아마 뒤져 보면 남은 게 제법 있을 것입니다."

'당했다!'

상대는 페쿠니아 상단을 눈가림으로 이용했다. 그것도 100만 골드나 되는 거금을 던져 주고서 말이다.

하쓰 남작이 벌떡 일어났다. 카프만은 그 모습을 의아한 눈으로 바라봤다.

"남작님?"

"급한 일이 생각나서 이만 가 보겠네. 오해한 건 미안하네. 하지만 앞으로 다시 그따위 일을 벌이면 절대 가만두지 않을 테니 각오하게."

"아…… 예. 저, 저도 그럴 생각이었습니다."

"그리고 아까 내가 한 제안은 아직도 유효하니 잘 생각해 보게."

"알겠습니다."

하쓰 남작은 바람 소리를 내며 돌아섰다. 그리고 거의 뛰다시피 페쿠니아 상단을 떠나갔다. 그와 함께 왔던 자들 모두 서둘러 그 뒤를 따라갔다.

카프만은 한동안 그들의 뒷모습을 바라봤다. 그리고 눈에 보이지 않을 정도로 멀어지자, 입가가 슬쩍 올라갔다. 명백한 비웃음이었다.

"망할 상단에 내가 왜 들어가? 제 앞길도 모르고 설쳐 대는군."

카프만은 손을 탁탁 털고는 돌아섰다.

"자, 그럼 열심히 일을 해 볼까?"

이제부터 진짜 바빠질 것이다. 슈린 상단은 크게 흔들릴 것이다. 어쩌면 무너질지도 모른다. 그렇게 될 것을 미리 알고 있으면서도 기회를 놓치는 건 직무 유기였다.

카프만의 눈동자에 자신감이 가득 차올랐다.

Chapter 10

미스트 드래곤

　슈린 상단이 발칵 뒤집혔다. 그뿐 아니었다. 슈린 공작
가도 뒤집혔다. 순간적으로 자금에 큰 공백이 생겨 버렸다.

　루바인 상단이 정리되었고, 그 와중에 입은 막대한 손해
가 나머지 상단에 고스란히 전가되었다. 그뿐 아니라 하일
렌 상단도 정리되었다.

　그 두 상단이 정리되면서 슈린 상단이 크게 위축되었다.
엎친 데 덮친 격으로 포션 제조에 차질을 빚었다.

　다른 때 같으면 자연스럽게 처리했겠지만, 이번에는 시기
가 너무 안 좋았다. 슈린 상단은 당장 휘청거렸다. 하지만
망할 정도는 아니었다.

슈린 상단은 발 빠르게 움직였다. 손실을 최소로 잘라 냈고, 상단 내부를 정리했다. 그러면서 숨 고르기에 들어갔다. 방어적으로 운영하며 내실을 다졌다.

슈린 상단이 기다리는 것은 딱 하나였다.

새로 설계해 한창 제조 중인 기간트, 라쿠스. 출력이 1.9에 이르며, 새로운 기법이 잔뜩 들어간 차세대 기간트였다.

물론 크란 제국의 기간트보다야 못하다. 하지만 벨룸 왕국의 기간트인 몰레스보다 뛰어나다는 점이 중요했다.

아마 만든 다음 제대로 테스트를 통과해 인정만 받으면 슈린 공작가의 위상은 단숨에 달라질 것이다.

지금까지 입은 모든 손실을 단번에 메우고도 남았다. 그때부터 새로운 슈린 공작가의 시대가 시작되는 것이다.

그래서 참을 수 있었다. 슈린 상단을 책임지는 하쓰 남작도, 또 슈린 공작도. 그리고 파인트도.

일단 라쿠스만 제대로 나오면 슈린 공작가의 오랜 꿈, 왕위 찬탈도 가능하지 않겠는가. 그게 아니라면 최소한 공국 선포라도 말이다. 그들에게는 그 정도 힘이 있었다. 라쿠스만 성공적으로 생산할 수 있게 된다면.

카프만은 슈린 공작가가 위축된 틈을 잘 파고들었다. 모든 것은 바인의 정보가 있기 때문이었다. 카프만의 페쿠니아 상단은 그 힘을 업고 급격히 성장했다.

　　　　*　　　　*　　　　*

　"일단은 여기까지가 한계로군."

　제론은 살짝 아쉬웠지만, 그래도 충분한 성과를 얻었기에 더 욕심내지 않기로 했다.

　이번 일로 상단도 만들었고, 돈도 벌었다. 그리고 그 돈을 이용해 영지도 한층 더 발전시킬 수 있게 되었다. 이쯤에서 만족하는 것이 안전했다.

　에어스트 백작령은 급격히 발전하는 중이었다. 레늄 왕국은 전쟁으로 인한 상처가 상당히 많이 치유되었기에 난민도 점차 줄고 있었다.

　하지만 그래도 남은 난민은 알음알음 소문을 듣고 에어스트 백작령으로 몰려들었다.

　그로 인해 모자란 인구를 조금이나마 보충할 수 있었다.

　현재 에어스트 백작령은 심각한 인구난을 겪고 있었다. 사람이 너무 부족했다. 농사를 지을 땅은 넘쳐나는데, 그 땅을 쓸 사람이 없었다.

　일단 금년 목표가 모든 농지를 다 이용할 정도로 사람을 모으는 것인데, 과연 그것이 이뤄질지 불투명한 상황이었다.

　바이스는 발바닥에 땀이 나도록 뛰어다녔다. 하지만 제

론은 오히려 느긋했다.

광산을 팔면서 디아만트 상단과 은밀히 거래를 했다. 사실 거래라기보다는 일방적으로 그들의 도움을 받는 일이었다.

물론 제론은 할 만큼 했다. 제론이 아니었다면 디아만트 상단은 어마어마한 손해를 봤을 것이다. 물론 그 모든 일을 제론이 만들어 낸 것이긴 했지만 말이다.

디아만트 상단은 수도나 다른 영지에 있는 빈민을 이동시켜 주기로 했다. 물론 수도나 영지에서 외부로 나가는 건 제론이 알아서 처리하기로 했다.

그렇게 외부로 빠져나간 빈민을 상단에 합류시켜 에어스트 백작령으로 날라 주기로 한 것이다.

사실 제론이 마음대로 빼낼 수 있는 건 수도의 빈민뿐이었다. 수도의 빈민은 폴타를 이용해 얼마든지 외부로 빼돌릴 수 있었다.

그런데도 그런 식으로 계약을 한 것은 나중에 또 폴타를 발견하게 될지도 모르기 때문이었다.

이제 영지 일도 제론이 손댈 것이 그리 많지 않았다. 나아갈 방향을 정했으니 그대로 하면 된다. 이제부터는 실무의 영역이었다.

제론이 할 일은 바이스가 은밀히 부탁하면 테오스를 움직여 원하는 것을 이뤄 주는 것뿐이었다.

그렇게 여유를 얻은 제론은 대부분의 시간을 검술에 쏟았다.

오늘도 유적 13층에서 은빛 기사와 대련을 했다. 물론 어려웠다. 은빛 기사를 완벽히 제압하려면 기초 검술을 완벽히 지배해야만 했다.

하루의 절반은 은빛 기사와 대련하고, 나머지는 지하 수련장에서 검을 휘둘렀다. 제론은 그렇게 검에 푹 빠져들었다.

영지의 업무는 중요한 것만 확인했다. 하루의 대부분을 지하 수련장에서 보내는 셈이었다.

하지만 가끔 영지를 순찰했다. 그것도 아무도 대동하지 않은 무방비 상태로 말이다.

제론이 그러는데도 신경을 쓰는 사람은 아무도 없었다. 워낙 강한 사람이기에 걱정 자체가 의미 없었다. 바이스나 세나, 그리고 카이트는 이미 제론이 소드 마스터라는 사실을 알고 있었다.

그들의 걱정을 덜어 주기 위해 제론이 일부러 알려 준 것이다. 물론 알려 주지 않아도 크게 걱정하지는 않았을 것이다. 제론이 얼마나 강한지 오랫동안 겪어 왔으니까.

어쨌든 제론은 가끔 홀로 영지 순찰을 하는데, 그게 바로 오늘이었다.

오늘은 암석 지대를 둘러보기로 했다. 이제 슬슬 암석

지대를 정리하고 길을 닦은 다음 한창 공사 중인 항구와 연결시켜야 한다.

항구 쪽에는 이미 사람들이 잔뜩 파견되어 있었다. 당연히 기간트도 함께 파견되었다. 기간트를 이용해 암석 지대의 돌을 날라 항구를 건설하는 것이다.

제론이 오늘 코스를 암석 지대로 잡은 데에는 이유가 있었다. 얼마 전부터 상당히 신경 쓰이는 시선이 느껴졌기 때문이었다.

은밀한 시선이었는데, 사람이 많은 곳을 다닐 때는 확인하기가 어려웠기에 일부러 인적이 없는 곳으로 방향을 잡았다.

보통 영주는 마차나 말을 타고 이동한다. 하지만 제론은 두 발로 걷고 뛰어서 이동했다. 그게 훨씬 간편하고 빨랐다.

암석 지대까지는 사실 쉬지 않고 마차를 달려 며칠을 가야만 할 정도로 멀었다. 하지만 제론은 고작 몇 시간이면 충분히 갈 수 있었다.

그렇게 암석 지대로 이동하면서 제론은 문득 기간트를 이용하면 훨씬 이동이 빠르지 않을까 하는 생각이 들었다.

당연히 기간트가 훨씬 빠르다. 오히려 마차보다 더 빠르다. 기간트는 달릴 수도 있었다.

"기간트가 다닐 수 있는 길을 따로 만들어서 운영하는

것도 나쁘지 않겠군."

어차피 실바는 남아돌았다. 워낙 많이 쓸어 담았기에 다 수리하면 오십 기도 넘을 것이다.

그 실바를 이용해 곳곳에 배치해 놓고 기간트가 끌 수 있는 거대한 수레를 만들면 빠르게 이동하는 것이 가능하지 않겠는가.

실바를 이용해 달리는 것은 수습 라이더에게 기간트 기초 수련의 한 방편으로 이용할 수도 있었다.

"이거 제법 괜찮은 생각인데? 한번 추진해 봐야겠어."

만일 그게 가능해진다면, 영지 내에서는 사람이나 물자를 이동하는 것이 엄청나게 빠르고 편해진다. 폴타를 이용해 게이트를 만드는 것보다야 못하겠지만, 일단 지금은 폴타도 없는 상황이고, 그것은 외부인에게 함부로 보여 줄 수 있는 것이 아니었으니 쉽게 가져다 쓸 수 없었다.

기간트 로드에 대한 계획을 머릿속으로 조금씩 구체화하며 걸음을 빨리한 제론은 어느새 암석 지대에 도착했다.

웬만한 기간트보다 훨씬 큰 바위가 곳곳에 보였다. 너무나 거대해 지켜보는 사람을 압도할 지경이었다.

암석 지대는 어마어마하게 넓다. 그곳의 돌을 석재로 다듬어서 팔면 상당한 돈이 될 것이다. 물론 제론은 그렇게까지 할 생각은 이제 없었다.

돈을 벌 다른 수단이 많이 생겼다. 사실 암석 지대라면 그럴듯한 광산이라도 하나 있어야 정상 아닌가. 하지만 이곳은 거대한 돌 외에는 아무것도 없었다.

그뿐 아니라 암석 지대에만 서식하는 몬스터인 스톤에그가 있었다.

스톤에그는 평소에는 바위 모양으로 위장해 있다가 움직이는 물체가 다가오면 돌거인으로 변해 달려드는 몬스터였다.

온전히 돌로 이루어져 있는 몬스터였는데, 특이하게도 돌을 먹고 사는 몬스터였다. 그렇기에 암석 지대에 들어가지만 않으면 그들로부터 피해를 받을 일이 없었다.

스톤에그 때문에 암석 지대를 지날 때는 반드시 기간트를 동원해야만 한다. 현재 항구 건설에 한창인 사람들도 기간트와 함께 암석 지대를 통과했다.

물론 그 와중에 열 마리가 넘는 스톤에그를 만났다. 당연히 기간트가 박살 냈고 말이다. 스톤에그는 인간에게는 무서운 괴물이지만, 기간트 입장에서는 떼로 몰려들지만 않으면 별것 아니었다.

그러니 이렇게 제론처럼 혼자 암석 지대에 가는 사람은 없었다. 그건 그냥 자살하겠다는 의미나 다름없었다.

암석 지대에 들어선 제론은 여전히 시선이 따라붙는 걸 느끼고는 걸음을 멈췄다. 다른 사람은 몰라도 제론은 스톤에그를 구분할 방법이 있었다.

제론이 익힌 마나 호흡법을 이용하면 간단했다. 스톤에 그가 가진 마나는 보통 바위와는 완전히 달랐다. 제론은 그걸 구분할 수 있었다.

암석 지대 입구에도 스톤에그가 하나 있었다.

제론은 스톤에그의 감지 범위를 명확히 인지했기에 딱 그 경계에 서 있었다. 거길 넘어가면 당장 스톤에그가 돌거인으로 변해 달려들 것이다.

"언제까지 숨어 있을 거지?"

제론이 돌아서서 말했다. 제론의 시선이 향한 곳이 살짝 일렁이더니 검은 그림자 하나가 뚝 떨어졌다. 온통 검은색으로 도배된 사람이었다. 검은 옷에 검은 복면까지 쓰고 있었는데, 눈빛에 살기가 넘실거렸다.

"혼자서 다 뒤집어쓰려고? 나머지도 싹 나오지?"

사내 주변의 공간이 일렁이더니 검은 그림자가 뚝뚝 떨어졌다. 같은 복장의 사내가 열 명이나 늘어섰다.

"날 왜 자꾸 쫓아오는 거지?"

제론은 그들의 몸에서 자연스럽게 흘러넘치는 마나를 통해 열 명 모두가 익스퍼트임을 확인했다.

"그것도 익스퍼트나 되는 자들이 말이야."

열 명의 사내는 미스트 드래곤 소속이었다. 파인트의 명령을 받아 제론의 뒤를 캐고 있었다. 또, 기회를 봐서 암살을 시도할 계획도 가지고 있었다.

한데 그동안은 빈틈이 없었다. 제론이 너무나 단조로운 생활을 했기에 약점을 잡을 수도 없었다. 그러다가 오늘 이렇게 기회가 온 것이다.

암석 지대 근처에는 인적이 없었다. 암석 지대의 몬스터 스톤에그 때문이었다.

여기서 제론을 죽이면 뒤처리도 간단하다. 암석 지대로 들어가 스톤에그 한 마리만 깨우면 된다. 그러면 그가 알아서 시체를 짓이겨 줄 것이다.

"익스퍼트 열 명이라……"

제론이 씨익 웃었다. 최근 수련하는 기초 검술의 실전 상대로 좀 손색이 있긴 했지만 그래도 스톤에그까지 더하면 그럭저럭 연습이 될 것 같았다.

어떤 수련이든 가끔 이렇게 실전을 경험해 주는 것이 좋다. 그래야 발전이 빠르다.

"자, 슬슬 덤비지?"

제론이 검을 뽑았다. 허리춤에 항상 롱소드 한 자루를 매달고 다니는데 썩 좋은 검은 아니었다. 제론의 진짜 검은 팔찌의 아공간에 고이 보관되어 있었다. 그건 좀 더 제대로 된 상대를 만났을 때나 쓸 것이다.

미스트 드래곤이 사방으로 흩어졌다. 그러자 제론이 온 몸으로 강하게 기운을 내뿜으며 뒤로 한 발 물러났다.

콰드드드드득!

거대한 돌거인이 깨어났다. 제론이 원하던 대로 된 것이다. 열 명의 암살자는 갑자기 깨어난 돌거인에 크게 당황했다. 하지만 움직임을 멈추지는 않았다.

슈슈슈슉!

암살자들이 던진 비수가 제론을 향해 날아갔다. 제론은 롱소드를 휘둘러 그것을 쳐 냈다.

채채채채챙!

그사이 돌거인이 성큼 걸어 제론에게 다가가 그대로 주먹을 내리꽂았다.

꽈앙!

돌가루가 비산했다. 제론은 옆으로 두 걸음 움직여 돌거인의 주먹을 피해 냈다. 그리고 그대로 검을 휘둘렀다.

카각!

돌거인의 팔목이 날아가 버렸다. 하지만 돌거인은 아무렇지도 않게 다시 손을 만들어 냈다.

꽈드득!

제론은 그대로 암살자 중 한 명에게 몸을 날렸다. 암살자들이 다시 비수를 던졌다.

쉭쉭쉭쉭!

쿵! 쿵!

돌거인이 쫓아왔다. 제론은 교묘한 움직임으로 돌거인의 주먹을 피하면서 암살자를 향해 검을 휘둘렀다.

사악!

그동안 수련으로 몸에 새긴 완벽한 일격이었다. 암살자의 목이 소리 없이 허공에 떠올랐다.

나머지 암살자가 일제히 비수를 던지고 달려들었다.

쉭쉭쉭쉭쉭!

제론은 롱소드를 휘둘러 비수를 쳐 냈다. 하지만 이번에는 조금 달랐다. 기초 검술에 입각해 검 하나하나에 신경을 썼다.

슈캉! 슈캉! 슈캉!

롱소드에 닿은 비수가 그대로 잘라졌다. 수십 개의 비수가 그렇게 조각나서 바닥에 후두둑 떨어졌다.

그렇게 비수를 막아 내는 사이 돌거인이 제론의 뒤로 다가갔다. 이렇게 돌거인이 제론만 공격하는 것은 제론의 몸에서 뿜어내는 기운이 워낙 강렬했기 때문이었다.

돌거인은 지금 미스트 드래곤의 암살자는 아예 인지조차 못하고 있었다. 물론 암살자가 돌거인에게 다가가면 얘기가 좀 달라지겠지만 말이다.

돌거인은 제론을 그대로 차 버리려 했다.

후웅!

거대한 발이 제론의 등을 향해 날아갔다.

제론은 너무나 자연스럽게 몸을 돌리며 검을 휘둘렀다.

카각!

돌거인의 다리가 종아리 부분에서 싹둑 잘려 나갔다.

쿠궁!

잘린 다리가 주변을 휩쓸고 지나갔다. 그 자리에 있던 암살자들이 다급히 몸을 날려 그것을 피해 냈다.

쿠웅!

돌거인이 균형을 잃고 바닥에 쓰러졌다. 그리고 그사이 제론이 흩어지는 암살자들을 향해 몸을 날렸다.

꽈득!

제론이 발을 디디자, 바닥이 움푹 들어갔다. 그리고 흙이 비산하며 제론의 몸이 쏜살같이 날아갔다. 기초 검술을 달리기에 응용한 것이다.

사악! 사악! 사악!

마침 뭉쳐 있던 세 암살자의 목이 그대로 날아갔다.

제론의 움직임은 거기서 끝이 아니었다. 그대로 방향을 바꿔 또 몸을 날렸다.

꽈득!

바닥이 움푹 들어갔고, 제론의 몸이 어느새 암살자 둘의 사이를 스쳐 지나갔다.

사악! 사악!

피 분수가 솟구쳤다. 제론은 몸에 피를 한 방울도 안 묻힌 채 또 몸을 날렸다.

꽈득! 사악!

제론의 몸이 번쩍할 때마다 목 하나가 날아갔다. 그렇게 숨 몇 번 쉴 정도의 시간에 열 명의 암살자를 모두 처리했다.

마지막으로 제론은 어느새 다리를 다시 만들어 달려오고 있는 돌거인을 향해 몸을 날렸다.

카각! 카각! 카각!

암살자와 함께 덤비면 모를까 돌거인 하나로는 결코 제론의 상대가 될 수 없었다.

돌거인이 수십 조각으로 갈라졌다.

제론은 마지막으로 돌거인의 머리를 주먹으로 내리쳤다.

쫘앙!

머리가 산산조각 났다. 그리고 돌거인을 구성하던 마나가 흩어졌다.

후두두둑!

돌거인이 그대로 무너졌다. 사실 스톤에그는 마나 이상 현상 중 하나였다. 마나가 특이하게 뭉치면서 만들어 낸 몬스터였다.

마나가 흩어지니 당연히 돌거인도 보통 바위로 돌아갔다.

제론은 눈살을 찌푸리며 죽은 암살자들을 쳐다봤다. 왠지 느낌이 낯익었다. 이놈들을 누가 보냈는지는 대충 짐작이 갔다.

"뻔하지."

당연히 파인트일 것이다. 광산 일로 제론 때문에 입지가 바닥까지 무너졌으니 말이다. 아마 지금쯤 이를 갈고 있을 것이다. 암살자를 보내는 것도 전혀 이상할 게 없었다.

"그래도 이 정도 실력을 가진 암살자라면 제법 비쌀 텐데 말이야."

그 점이 좀 이상했다. 파인트는 지금 엄청난 자금 압박에 시달리고 있었다. 한데 무려 익스퍼트에 이른 암살자를 열 명이나 보냈다.

말이 익스퍼트지 암살자가 익스퍼트인 경우는 지극히 드물었다. 익스퍼트에 오르려면 고급 검술을 오랫동안 갈고 닦아야만 한다. 한데 암살자가 그런 수련을 한다는 건 결코 쉽지 않은 일이었다.

그래서 제론은 생각의 방향을 조금 달리했다. 이들이 슈린 공작가가 전략적으로 키운 암살자라고 말이다. 그렇게 생각하면 모든 게 맞아떨어진다.

그리고 오래전 일이라 잊고 있던 기억 하나가 떠올랐다. 예전 아카데미에 있을 때, 자신을 감시하던 자들이었다.

'왜 낯익은가 했더니 그자들과 분위기가 비슷해.'

어쨌든 제론은 이들 덕분에 제대로 된 실전 훈련을 했다. 이 정도 긴박감 넘치는 실전을 겪으려면 전쟁터에나 나가 봐야 할 것이다.

제론은 암석 지대 앞에서 검을 휘둘렀다. 조금 전 싸움에서 느꼈던 감각을 놓치지 않기 위함이었다.

쉬익! 쉬익!

기초 검술이 제론의 롱소드에서 강렬한 기운을 담고 뻗어 나왔다. 제론은 돌거인의 다리를 잘라 내던 감각을 되살리려 애썼다.

제론의 기억에 딱 그때의 검격만 모든 것이 일치했다. 그 감각이 아직도 손끝에 남아 아른거렸다.

쉬익! 쉬익!

제론은 끊임없이 검을 휘두르며 세상 모든 일을 잊고 점점 검에 깊이 빠져들었다.

Chapter 11
네이드 후작령

에어스트 백작령의 약진은 상당히 많은 곳에 긴장감을 조성했다. 그중 가장 심각하게 받아들인 건 당연히 네이드 후작가였다.

네이드 후작령은 에어스트 백작령과 인접했다. 사실 그동안은 아예 신경도 안 썼다. 하지만 최근 제론이 활발히 움직이면서 위상이 달라지고 나니, 뒤통수가 근질거렸다.

네이드 후작령도 사실은 변방의 영지라고 할 수 있었다. 하지만 예전 젤레 영지를 비롯한 네 영지와는 달리 교통의 요충지에 위치했기에 상업이 상당히 발달한 곳이었다.

일단 지금의 에어스트 백작령으로 가려면 반드시 네이드

후작령을 지나야만 했다.

네이드 후작령은 이런 식으로 영지와 영지를 이동할 때 반드시 지나야 하는 경우가 많았다.

더구나 네이드 후작령에는 텔레포트 게이트가 있었기에 그걸 이용하는 사람의 수도 엄청났다.

네이드 후작령은 그를 이용해 막대한 돈을 갈퀴로 쓸어 담았다. 그저 통행세만 조금 받아도 돈이 우수수 쏟아졌으니 영지가 부유해질 수밖에 없었다.

네이드 후작은 심각한 얼굴로 집무실에 앉아 가신들을 둘러봤다.

"어떻게 생각하나? 에어스트 백작령이 이대로 가만히 있을 것 같은가?"

"그래도 세 개나 되는 영지를 병합했으니 그걸 안정시키는 것만 해도 쉽지 않을 것입니다."

"그래서 당분간은 안전하다 이건가?"

"그렇습니다. 그리고 제가 보기에 에어스트 백작은 결코 호전적인 인물이 아닙니다. 그저 지금의 영지를 지키기만 할 공산이 큽니다."

"맞습니다. 에어스트 백작령의 농지가 어찌나 거대한지 그것만으로도 충분히 왕국의 식량을 감당할 수 있을 정도라고 합니다. 한데 굳이 전쟁을 할 이유가 없습니다."

"과연 그럴까?"

가신들의 설득에도 네이드 후작의 표정에 어린 근심은 사라지지 않았다. 그걸 본 가신들은 누군가 후작에게 불안감을 조성했다는 것을 알아챘다.

　"에어스트 백작령에 기간트가 몇 기나 있는 줄 아는가?"

　다들 대답하지 못했다. 알려진 바가 없었기 때문이다. 네이드 후작은 굳은 표정으로 말을 이었다.

　"무려 백 기 가까이 있다고 하네."

　"예? 백 기란 말입니까?"

　"어떻게 그런!"

　다들 믿을 수가 없었다. 일개 백작령에 기간트가 백 기나 있다니 그걸 어떻게 믿는단 말인가. 백 기의 기간트라면 작은 공국 수준의 무력이었다.

　"어떻게 생각하나? 이래도 위험하지 않단 말인가?"

　다들 꿀 먹은 벙어리처럼 입을 다물었다. 여전히 에어스트 백작이 전쟁을 일으킬 리가 없다고 판단했지만, 저런 무력을 갖추고 있다면 위험했다.

　"자, 이제 대책을 말해 보게."

　"백 기라면 심각한 수준입니다. 왕궁 쪽에 먼저 보고를 하는 게 어떻습니까? 반역과 잘 엮으면 뭔가 그림이 나오지 않겠습니까?"

　"그럼 그놈들은 가만히 있을 것 같나?"

　"예?"

"기간트를 미리 빼돌리지 않겠냐는 말일세. 나라면 그렇게 할 것 같은데?"

의견을 꺼냈던 가신은 본전도 못 찾고 입을 다물었다.

"기간트의 수에 대한 건 우리도 자유롭지 않네. 우리도 그런 식의 대비책을 만들어 놨는데, 기간트를 백 기나 가진 영지가 그 정도 대비도 안 해 놨을 것 같은가?"

네이드 후작의 말에 잠시 침묵이 감돌았다. 그러다가 가신 한 명이 다른 의견을 냈다.

"에어스트 백작령으로부터 기간트를 구입하는 건 어떻습니까?"

네이드 후작이 어이없는 눈으로 그 말을 꺼낸 가신을 노려봤다.

"자네라면 기간트를 팔겠는가?"

"제가 팔도록 만들어 보겠습니다. 에어스트 백작은 분명히 호전적 인물이 아닙니다. 불필요한 분쟁의 가능성을 어필한다면 틀림없이 수긍할 것입니다."

네이드 후작이 그제야 솔깃한 눈으로 가신을 바라봤다. 나머지 가신도 관심을 갖고 주목했다.

"어느 정도 수준으로 구입하면 되겠나?"

"일단 우리는 돈이 많습니다. 다다익선 아니겠습니까? 최대한 많이 구입해 오겠습니다. 최소 삼십 기 이상 구입해야 안심할 수 있지 않겠습니까?"

네이드 후작이 크게 고개를 끄덕였다. 그 정도라면 어느
정도 안심할 수 있었다. 네이드 후작령이 보유한 기간트의
수가 육십 기였다. 거기에 삽십 기를 추가하면 무려 구십
기가 된다.

"하지만 에어스트 백작이 바로 그 전장의 붉은 학살자
라는 사실을 잊어선 안 됩니다."

누군가 나서서 그렇게 말하자, 네이드 후작의 표정에 또
불안감이 깃들었다.

"하면 오십 기로 하지. 가능하겠나?"

네이드 후작의 물음에 처음 말을 꺼냈던 가신은 식은땀
을 흘렸다. 하지만 결국 고개를 끄덕일 수밖에 없었다.

"일단 협상을 유리하게 이끌기 위해 통행을 금지시키는
건 어떻습니까?"

누군가의 말에 네이드 후작이 또 솔깃한 표정을 지었다.
그러자 협상하러 가기로 한 가신이 다급히 말렸다.

"그건 안 됩니다! 그건 오히려 전쟁의 빌미를 제공하는
꼴이 됩니다."

듣고 보니 그렇다. 네이드 후작은 일단 여기서 회의를 마
무리했다.

"좋아. 오늘 회의는 여기까지 하지. 자네는 당장이라도
에어스트 백작령에 가 보도록 하게."

"알겠습니다."

가신이 물러가자 네이드 후작은 피곤한 듯 의자에 등을 기대고 눈을 감았다. 그리고 서서히 잠들었다.

"하여튼 꼭 저런 놈이 있단 말이야."

깁스 남작은 피식 웃으며 사절단을 꾸려 막 떠나는 마차를 쳐다봤다.

"준비됐나?"

"예."

깁스 남작은 손짓을 하고는 돌아섰다. 여기 더 있어선 안 된다. 이제부터 이 근방은 전쟁터가 될 테니까.

"레뉴 왕국에서 너무 오래 있었어. 이렇게 끈질길 줄이야. 쯧쯧."

깁스 남작은 그렇게 중얼거리며 텔레포트 게이트로 향했다. 여기서 볼일은 다 끝났다. 아마 에어스트 백작령과 네이드 후작령은 격렬하게 싸울 것이다.

그리고 뒤에서 조금만 정보와 소문을 조작하면 내전으로 크게 확장시키는 일도 어렵지 않을 것이다.

"가만 있자…… 그럼 네이드 후작령 쪽에 2왕자를 붙이면 되나?"

각각 왕자가 하나씩 붙으면 내전은 걷잡을 수 없이 퍼질 것이다.

깁스 남작이 기분 좋게 웃으며 텔레포트 게이트에 몸을

실었다.

"영주님은 대체 어디로 가셨지?"

바이스는 다급한 목소리로 성 곳곳을 돌아다니며 제론을 찾았다. 하지만 아무리 뒤져도 찾을 수가 없었다.

"하아. 하필이면 이럴 때……."

갑자기 네이드 후작령에서 격렬한 항의가 들어왔다. 에어스트 백작령으로 보낸 사절단이 박살 났다는 것이다.

바이스의 입장에서는 그걸 왜 에어스트 백작령에 따지는지 이해가 가지 않을 따름이었다. 그래서 상식적인 선에서 대응을 했다.

한데 난데없이 네이드 후작령에서 영지전을 선포하겠다고 협박을 해 왔다. 전쟁이 싫다면 보상을 하라는 것이었다.

문제는 그 보상이 말도 안 되는 수준이라는 점이었다.

네이드 후작령에서는 에어스트 백작가가 소유한 기간트 중 칠십 기를 팔라고 했다. 차라리 제대로 돈을 지불하겠다고 했으면 고려라도 했을 것이다. 한데 가격을 후려쳐도 너무 후려쳤다.

반값에도 훨씬 못 미치는 가격에 그걸 가져가겠다고 하니, 이건 생떼를 쓰는 거나 다름없었다.

바이스는 한편으로는 이번 일에 대해 조사를 명령하면서 다른 한편으로는 영지전을 준비했다.

솔직히 네이드 후작령과 전쟁을 벌이면 압도적으로 승리할 자신이 있었다. 영지의 라이더 육성 계획이 궤도에 오르면서 당장이라도 기간트를 몰고 전력에 도움이 될 수 있을 만한 수습 라이더가 대거 늘어났다.

물론 진짜 라이더처럼 뛰어난 능력을 발휘할 수는 없었다. 또한 기간트 기동 시간도 다른 라이더에 비해 턱없이 모자랐다.

하지만 다른 베테랑 라이더의 지원은 얼마든지 할 수 있었다. 에어스트 백작령에는 그 어느 영지보다 뛰어난 라이더를 보유하고 있었다. 군대에서 잔뼈가 굵은 사람들이라서 집단전에 특히 강했다.

그런 라이더에게 훈련을 받았으니 아무리 수습 라이더라고 하지만 기본적인 기간트 전술에 밝았다.

에어스트 백작령에서 단숨에 동원 가능한 기간트의 수가 무려 백삼십 기였다.

그러니 네이드 후작령이 아무리 전력을 몽땅 이끌고 온다 하더라고 얼마든지 막아 낼 수 있었다.

하지만 상황은 그렇게 낙관적으로 흘러가지 않았다.

네이드 후작령에 다른 세력이 붙은 것이다. 바로 슈린 공작가였다.

슈린 공작가는 이번 일을 기회로 여겼다. 이런 상황이 벌어지기만을 호시탐탐 기다리고 있었다. 또한 현재 자금 사정이 안 좋으니 그걸 단번에 만회할 수단이 될 수도 있었다.

어쨌든 여러모로 슈린 공작가에는 이번 사태가 호기로 작용했다.

만일 슈린 공작가가 네이드 후작령을 전적으로 지원한다면 아무리 에어스트 백작령에 기간트가 많아도 절대 이길 수 없었다.

슈린 공작가를 따르는 수많은 가문이 있었다. 그들 역시 어떻게든 한손 거들고자 할 것이다. 그러면 네이드 후작령에 모이는 기간트의 수는 상상을 초월할 정도가 될 것이다.

이 사태는 절대 바이스 혼자서 막아 낼 수 없었다. 제론이 있어야만 한다. 그런데 영주인 제론을 아무리 찾아도 없으니 속이 타들어 가다 못해 새까맣게 재가 되어 버렸다.

바이스가 이러지도 저러지도 못하고 있을 떼, 성의 행정 요원 하나가 다급히 달려왔다.

"총관님! 큰일입니다!"

바이스가 긴장한 눈으로 행정 요원을 쳐다봤다. 자신도 모르게 침을 꿀꺽 삼켰다. 워낙 큰일이 연달아 터지니 저런 말만 들어도 절로 긴장되었다.

"무슨 일이냐?"

"2왕자 전하께서 네이드 후작령에 도착하셨다 합니다!"

"2, 2왕자 전하께서?"

바이스의 눈이 커다래졌다. 2왕자가 직접 후작령에 도착했다는 건 이번 영지전을 지원하겠다는 뜻이다. 사실 이는 정치적으로 워낙 민감한 사항이라서 잘 하지 않는 짓이다.

한데 2왕자는 그렇게 했다.

"하아. 정말 물불 안 가리는군."

바이스가 고개를 절레절레 저었다. 그가 보기에 2왕자는 생각이 깊지 않았다. 충동적으로 일을 처리하는 경우가 너무 많았다.

예전 체른산 유적을 발굴하는 문제도 그렇다. 솔직히 왕자나 되는 사람이 전쟁터에 와서 직접 유적을 발굴한다는 게 말이나 되는가.

"골치 아프게 됐군. 몸만 온 건 아니겠지?"

"호위로 근위 기사와 근위병이 함께 왔습니다."

"그들까지 영지전에 참여시키면 일이 정말로 커지겠군. 설마 끼어들지는 않겠지?"

"그저 구경만 할 셈인 것 같습니다. 대신 제법 많은 물자를 챙겨 왔습니다."

"일단 무조건 경계에서 막아야 돼. 우리 영지로 전투가 넘어오면 곤란해."

경계에는 아무것도 없었다. 그곳은 낮은 언덕이 몇 개 있는 황무지였다. 그곳을 지나서 안으로 들어와야 비로소 에어스트 백작령이 있었다.

예전 젤레 영지를 비롯한 뤼그너 남작령 등이 맞닿아 있는 곳이기도 했다. 거기를 지나야 비로소 새로 조성된 곡창 지대가 나온다.

한데 그 거리가 매우 짧다는 데 문제가 있었다. 만일 적이 안으로 밀고 들어오면 농지가 완전히 망가질 수도 있었다.

"영주님은 아직이십니까?"

바이스가 고개를 끄덕였다. 만일 이럴 때 제론이 있었다 면 전쟁에도 큰 도움이 될 텐데 정말 아쉬웠다.

붉은 학살자가 전쟁에 참여한다면 적이 아무리 많아도 해볼 만했다.

'게다가 그 신형 기간트……'

그걸 꺼낼 수 있다면 아마 훨씬 더 전쟁이 유리해질 것이 다. 물론 제론이 그렇게까지 할 리는 없겠지만 말이다.

"일단 난 영주님의 행적을 좀 수소문해 볼 테니까 적의 동태에 각별히 신경을 써라."

"알겠습니다. 아, 그리고 아직 확실치는 않지만 묘한 소 문이 있습니다."

"소문?"

"1왕자 전하께서 이쪽으로 오고 계시다는 소문입니다."

"1왕자 전하?"

바이스의 눈이 커다래졌다. 만일 그 소문이 진짜라면 이 건 일이 생각 이상으로 커지게 된다. 그야말로 고래 싸움에 끼어든 꼴이 된다.

'만일 내전으로 이어지면…….'

상상도 못할 결과가 만들어진다. 전쟁의 상처를 간신히 보듬은 레늄 왕국에 지울 수 없는 흉터가 질 것이다. 어쩌면 국력이 급격히 약화되어 돌이킬 수 없는 상황으로 치달을 수도 있었다.

바이스는 딱딱하게 굳은 표정으로 슈린 공작가를 떠올렸다. 어쩌면 이번 일도 그들이 깊게 개입했을지 모른다. 아니, 그럴 확률이 컸다.

왕권이 약화되어 영향력이 떨어지면 슈린 공작가는 대번에 공국을 선포할 수도 있었다. 아니, 분명히 그럴 것이다. 주변 영지를 탐욕스럽게 집어삼키면서 말이다.

"후우. 이러다가 왕국이 갈기갈기 찢어질 수도 있겠군."

솔직히 그런 상황이 되면 가장 유리한 곳이 바로 여기 에어스트 백작령이었다.

영토는 다른 어떤 영지보다 컸다. 새로 조성된 곡창지대만 해도 보통 후작령보다 넓었다. 거기에 암석 지대는 어떤가. 거기가 정리되면 그것 역시 백작령 정도의 크기였다.

거기에 작긴 했지만 기존 남작령 세 곳이 병합되었다. 그것만으로도 일반적인 백작령에 육박하는 넓이였다.

거기에 바닷가까지 있었다. 잘 개발만 하면 근방의 섬까지 아우르는 거대한 영토를 갖게 될 것이다. 그냥 독립한다면 공국이 아니라 작은 왕국이라고 해도 될 정도의 규모였다.

"어쨌든 영주님부터 찾아야지. 이거 정말 눈코 뜰 새 없이 바쁘게 됐군."

영주도 찾아야 하고, 또 전쟁 준비도 해야 한다. 바이스는 이런 대규모 전쟁에서 그 흐름을 한 방에 바꿀 능력을 갖고 있었다.

다만 그 능력을 쓰기 위해선 미리 시간을 충분히 들여 준비를 해야만 한다. 그것까지 하려면 시간이 너무 빠듯했다.

바이스는 서둘러 자리에서 일어나 제론이 있을 만한 장소로 향했다.

*　　　*　　　*

영지의 상황이 그렇게 급박하게 돌아가고 있다는 것도 모른 채, 아니, 세상 모든 걸 잊은 채 제론은 하염없이 검만 휘두르고 있었다. 어느새 제론은 암석 지대 중간에 있었다. 검을 휘두르면서 조금씩 안으로 들어온 것이다.

사악! 사악! 사악!

검의 궤적을 따라 푸른 초승달이 연달아 그려졌다. 소리도 거의 나지 않았다.

하지만 그때마다 근처의 암석이 두부 갈라지듯 싹둑싹둑 잘려 나갔다.

그냥 잘리기만 하는 게 아니었다. 제론의 움직임이 많아질수록 더 잘게 잘려져 바위가 아니라 돌멩이처럼 변해 버렸다.

그렇게 제론은 암석 지대 한가운데에서 무아지경에 빠져 검을 휘두르며 근방을 완전히 초토화시키고 있었다.

제론은 이곳에서 무려 열흘 동안 쉬지 않고 검을 휘두르고 있었다. 그동안 물 한 모금 마시지 않고 버텼다. 보통 사람이라면 죽어도 벌써 죽었어야 할 상태였다.

하지만 정작 검을 휘두르는 제론의 얼굴에서는 광채가 뿜어져 나왔다. 또한 은은한 미소마저 머금고 있었다. 정말로 즐거워서 어쩔 줄 모르겠다는 듯했다.

사악! 사악! 사악!

검을 통해 막대한 기운이 쏟아져 나갔다. 하지만 그렇게 나간 만큼 다시 온몸의 모공을 통해 흡수되었다. 그 일이 끊임없이 반복되고 있었다.

그러던 어느 순간, 제론이 휘두르는 검의 흐름이 달라졌다.

스아악!

검의 궤적에 걸린 바위가 그대로 가루가 되어 부서져 나갔다. 그동안 보였던 푸른 초승달도 없었다. 그저 검이 움직였고, 그 흐름에 따라 바위가 흩어졌다.

스아악!

검이 긴 궤적을 그리며 뻗어 나갔다. 거기에 걸린 바위가 또 가루로 변해 흩어졌다.

콰드드득!

바닥에 있던 돌멩이들이 검격에 휘말려 하늘로 솟구쳤다. 그리고 그것 역시 가루가 되어 흩어졌다.

콰득! 콰득! 콰우우우!

제론의 주변에 일어나는 바람이 점점 강렬해졌다. 그냥 바람이 아니었다. 마나의 바람이었다.

검을 통해, 또 각종 움직임을 통해 쏟아져 나가는 막대한 양의 마나와 그를 보충하기 위해 온몸으로 유입되는 마나로 인해 일어난 폭풍이었다.

제론은 폭풍을 이끌고 검을 휘두르며 사방으로 격렬하게 움직였다. 암석 지대 한가운데에 있다가 옆으로 이동을 시작한 것이다.

제론이 뿜어내는 마나의 폭풍에 근방에 있던 스톤에그들이 우수수 깨어났다.

콰드드득!

콰드드득!

거대한 돌거인이 불쑥불쑥 일어났다. 수십 마리나 되는 돌거인이 제론을 향해 달려들었다. 그들에게는 오직 움직이는 것을 공격하는 본능만 있었기에 마나 폭풍에도 두려움 없이 달려들었다.

쿠오오오오오!

제론의 몸을 중심으로 거대한 마나의 회오리가 휘몰아쳤다. 그리고 그 회오리에 달려오던 돌거인이 모조리 휘말렸다.

콰득! 콰득! 콰드드득!

돌거인 역시 다른 바위와 마찬가지 신세가 되었다. 가루가 되어 흩날렸다. 그러면서 뭉친 마나가 자연스럽게 풀려 마나의 회오리에 흡수되었다.

회오리가 점점 더 커졌다.

그렇게 시간이 계속 흐르자, 백 마리가 넘는 돌거인이 제론의 권역에 휘말려 마나만 남기고 사라졌다.

고오오오오!

제론은 어느 순간부터 더 이상 검을 휘두르지 않았다. 그저 가만히 서서 회오리치는 마나를 가만히 느끼며 서 있기만 했다.

막대한 마나가 제론의 몸을 들락거렸다. 제론은 그저 가만히 서서 그것을 관조했다.

우드득! 우드드득!

제론의 뼈와 근육이 뒤틀렸다. 마나의 압력이 너무 강해서 몸이 버티지 못하는 것이다. 형언할 수 없을 정도의 고통이 몰아쳤다.

코에서 피가 터졌다. 눈에서는 피눈물이 흘렀다. 속에서

울컥울컥 피가 올라와 입으로 쏟아져 나갔다.

입고 있던 옷이 모조리 가루가 되어 흩어졌다. 제론의 몸에 남은 것은 초고대 문명의 유적에서 얻은 물품들뿐이었다.

지이이잉!

팔찌와 허리띠, 그리고 반지가 제론의 몸이 폭발하지 않도록 도움을 주었다.

우득! 우득! 우드드득!

하지만 여전히 온몸의 근육과 뼈가 뒤틀렸다. 핏줄이 터질 것같이 부풀었고, 장기가 곤죽이 되어 물처럼 출렁거렸다.

놀라운 건 그렇게 만신창이가 되었는데도 살아 있다는 점이었다. 더구나 정신은 말도 못하게 명료했다. 그 어느 때보다 머릿속이 맑았다.

제론은 자신에게 벌어지는 일을 우연으로 치부하지 않았다. 조금 전까지 검을 휘둘렀고, 그로 인해 이런 일이 벌어졌다. 그리고 이 마나의 회오리는 결국 자신의 마나로 만들어진 것이었다.

그 모든 걸 명확히 인식한 순간, 의념이 강하게 섰다. 마치 정수리에서 발끝을 관통하는 기둥이 선 느낌이었다.

콰아아아아아아아!

회오리가 더욱 빨라졌다. 어마어마한 속도로 휘도는 마나가 그대로 제론의 온몸을 찢어 버릴 것 같았다.

순간적으로 제론도 그렇게 생각했을 정도였다. 하지만

그 순간은 지극히 짧았다. 제론은 자신이 세운 의념의 기둥에 모든 걸 집중했다.

마나의 회오리가 조금씩 제론의 몸에 흡수되기 시작했다. 처음에는 느릿느릿 들어왔다. 하지만 시간이 지날수록 그 속도가 점점 빨라졌다.

쿠오오오오!

회오리를 이루고 있던 그 막대한 마나가 모조리 제론의 몸에 스며들었다. 제론은 터질 것처럼 고통스러웠지만 이를 악물고 참아 냈다.

직감적으로 지금이 가장 중요한 순간임을 알아차렸다.

쩌적! 쩌저저적!

제론의 피부가 지진이라도 난 것처럼 갈라졌다.

우득! 우득! 우드드득!

뼈와 근육이 뒤틀리며 모양을 잡아갔다.

제론의 피부가 몇 번이나 벗겨지고 새로 나기를 반복했다. 그동안에도 뼈와 근육은 마치 물처럼 출렁출렁 움직였다.

이내 모든 것이 사라지고 적막이 찾아왔다.

제론은 똑바로 선 채 눈을 감고 있었다. 물론 벌거벗은 채였다.

아기처럼 뽀얀 피부에 키도 자랐고, 몸에는 적당한 근육이 자리 잡았다. 마치 전혀 다른 사람이 서 있는 듯했다.

번쩍!

제론이 눈을 뜨자 마치 번갯불이 사방으로 쏟아져 나가는 듯했다. 광채가 주위를 한차례 휘감았다가 사라졌다.

"후우우욱!"

제론은 숨을 길게 내쉬었다. 맑은 기운이 호흡을 통해 들락거렸다. 전혀 새로운 느낌이었다. 하지만 익숙했다. 모든 걸 지극히 자연스럽게 받아들일 수 있게 되었다.

양팔을 벌렸다. 세상을 꽉 채운 마나가 달려드는 기분이 들었다. 아니, 실제로 그러고 있었다. 온몸을 휘도는 거대한 기운이 명확히 느껴졌다.

단전을 꽉 채운 기운은 분명히 마나였다. 예전보다 몇 배나 더 많아졌다. 하지만 그건 그저 단편적인 변화일 뿐이었다.

마나의 질이 완전히 달라졌다. 예전보다 훨씬 적은 양의 마나로 수십 배의 위력을 낼 수 있게 되었다.

"이것이……."

제론은 만족스러운 표정으로 중얼거렸다.

"이것이 소드 마스터로구나."

드디어 소드 마스터가 되었다. 되고 나서야 알 수 있었다. 왜 그렇게 벽이 높고 단단했는지. 또 어떻게 소드 마스터로 오르는 그 높은 계단을 오를 수 있었는지.

말로 설명할 수는 없었다. 이건 오롯이 깨달음의 문제였다. 다만 암석 지대에서 암살자의 습격을 받은 것이 계기가 되었다는 건 분명했다.

　장소가 달랐으면 이렇게 되지 못했을 것이다. 암석 지대의 스톤에그가 작지만 큰 역할을 했다. 그들이 가지고 있던 마나가 더해지면서 벽을 넘어설 수 있었다.

　만일 그렇지 않았다면 제론은 훨씬 더 오랜 시간을 검에 매달려야 했을 것이다. 적어도 수십 년 이상을 말이다.

　제론은 영지 쪽을 바라봤다. 이제 돌아갈 시간이 되었다. 영지 쪽에서 스멀스멀 흘러오는 전쟁의 기운이 느껴졌다. 예전 같으면 상상도 할 수 없는 일이었다. 이렇게 멀리 떨어진 곳에서 전쟁의 투기를 느끼다니 말이다.

　이것이 바로 소드 마스터였다.

　제론의 입가에 미소가 어렸다. 그리고 천천히 영지를 향해 걸어갔다.

　걷는 속도가 점점 빨라졌다. 그러다가 이내 눈에 보이지도 않을 정도로 빠르게 앞으로 쭉쭉 나아갔다.

　그렇게 제론이 다시 에어스트 백작령으로 돌아갔다.

　진정한 소드 마스터가 되어서.

〈다음 권에 계속〉

320　거신